蜊蛄吟唱的地方

〔美〕迪莉娅·欧文斯（Delia Owens）　著　　王泽林　译

WHERE
THE
CRAWDADS
SING

湖南文艺出版社
HUNAN LITERATURE AND ART PUBLISHING HOUSE

博集天卷
CS-BOOKY

·长沙·

献给阿曼达、玛格丽特、芭芭拉

致你：

如果我从未见过你
我从不知晓你

而我见过你
我知晓你
我爱你
永远

第
一
部
分

湿
地

PART 1

The Marsh

序 言

1969

湿地不等于沼泽。湿地是一片光的空间。在这里，草在水中生长，水流向天际。溪水缓慢流淌，带着太阳的影子蜿蜒奔向大海。在上千只雪雁的喧闹声中，长腿的鸟儿们以不可思议的优雅姿势起飞——美得不像是为了飞翔而生。

然而，在湿地中，处处可见真正的沼泽侵入低洼，隐藏在湿冷的树林中。沼泽的水死寂而阴暗，似乎它泥泞的喉咙吞噬了光。在这阴暗的洞穴里，连夜行动物都会在白天出来。当然也能听到声响，但是比之湿地，沼泽是安静的，因为分解是细胞层面的工作。生命衰败、发臭，归为腐烂的一团；凄凉的死之泥穴中孕育着新的生命。

一九六九年十月三十日早晨，蔡斯·安德鲁斯的尸体躺在沼泽中。他本该被悄无声息、按部就班地分解、吸收，永远消失。沼泽知晓所有关于死亡的秘密，因而并不必然视之为悲剧，当然更不是罪恶。但就在那天早晨，村里的两个男孩骑着自行车去老防火瞭望塔，在第三次转弯时看到了安德鲁斯的牛仔外套。

1. 妈妈

八月的早晨空气灼热，湿地的水汽悬在橡树和松树间，凝成了雾气。蒲葵丛异常安静——除了潟湖中的苍鹭起飞时翅膀低沉缓慢的扑棱声。基娅当时只有六岁，听到了摔纱门的声音。她正站在凳子上清洗锅里的粗玉米粉，于是停下手，把锅放入水池里混浊的肥皂水中。四下静悄悄的，她只能听到自己的呼吸声。是谁离开了小屋？不是妈妈。她从来不摔门。

但当基娅跑到门廊上，她看到妈妈穿着长长的棕色裙子，踩着高跟鞋走下沙路，裙褶不断打在脚踝上。那双鞋鞋头粗短，仿鳄鱼皮的，是她唯一一双外出鞋。基娅想要大声喊妈妈，但她知道不能吵醒爸爸，所以她打开门，站到砖木堆砌的台阶上。她看到妈妈提着一个蓝色行李箱。通常，基娅凭着小动物般的笃定，确信妈妈会回来，带着用油腻的棕纸包裹的肉或一只耷拉着脑袋的鸡。但那时她从不穿鳄鱼皮高跟鞋，也从不带箱子。

妈妈总会在小径与大路交会的地方回头，一只手高高举起，挥舞着白色的手掌，然后转身踏上大路。这条路蜿蜒穿过泥沼树林、香蒲潟湖，最后到达镇上——如果幸得潮水退去。但是今天，她一直往前走，在车辙上跌跌撞撞。透过树木间的缝隙，可以时不时看到她高高的身影，渐渐只余下白色的围巾在树叶间若隐若现。基娅飞奔到一个能看到大路的地方。妈妈肯定会在那儿挥手，但她只赶上蓝色行李箱消失的瞬间。那抹蓝色在森林中是如此格格不入。基娅回到台阶上等，胸口仿佛压着密实的黑色烂泥。

基娅是五个孩子中最小的一个，其余四个都比她大许多，虽然后来基娅忘了他们的年纪。他们和爸爸妈妈住，如同被关起来的兔子，挤在简陋的小屋里。小屋有一个装了纱门的门廊，在橡树底下，像是睁大的眼睛。

乔迪从屋里走出来，站在基娅身后。他是基娅最小的哥哥，但也比她大七岁。乔迪和基娅一样长着深色眼睛、黑色头发。他教基娅学鸟叫，告诉她星星的名字，以及如何驾驶小船穿过锯齿草。

"妈妈会回来的。"他说。

"我不知道。她穿着那双鳄鱼皮鞋。"

"妈妈不会离开孩子。这不符合她们的天性。"

"你告诉过我狐狸会离开它的孩子。"

"对，但那只狐狸的腿受伤撕裂了。如果它坚持喂养孩子，自己也会饿死。离开是最好的选择。它可以等待伤口愈合，然后再生一窝小狐狸。妈妈没有挨饿，她会回来的。"乔迪说，虽然心里并没有多么确定，他还是这样告诉基娅。

基娅喉咙发紧，轻声说："但是妈妈提着行李箱，看起来要去一个大地方。"

　　小屋坐落在蒲葵丛后面。这些蒲葵在沙地上四处蔓延，直至一串碧绿的潟湖边，更远处是广阔的湿地。生长在咸水中的草坚韧无比，如同刀刃，绵延数英里[1]，间或被一些扭曲的树截断，这些树像是在模拟风的形状。橡树林挤在小屋的另一边，遮住了最近的一处潟湖。湖面上翻滚不休，生意盎然。海上咸咸的空气和海鸥的鸣叫声穿过树丛飘了过来。

　　宣称的土地归属自十六世纪以来就没怎么变过。散落在湿地中的被占据的地块在法律上并无清晰的界定，只是由叛逃者们以自然之物作为分界——这边是一条小溪，那边是一棵死了的橡树。人们不会在沼泽中搭一顶单坡的蒲葵棚屋，除非他被人追捕或走到了穷途末路。

　　一段伤痕累累的海岸线守护着这片湿地。早期探险家们称这段海岸线为"大西洋墓地"，因为沿岸的激流、狂风和浅滩摧毁船只如同撕碎纸帽子般简单。后来，这里成了北卡罗来纳海岸。一个水手在日记中写道："我们沿着海岸徘徊……但找不到入口……一场猛烈的暴风雨袭击了我们……我们被迫回到海上以保护自己和船只。我们被一股强劲的洋流驱赶着……

　　"这片土地上到处是湿地和沼泽，我们回到了船上……今后那些在此地定居的人一定会为此感到沮丧。"

　　那些寻找真正土地的人离开了。渐渐地，这片臭名昭著的湿地成

――――――――――

[1] 1英里约等于1.609公里。

了一张网，网罗了叛变的水手、流浪者、负债者，以及逃避难以承受的战争、税收或法律的难民。未曾死于疟疾也没有被沼泽吞噬的人们逐渐形成了一个多种族、多文化的丛林部落。他们中的每个人都可以用一柄斧子砍倒一小片树林，或者背着一头雄鹿走上数英里。如同河鼠一般，大家都有自己的领土。但这领土必须适应自然边界，否则不知哪天就会消失于沼泽。两百年后，逃跑的和被释放的奴隶们加入了这个部落，前者逃入湿地，被称为逃亡黑奴，而后者由于身无分文又遭遇围攻，别无选择，只能躲入湿地。

这或许是一片卑贱的土地，但每一寸都很富饶。层次丰富的生物——弯弯曲曲爬行的沙蟹、在泥里溜达的小龙虾、水鸟、鱼、虾、牡蛎、肥硕的鹿、丰满的鹅——堆叠在地上和水里。一个不介意为了晚餐四处搜寻的人永远不会挨饿。

现在是一九五二年，有些土地已被那些失联的、无记录的人占据了四个世纪。大部分是在内战之前。其他人来这里的时间更晚一些。尤其是在世界大战之后，当时，身心破碎的人们回到祖国，这片湿地没有约束他们，而是重新定义了他们，如同任何一片神圣的土地，它深深埋藏了他们的秘密。没有人介意他们占有这片土地，因为没有其他人想要。毕竟，这里是荒地沼泽。

就像酿造威士忌一样，湿地居民非法炮制了自己的法律——不同于那些灼刻在石板上或记录于文件中的条文，这里的法律更为深入，烙印在人们的基因里。它古老而自然，类似于鹰和鸽子演化出的法则。在走投无路、绝望、孤独之时，人们会找回直指生存的本能。快且公正。这些本能将永远是王牌，因为它们传给下一代的概率远大于那些更温和的基因。这无关道德，只是简单的数学问题。在种群内部，鸽子和鹰的争斗一样频繁。

那天，妈妈没有回来。没人谈论这件事，特别是爸爸。他浑身散发着鱼和酒的臭味，用力敲着锅盖，喊道："晚饭呢！"

兄弟姐妹们垂下眼，耸耸肩。爸爸像狗一样咒骂着，然后跛着脚走出去，回到树林里。此前爸爸妈妈也打过吵过；妈妈甚至离开过一两次，但她总会回来，抱起那些想要被拥抱的孩子。

两个年长的姐姐准备了红豆和玉米面包当作晚餐，但没有人像妈妈在时那样坐在桌旁用餐。大家都从罐子里舀红豆，铺在面包上，然后坐到地板上的床垫或破旧的沙发上吃完。

基娅吃不下。她坐在门廊的台阶上，看着小径。基娅在她这个年纪算是长得高的，骨瘦如柴，深褐色皮肤，和乌鸦翅膀一样又黑又厚的直发。

黑暗让她没法继续监视，蛙鸣可能盖过脚步声，尽管如此，她还是躺在自己的门廊小床上，倾听着。就在那天早晨，她睡醒后听到肉在铁煎锅中噼里啪啦，闻到了木柴加热的烤箱中渐渐变成棕色的饼干的香味。基娅套上工装裤，冲进厨房摆放盘子和叉子，从粗玉米粉中拣出象鼻虫。多数清晨，妈妈会带着大大的笑容拥抱她——"早上好，我独一无二的女孩。"——然后她们就一起跳舞般忙活家务。有时候妈妈会唱起民歌，或背诵童谣："这只小猪去市场。"有时候妈妈会带着基娅摇摆，跳起吉格舞，胶合板地板被踩得咚咚作响，直到电池收音机里流出的音乐渐渐消失，听上去像是它在木桶底自吟自唱。有些早晨，妈妈会对基娅说一些成年人的事，她听不懂，不过，想到妈妈的话需要一个去处，她通过皮肤吸收它们，一边往灶膛里放更多木头，一边听懂了似的点头。

然后是一阵忙乱，叫所有人起床、吃饭。爸爸不在。他有两种模式：沉默和喊叫。所以他睡过头或者没回家都很好。

但今天早上，妈妈很安静；没有笑，眼睛红红的。她像海盗那样系着一条白围巾，拉低盖住额头，但紫褐色的瘀伤边缘还是露了出来。早餐后，碗都没洗，妈妈收拾了一些个人物品，提着行李箱走上了大路。

第二天一早，基娅又回到台阶上。她深色的眼睛紧盯着小径，像是在等待火车的隧道。远方的湿地被雾气笼罩。雾气低沉，仿佛它松软的底部就坐在泥地上。基娅光着脚，晃动脚趾，捻动草茎逗弄狮蚁幼虫。但六岁的孩子坐不长久，不一会儿，她溜达到了潮坪，脚趾被泥沙拉扯，发出吸吮的声音。她蹲在清水边，看着小鱼在光斑和阴影间来回游动。

乔迪在蒲葵丛那边喊她。基娅盯着他。可能他有新消息。但当他穿过钉子般的蕨叶走过来时，基娅看到他走得既轻松又随意，便知道妈妈没有回家。

"你想不想玩冒险家？"他问。

"你说过，你年纪太大了，不能玩了。"

"是吗？这个游戏可没有年龄限制。比一个！"

他们跑过潮坪，穿过树林跑向沙滩。乔迪追上来的时候，基娅放声尖叫、大笑，直到跑到那棵巨大的、枝丫粗壮的橡树底下。乔迪和他们的哥哥默夫曾在树枝间钉了一些木板，作为瞭望塔和树堡。如今，大部分都垮塌了，吊在生锈的钉子上晃荡。

通常，每次她被允许加入游戏，都是作为奴隶女孩，给哥哥们送来妈妈新烤的热乎乎的饼干。

但是今天乔迪说："你可以做船长。"

基娅举起右手指挥。"西班牙人滚开！"他们挥舞木剑，冲过荆棘丛，大喊着刺向敌人。

然后——幻想来得快去得也快——基娅走向一截生了苔藓的木头，坐下。乔迪沉默地加入。他想说点什么，让基娅忘了妈妈的事，但一个字也没说出口。他们一起看着水黾在水中游弋的影子。

晚些时候，基娅回到门廊台阶上，等了很长时间，不过，看着小径尽头，她再也没哭过。她表情平静，嘴唇抿成一条线，眼睛搜寻着。但妈妈那天也没有回来。

2. 乔迪

1952

妈妈离开几周后，基娅最大的哥哥和两个姐姐也相继离开，似乎是以妈妈为榜样。他们忍受着爸爸脸红脖子粗的怒火——先是叫喊，然后升级为拳头或反手重击，直到一个接一个消失。不管怎么说，他们也都算是长大了。后来，和忘了他们的年纪一样，基娅也想不起他们真正的名字了，只记得他们叫米西、默夫和曼迪。在她的门廊床垫上，基娅发现姐姐们给她留了一小堆袜子。

一天早晨，哥哥姐姐中乔迪成了唯一留下来的。基娅醒来，听到了哗啦声，闻到了早餐的热油味。她冲进厨房，想着是妈妈回来了，正在做玉米馅饼或煎饼。然而是乔迪，他站在灶台旁，正搅拌着粗玉米粉。基娅扯出微笑，以掩饰自己的失望。乔迪拍拍她的头，嘘了一下，让她保持安静：不吵醒爸爸，他们就可以单独吃饭。乔迪不会做饼干，也没有培根了，所以他做了粗玉米粉和猪油炒蛋。两人坐下来，无声地交换着眼神和微笑。

他们迅速洗完碗，跑出门去湿地，乔迪带路。就在此时，爸爸大声喊叫，朝他们蹒跚走来。他形销骨立，像是从坟墓里跳出来的。白齿黄得像老狗的牙。

基娅抬头看向乔迪。"我们可以跑，躲到长苔藓的地方。"

"没关系。会好的。"他说。

后来，接近日落时分，乔迪发现基娅在沙滩上看海。他走到她身旁，基娅没有看他，还是紧盯着翻滚的海浪。从乔迪说话的方式，基娅知道，爸爸扇了他的脸。

"我不得不走了，基娅。这里实在待不下去了。"

基娅差点转向他，但忍住了。她想乞求他不要留下她单独陪着爸爸，但是这些话哽在了嗓子眼里。

"等你年纪足够大了就会理解。"他说。基娅想大喊，告诉乔迪，虽然她小，但并不傻，她知道爸爸是他们离开的原因。她不明白的是，为什么没人带她一起走。她也想过离开，但无处可去，也没有车钱。

"基娅，听我说，你要小心。如果有人来这儿，不要进屋，在那儿他们能抓到你。跑进湿地深处，躲在灌木丛里。永远都要掩盖自己的行踪，我知道你会。你也可以躲着爸爸。"基娅还是不说话，于是乔迪说了再见，大步走过沙滩，走向树林。就在他快要进入树林时，基娅终于转过身，看着他离开。

"这只小猪留在家里。"基娅对着海浪说。

基娅回过神来，跑向棚屋。她在客厅里喊乔迪的名字，但他的东西已经不见了，地板上的床垫也被剥得干干净净。

基娅瘫坐在乔迪的床垫上，看着那天最后的日光滑下墙面。太阳落山之后还余留了一些光亮，其中一部分流入屋内，有那么一会儿，这些粗笨的床和成堆的旧衣服看起来比外面的树轮廓更清晰，颜色更鲜亮。

折磨人的饥饿感——如此世俗的东西——出人意料地到来了。她走向厨房，站在门边。在她的一生中，这间屋子充斥着暖意，烤面包、煮黄油豆，还有炖鱼汤。现在，它却是陈旧的、安静的、阴暗的。"谁做饭呢？"她大声问。本来可以问，谁来跳舞？

基娅点亮蜡烛，戳了戳灶台里的热灰，加进火种，拉起风箱，直到火焰蹿起，又加了些柴火。冰箱被用作橱柜，因为附近没有电。为了不产生霉菌，厨房的门用苍蝇拍支着。然而霉菌黑绿色的纹路还是在每一条裂缝中蔓延。

基娅拿出剩下的食物，说："我要用猪油翻炒粗玉米粉，加热一下。"她这么做了，然后直接就着锅吃，同时看着窗外搜寻爸爸的身影。他没有回来。

当上弦月最终照进棚屋，基娅爬上自己的门廊小床——一个放在地板上的粗糙床垫，罩着真正的床单，上面印着蓝色玫瑰，这是妈妈在旧货市场淘的——开始了人生中第一个孑然一身的夜晚。

一开始，每隔几分钟她就会坐起来，看向纱门外，听听树林里的脚步声。她知道所有树的形状；似乎有什么东西在追随着月亮东奔西突。有那么一会儿，她浑身僵硬，以致难以吞咽，但恰在此时，树蛙和纺织娘熟悉的歌声充满了夜空。这比三只瞎眼的老鼠和餐刀[1]更令

---

[1] 出自英国民间童谣集《鹅妈妈童谣集》，全文如下："三只瞎眼的老鼠！看它们跑的方式！它们追着农夫的老婆，她用餐刀切了它们的尾巴。你这辈子见过像这样的东西吗？和三只瞎眼的老鼠一样。"

人宽慰。黑暗带着甜蜜的气息，那是蛙和蝾螈带着泥土芬芳的呼吸，它们又熬过了热烘烘的、难闻的一天。雾气低垂，湿地更紧地依偎在她身边。基娅睡着了。

爸爸三天没回来了。基娅采了妈妈园子里的芜菁叶做早饭、午饭、晚饭。她去鸡笼里找过鸡蛋，但没有收获。没有鸡，也没有蛋。

"鸡屎！都是鸡屎！"妈妈走后，她本来打算照顾它们，但还没做什么。现在，它们结队逃走了，在远处的树林里咯咯叫。她得撒些粗玉米粉，看看能不能把鸡再聚集起来。

第四天晚上，爸爸出现了，手里拿着一个酒瓶，四肢张开躺到床上。

第二天一早，他走进厨房，喊道："人呢？"

"我不知道。"基娅说，没有看他。

"你跟杂种狗一样蠢，跟野猪奶头一样没用。"

基娅悄悄溜出门廊，沿着沙滩寻找贻贝。她闻到了烟味，抬头看到棚屋方向升起一股烟。基娅以最快的速度穿过树丛跑回去，看到院子里生起了一堆火。爸爸正往火里扔妈妈的画、衣服和书。

"不！"基娅尖叫道。他不看她，把那台旧的电池收音机扔了进去。基娅伸手去捡那些画，脸和手都被灼伤了，高温迫使她后退。

基娅冲回棚屋，阻止爸爸拿更多东西，眼睛死死盯住他。爸爸朝她扬起手，但基娅坚守着。突然，他转过身去，跛着脚走向自己的船。

基娅瘫坐在台阶上，看着妈妈画的湿地水彩燃成灰烬。她一直坐到太阳下山，火堆中的纽扣化作余烬发出微光，她和妈妈一起跳吉格舞的记忆也融进了火焰之中。

接下来几天，从其他人的错误中，或者说更多地从小鱼那里，她学会了如何和爸爸一起生活。只要避开他，别让他看见，从阳光下闪到阴影中。基娅在他起床前起床，离开棚屋，待在树林中，待在水里，只在该睡觉时轻手轻脚地回去，睡在门廊的小床上，尽量靠近湿地。

爸爸曾在二战中抗击德国，左大腿骨被弹片击中碎裂了，这是他们最后的骄傲。他每周都会去领伤残津贴，那是他们唯一的收入来源。乔迪离开后一周，冰箱空空如也，园子里的芜菁也所剩无几。周一早晨，当基娅走进厨房，爸爸指了指餐桌上皱巴巴的一美元和一些硬币。

"这些钱够你买一周的食物了。天下没有白吃的饭，"他说，"所有东西都要花钱。拿这些钱，你得打扫屋子、捡柴火、洗衣服。"

人生第一次，基娅独自前往巴克利小湾镇买杂货——这只小猪去市场。她吃力地在厚厚的沙地和黑泥中走了四英里，直到海湾在前方闪闪发光，小镇就在岸上。

沼泽环绕着小镇，大海在主街的另一边卷起高高的浪，两者咸腥的雾气混合在一起。湿地和大海将镇子与世隔绝，一条单车道公路是它与外界唯一的联系。这条路歪歪扭扭地通到镇上，路面布满裂痕和坑洼。

镇上有两条街道。主街沿海滨伸展，开了一溜店铺；小猪扭扭杂货店在一头，西部车行在另一头，饭馆在中间。还有克雷斯五分一角店、彭尼百货（只有商品目录）、帕克烘焙，以及巴斯特·布朗鞋店。小猪扭扭隔壁是狗日啤酒屋，提供热狗、又红又辣的辣椒和纸船装的炸虾。女人和孩子不能进店，因为人们认为那样不合适；不过这家店在墙上开了一个外带窗口，可以在街上点热狗和可乐。黑人不能进店也不能外带。

另一条街是宽街，从老公路直冲大海，插入主街，戛然而止。所以镇上唯一的交叉路口就是主街、宽街和大西洋。不同于大部分镇子，这里的商铺并不挨着，而是被长满了海燕麦和蒲葵的小块空地隔开，像是湿地在一夜间挤了进来。两百多年来，尖利、咸湿的风使雪松木房子老化，染上了铁锈色，漆成白色或蓝色的窗框也起皮、开裂了。大体上，这个镇子好像已经厌倦了和自然抗争，被压倒了。

镇子的码头上满地都是磨损的绳子和老鹈鹕。码头伸进小小的海湾，湾里的水在风平浪静时倒映出红色和黄色的捕虾船。几条土路，沿途布满了小小的雪松木房子，穿过树丛，绕过潟湖，在商铺尽头继续沿着大海蜿蜒。巴克利小湾镇确实是"一潭死水"，东一块西一块散落在河口和芦苇荡之中，仿佛被风吹过的白鹭巢。

基娅光着脚，穿着过短的工装裤，站在湿地小径和大路的交会处。她咬了咬嘴唇，想跑回家。她不知道该和人们说什么，也不知道该怎么算买东西的钱。但饥饿是一股推动力，所以她踏上了主街，沿着在草丛中时隐时现、破破烂烂的人行道，低头走向小猪扭扭杂货店。靠近五分一角店时，她听到身后一阵骚乱，赶紧跳开，正好三个年纪稍长的男孩骑着自行车一阵风似的经过。带头的男孩回头看了看基娅，笑了起来，很满意这有惊无险的擦边球，结果又差点撞上从店里出来的一个女人。

"蔡斯·安德鲁斯，你给我回来！你们三个都回来。"他们又往前骑了几码[1]，权衡了一下还是回到了这个女人身边，潘茜·普赖斯小姐，工作是售卖布料、纽扣、针之类的。她家曾拥有湿地外围最大的农场，虽然很久以前就被迫卖掉了，但她依旧一副有教养的地主样儿。这可不太容易，因为她住在饭馆楼上的小公寓里。潘茜小姐常常戴一顶状如丝绸头巾的帽子。今早，帽子是粉红色的，衬出了她红色的唇脂和脸上的胭脂。

她骂了他们，说："我打算把这事告诉你们妈妈，或许更该告诉你们爸爸。在人行道上骑这么快，差点撞上我。蔡斯，你怎么说？"

他的自行车最拉风——红色的座椅，铬黄的车把。蔡斯站起来，说："对不起，潘茜小姐。我们没看见你，因为那边那个女孩挡住了路。"他指了指基娅。这时基娅已经躲开了，半藏在桃金娘丛里。蔡斯深色头发，皮肤晒得黝黑。

"跟她没关系。你不能把自己的罪行怪到别人头上，就算这个别人是湿地垃圾。现在，你们得做点好事补偿我。看到那边的阿芮尔小姐了吧，去帮她把东西搬到车上。都把衣服塞裤子里。"

"是，夫人。"男孩们骑向阿芮尔小姐，她是他们整个二年级的老师。

基娅知道，深色头发的男孩的父母开了西部车行，所以他能骑最

---

[1] 1 码约等于 91.44 厘米。

炫的自行车。她见过他从卡车上卸下一箱箱货物，但从没和他或其他人说过话。

她等了几分钟，又低头走向杂货店。在那里，基娅研究了一下粗玉米粉的种类，最后选了一磅装的粗的黄色玉米粉，因为它顶上挂着一个红色标签——本周特价。妈妈之前教过她。基娅在货架那儿焦躁地等着，直到其他顾客都离开了收银台，才走过去面对收银员。辛格尔特里夫人问："你妈妈呢？"她的头发剪短了，密实的小卷在阳光下显现出鸢尾紫。

"做家务呢，夫人。"

"你有买东西的钱吧？"

"是的，夫人。"基娅不知道怎么算出正确的钱数，所以直接把一美元放到了台子上。

辛格尔特里夫人觉得这孩子大概不知道不同硬币的区别，所以她把找零放到基娅的手掌上，慢慢数给她："二十五，五十，六十，七十，八十，八十五，还有三分。玉米粉一共十二分。"

基娅觉得胃里不太舒服。应该数点什么作为回应吗？她盯着手掌上的硬币谜题。

辛格尔特里夫人的神色看上去柔和了一些。"好了，拿着走吧。"

基娅冲出杂货店，尽可能快地走向湿地小径。妈妈告诉过她很多次："不要在镇上跑，否则别人会以为你偷了东西。"但一到沙路上，她就一口气跑了整整半英里，接下来的路也走得飞快。

回到家，基娅像妈妈那样把玉米粉扔进沸水里，以为自己知道处理玉米粉的方法，但它们粘在一起，成了一个大球，底下焦了，中间还没熟，跟橡胶似的，她只能啃下几口。她只好又去园子里搜寻，最后在秋麒麟草中间找到一些芜菁叶，全煮了吃了，连汤汁都舔干净了。

几天之后，基娅掌握了处理玉米粉的诀窍，虽然无论她怎么翻炒，最后总有一些粘在一起。接下来的一周，她买了脊骨肉——也是特价商品，放入玉米粉和切碎的羽衣甘蓝一起煮，味道还不错。

基娅之前和妈妈一起洗过很多次衣服，所以知道该怎么做。她把衣服放在院子里水龙头下的搓衣板上，抹上肥皂搓洗。爸爸的工装裤打湿后特别重，她的小手拧不干，也够不着晾衣绳，只能滴着水摊开晾在树林边的蒲葵丛上。

基娅和爸爸像在跳两步舞，分开住在同一个屋檐下，有时候好几天见不着对方，几乎从不交谈。她收拾自己，也给爸爸收拾，像一个认真的小妇人。她还不是一个够格的、能为爸爸做饭的厨师——不过，他通常也不在家吃饭。但她可以铺床、收拾、扫除、洗碗。不是因为有人让她这么做，而是因为只有这样才能让棚屋在妈妈回来的时候保持干净得体。

妈妈过去总说秋月是为了基娅的生日升起。所以，即使基娅记不住自己的生日，一天晚上，当她看到圆满金黄的月亮从潟湖中升起时，她对自己说："我想我七岁了。"爸爸从来没提过这件事，当然也没有蛋糕。他也没提任何上学的事。基娅不太了解学校，因为害怕不敢提。

妈妈一定会回来为她庆生，所以满月之夜过后的早晨，基娅穿上了印花棉布裙，看着小径，想象着妈妈朝棚屋走来，穿着她的鳄鱼皮鞋和长裙。但没有人出现。基娅拿着一罐玉米粉,穿过树林来到海岸边。她把手拢在嘴边,仰起头,发出呼唤海鸟的声音。银点出现在天空,来自沙滩,来自海浪。

"它们来了。飞得那么高,没法数。"她说。

鸟儿们尖声鸣叫着,盘旋,俯冲,在基娅脸附近打转。她抛撒出玉米粉,它们就落到地面上。最后,它们都安静下来,站着整理羽毛。基娅坐在沙滩上,双腿弯向一侧。一只大海鸥落在她身旁。

"今天是我的生日。"她告诉它。

3. 蔡斯

1969

废弃的老防火瞭望塔腐烂的腿跨坐在沼泽之上，四周雾气缭绕。除了哇哇叫的乌鸦，这片树林静悄悄的，似乎在期待着什么。一九六九年十月三十日早晨，两个男孩，本吉·梅森和史蒂夫·朗，都是十岁，都是金发，爬上瞭望塔潮湿的楼梯。

"秋天不该这么热。"史蒂夫回头冲本吉说。

"对啊。而且除了乌鸦，都这么安静。"

史蒂夫看向下面，说："哇，那是什么？"

"哪里？"

"看，那儿。蓝色衣服，好像有人躺在泥里。"

本吉大喊："喂，你！干吗呢？"

"我看到了脸，没动。"

他们飞快地跑回地面上，艰难地走到塔基的另一边，绿泥沾到了靴子上。那里平躺着一个男人，左腿膝盖以下奇怪地朝前翻折，眼睛和嘴都大张着。

"天哪！"本吉叫道。

"妈呀，是蔡斯·安德鲁斯。"

"我们得去找治安官。"

"但我们不该来这儿。"

"现在这不重要了。而且乌鸦随时会发现这里。"

他们抬头看看鸟群，史蒂夫说："得留一个人，别让乌鸦靠近。"

"你疯了，我决不单独留下。我赌你也不想留下。"

说完，他们跳上自行车，沿着糖浆似的沙路用力蹬，回到主街，穿过小镇，跑进一幢低矮的房子，治安官埃德·杰克逊的办公室就在这幢楼里。办公室里，一个吊在绳上的灯泡发出亮光，治安官坐在桌旁，用大拇指翻着《体育世界》。他体格健壮，中等身材，红色头发，脸和手臂上有一些浅浅的雀斑。

两个孩子门都没敲，直接冲进了开着门的办公室。

"治安官……"

"你们好，史蒂夫，本吉。怎么火急火燎的？"

"我们看见蔡斯·安德鲁斯躺在防火瞭望塔下面的沼泽里。看上去死了，一动不动。"

自一七五一年巴克利小湾镇建立以来，还没有执法者越过锯齿草进沼泽执法。二十世纪四五十年代，一些治安官曾放猎狗追踪跑进沼泽的大陆犯人，直到今天，为了以防万一，还留着猎狗。但杰克逊大部分时候都会忽略那些在沼泽地里犯下的罪行。为何要阻止老鼠们自相残杀呢？

但这次是蔡斯。治安官站起来，从架子上取下帽子。"带路。"

治安官把车开上沙路，橡树和野冬青的枝丫擦过车身，发出尖厉的声音。他身旁坐着镇上唯一的医生，维恩·墨菲。他精瘦但健康，头发泛灰。随着车轮轧过深深的车辙，两人摇晃着，维恩的头差点撞到窗玻璃。他们差不多同龄，是老朋友了，有时一起去钓钓鱼，经常被分到同一个案子。想到要去确认的尸体的身份，他们都沉默了。

史蒂夫和本吉坐在车斗里，带着他们的自行车，直到车停了下来。

"杰克逊先生，他在那儿。灌木丛后面。"

埃德从车里出来。"你们在这儿等着。"他和墨菲医生踩着烂泥费力地走到蔡斯躺着的地方。卡车到的时候乌鸦已经飞走了，但还有其他鸟和虫子在尸体上方嗡嗡作响。粗鲁无礼的生物。

"好吧，是蔡斯。萨姆和帕蒂·洛夫要伤心死了。"安德鲁斯夫妇在西部车行订的每一个火花塞，平的每一笔账，贴的每一个标签，都是为了他们唯一的孩子——蔡斯。

维恩蹲在蔡斯旁边，用听诊器听了心跳，宣布他已死亡。

"你觉得死了多久了？"埃德问。

"要我说至少十小时了。法医会有更准确的判断。"

"他一定是昨晚爬上去，从顶上摔下来了。"

维恩简单检查了蔡斯，没有动尸体，然后站到埃德旁边。两人都看着蔡斯的眼睛，那双眼睛依旧从发胀的脸上看着天空。接着他们又看了眼他张开的嘴。

"我多次告诉镇上的人，这类事情肯定会发生。"治安官说。

自蔡斯出生起，他们就认识他了，看着他从可爱的小孩长成伶俐的少年，从明星橄榄球四分卫、镇上炙手可热的人物到去父母店里帮忙。最后，他长成了英俊的男人，和最漂亮的女孩结婚。而如今，他独自躺在这里，比泥沼更没尊严。死亡总是简单粗暴地抢下风头。

埃德打破了沉默。"问题是，我不明白为什么其他人没跑出去求助。他们总是结伴来这里，或至少成双成对来亲热。"治安官和医生互相了然地点了下头：蔡斯虽然已婚，还是会带其他女人来塔上。"我们退回去。好好看看这儿。"埃德说。他抬起脚，高得有点过头。"你们俩待那儿别动，别弄出其他痕迹来。"

埃德指了指从楼梯延伸到距离蔡斯八英尺[1]远的脚印，问两个男孩："这是你们今天早上的脚印吗？"

"是的，先生。我们最远到过那儿，"本吉说，"一看见是蔡斯，我们就退回来了。你看，那儿就是退回的地方。"

"好，"埃德转过身，"维恩，有点不对劲。尸体旁没有脚印。如果他是和朋友或其他人一起来这儿的，他摔下来的时候，其他人应该跑下来，站在周围，或跪到旁边，看他是不是还活着。你看我们的脚印在烂泥里陷得多深，但这里却没有其他新鲜的脚印。没有走去楼梯的，也没有离开的，尸体周围也没有。"

"可能他是一个人来的。那就什么都能解释了。"

"好吧。我来告诉你一件解释不通的事。他自己的脚印呢？蔡斯·安德鲁斯是怎么做到走下来，穿过淤泥到楼梯那边——因为只有这样他才能爬到塔顶——却没留下任何脚印的？"

---

[1] 1 英尺约等于 30.48 厘米。

4. 学校

1952

过完生日几天后，基娅独自光着脚站在泥地里，弯腰观察一只正在长出蛙腿的蝌蚪。突然，她直起身。有一辆车碾过厚厚的沙子，停在他们家小径的尽头。以前没有人把车开到过那儿。然后，低低的交谈声——一男一女——穿过树林飘了过来。基娅迅速跑进灌木丛，在那儿她能看到来人，同时还有路可逃。乔迪是这么教她的。

一个高个女人下了车，穿着高跟鞋，在沙路上摇摇晃晃地走着，就像妈妈之前那样。他们一定是孤儿院的，来抓她了。

我肯定能跑过她。那鞋会让她脸朝下摔一跤。基娅按兵不动，看着这个女人走到门廊纱门前。

"喂，家里有人吗？我是训导员。我来带凯瑟琳·克拉克去学校。"

这是个问题。基娅坐着不说话。她很清楚六岁就该去学校了。现在他们来了，迟了一年。

她不知道怎么和其他孩子交谈，当然也不会和老师交谈，但她想学会读书，想知道二十九后面的数字是什么。

"凯瑟琳，亲爱的，如果你能听到，请出来吧。这是法律，你必须去学校。而且，亲爱的，你会喜欢学校的。每天中午都有免费的、热腾腾的午饭。我想今天是酥皮鸡肉派。"

这就是另一个问题了。基娅很饿，她早饭吃的是煮粗玉米粉加苏打饼干，因为家里没盐了。关于生活，她已经学到一件事：没盐的粗玉米粉没法吃。长这么大，基娅只吃过几次鸡肉派，但那金黄的脆皮、外酥里嫩的质感，至今仍历历在目。她还能感受到那浓浓的肉汁味，一种圆满的感觉。她的胃自作主张，让她在蒲葵丛里站了起来。

"你好，亲爱的。我是卡尔佩珀夫人。你长大啦，准备好去学校了，对吧？"

"是的，夫人。"基娅说，低着头。

"没关系，你可以赤脚去，其他孩子也这样。不过你是女孩，得穿裙子。亲爱的，你有裙子吗？"

"有的，夫人。"

"好的，那么我们去穿上吧。"

卡尔佩珀夫人跟着基娅穿过门廊，不得不跨过一排鸟巢，基娅把它们沿墙板排列。在卧室里，基娅穿上了唯一合适的裙子和一件格子套头衫，一侧的肩带用别针别着。

"这样就可以，亲爱的，你看起来很不错。"

卡尔佩珀夫人伸出手。基娅盯着这只手。她已经好几周没有触碰过别人，而且从来没有触碰过一个陌生人。但她把她的小手放进了夫人的手里，跟着她走下小路，坐上福特车。开车的是一个戴着灰色呢帽的沉默的男人。基娅坐在后座，没有笑，也没有躲到妈妈羽翼下的感觉。

巴克利小湾镇有一所白人学校。一年级到十二年级的学生都在一栋二层砖房里上课，就在治安官办公室对面。黑人小孩有自己的学校，一栋单层水泥建筑，在黑人小镇附近。

基娅被带进学校办公室。他们在小镇的出生记录上发现了她的名字，但没有出生日期，就安排她上了二年级，即使她没上过一天学。不管怎么说，一年级太挤了，而且对湿地人来说，读哪个年级又有什么差别呢，反正几个月后可能就再也见不着了。校长领着基娅走过一条宽阔的走廊，他们的脚步声在走廊里回荡。基娅的额头冒出了汗。校长打开一个教室的门，轻轻推了她一下。

格子衬衫、完整的裙子、鞋子，很多鞋子，也有些光脚，还有眼睛——都盯着她。基娅从没见过这么多人。大概有十几个。阿芮尔老师，也就是那些男孩帮过的女士，陪基娅走到教室后面的一张桌子旁，告诉她可以把自己的东西放到桌斗里，但基娅什么也没有。

老师走回教室前面，说："凯瑟琳，请站起来，告诉大家你的全名。"

基娅的胃翻腾了一下。

"来吧，亲爱的，别害羞。"

基娅站起来。"凯瑟琳·丹妮尔·克拉克。"她说。妈妈曾告诉过她一次，这是她的全名。

"你能拼一下狗这个单词吗？"

基娅盯着地板，没有出声。乔迪和妈妈曾教过她一些字母，但她从没在别人面前大声拼写过任何单词。

她胃里的神经在抽动，不过她还是试着拼了："G-o-d。"[1]

大笑声在教室里此起彼伏。

"嘘！所有人都安静！"阿芮尔老师大声呵斥，"我们从来不嘲笑别人，听懂了吗？从不互相嘲笑。你们都知道的。"

基娅赶紧在教室后面的座位上坐下来，试图像树皮甲虫融入满是褶皱的橡树树干那样消失。虽然很紧张，但为了听讲，基娅身体前倾，等着学二十九以后的数字。然而阿芮尔老师一直在讲一个叫自然拼读的东西。学生们把嘴张成 O 形，跟着老师发 ah、aa、o、u，听起来像哀鸣的鸽子。

十一点左右，走廊里充满了烘烤发面卷、油酥派的黄油味，暖融融的，甚至渗进了教室里。基娅的胃抽了一下，又安稳下来。终于，所有人排成一列朝食堂进发。她的嘴里全是口水。她学着其他人的样子拿起一个托盘、一个绿色的盘子和刀叉。她看见一个装了大窗的柜台连着厨房，眼前摆着一个巨大的搪瓷盘，里面盛满了鸡肉派，派上交错盖着又厚又脆的酥皮，滚烫的肉汁直冒泡。柜台后站着一个高高的黑人妇女，脸上带笑，叫出了一些孩子的名字。她在基娅的盘子里放了一大块派、一些粉红色的黄油豌豆和一个发面卷。基娅自己又领了香蕉布丁和红白卡通包装的牛奶，也放到托盘上。

她走到就餐区，大部分桌子都围满了嬉笑说话的孩子。她认出了蔡斯·安德鲁斯和他的朋友们，那几个在人行道上骑自行车差点撞倒她的人。基娅转开头，坐到一张空桌旁。连着几次，她的眼睛背叛意志，看

---

[1] 英语中，狗的正确拼写是 dog，god 意为"神，上帝"。

向那些男孩——她只认得他们。但他们和其他人一样，忽略了她。

基娅看着盘子里的派，里面填满了鸡肉、胡萝卜、土豆和小豆子，最上面是金棕色的酥皮。几个女孩走了过来，穿着宽摆裙，层层叠叠的裙衬让裙摆显得很蓬松。其中一个高挑，苗条，金发，还有一个微胖，脸颊丰满。基娅想不通，穿着这样的裙子怎么爬树，怎么上船。肯定也不能下水捉青蛙。甚至连自己的脚都看不见。

她们走近了。基娅低头盯着自己的盘子。如果她们坐到她旁边，她应该说点什么呢？但她们走过她身边，像小鸟一样叽叽喳喳，汇入另一张桌上的朋友。基娅很饿，但嘴巴很干，难以下咽。她只吃了几口，喝光了牛奶，然后往牛奶盒里塞满派，小心地不让别人看见，最后把牛奶盒和发面卷用纸巾包起来。

下午的课，她再也没张口说话。老师提问，她也站着不说话。基娅觉得自己是来学习的，又不是来教别人的。干吗让自己被别人嘲笑？她想。

放学的铃声响起。她被告知大巴会送她到距离小径三英里的地方，小径都是沙子，车开不进去。她得每天早上走过去坐车。回家的路上，校车在深深的车辙里颠簸，经过成片的大米草时，前排唱起了赞美诗："凯瑟琳·丹妮尔·克拉克小姐！""高挑苗条金发"女孩和"微胖脸颊丰满"女孩，就是午饭时她看见的那两个女孩，大喊："你去哪儿，湿地母鸡？你的帽子在哪儿，沼泽老鼠？"

终于，校车停在了一个没有标志、道路错杂的交叉路口，这些路都通往树林。司机拉动把手，打开车门。基娅赶紧下车，跑了差不多半英里，才深深地呼了口气，然后一路跑上小径。她没有停在自家的棚屋前，而是继续穿过蒲葵丛，经过潟湖，沿着橡树林中的小路，一直跑到海边。这林子密得像个避难所。她一头冲进荒凉的海滩，停在潮线前，大海向她张开宽阔的臂弯，风吹散她盘起的发辫。基娅几乎要落泪，一整天都是。

顶着海浪的咆哮声，基娅大声呼唤她的鸟儿们。大海唱着男低音，海鸥和着女高音。基娅撒下派皮和发面卷，海鸟尖啸着在沼泽和海滩上空盘旋，然后落在地上，不停地转动脑袋。

有几只鸟温柔地在基娅的脚趾间啄食。她痒得发笑，笑着笑着泪水却顺着脸颊流了下来，从喉咙底下发紧的位置爆发出沉重、破碎的呜咽声。牛奶盒空了，基娅非常害怕鸟儿们也会像其他所有人那样离开她，这痛苦令她难以承受。但它们蹲在海滩上，围着她，整理起巨大的灰色翅膀。基娅也坐下来，想把它们都聚集起来，带回棚屋的门廊一起睡觉。她想象着它们都挤在她的床上，被子下是温暖而松软的长着羽毛的身体。

两天后，基娅又听到了福特汽车在沙子里打滑的声音。她跑进湿地，在沙堤上用力踩来踩去，留下清晰的脚印，然后蹑手蹑脚地进到水里，没有留下任何踪迹，又折回来，往另一个方向去了。到了泥地，她跑着圈，踩出让人迷惑的线索，接着悄无声息地穿过坚硬的地面，从草丛跳到树枝上，消失得无影无踪。

接下来的几周，他们隔三岔五就会过来一趟。戴着灰色呢帽的男人负责搜寻和追踪，但他甚至都没靠近过基娅。终于，从某一周开始，再也没人来了。只剩下乌鸦的叫唤。基娅双臂垂在身侧，看着空荡荡的小径。

终其一生，基娅再也没去过学校。她重新开始观察苍鹭和收集贝壳。她觉得从中可以学到东西。"我已经会像鸽子一样咕咕叫，"她告诉自己，"比他们好多了。就算他们穿着好鞋子。"

逃离学校几周后，某个早晨，太阳明晃晃、热烘烘地照着，基娅爬进哥哥们在海滩上造的树堡，搜寻挂着骷髅头和十字骨旗的航船，大喊："啊，海盗，啊！"这证明了想象生长在最寂寞的土壤里。她挥舞着剑，跳下树，攻击敌人。突然，右脚一阵剧痛袭来，火焰般席卷了整条腿。她膝盖一软，摔倒在地，侧躺着尖叫。一根生锈的钉子深深地扎进脚底。"爸爸！"她大喊，想回忆起他昨晚有没有回家，"爸爸，救我！"她哭喊着，但没有人回应。她伸出手，猛地拔出了钉子，一边大叫，想盖过疼痛。

基娅在沙子里胡乱挥动胳膊，同时低声啜泣。最后，她坐起来，查看脚底。几乎没有血，只有一个又小又深的伤口。她立刻想到了破伤风，胃里一阵抽搐。她觉得有点冷。乔迪曾告诉过她一个男孩的故事。那个男孩踩了生锈的钉子，没有去打破伤风针。后来，他牙关紧闭，张不开嘴，脊柱向后抽搐成弓状。没有人能帮他，只能眼睁睁看着他身体扭曲着死去。

乔迪有一点说得很清楚：踩到钉子，两天内必须打针，否则必死无疑。基娅完全不知道该去哪里打破伤风针。

"我必须做点什么。我要把自己关起来等爸爸。"基娅蹒跚着穿过海滩，脸上滚下豆大的汗珠，终于挪进了棚屋附近凉爽的橡树林里。

妈妈过去会把伤口浸泡在盐水中，再用混合了各种药剂的泥浆包起来。厨房里没有盐，所以基娅跛着脚走到树林里一处含盐的滑流旁。落潮时，这里的水很咸，析出的白色盐晶在边缘闪闪发光。她坐在地上，把脚浸在湿地的盐水里，同时不停地活动嘴部：张开，闭上，张开，闭上，打哈欠，咀嚼，做出任何防止牙关紧闭的动作。差不多一小时后，潮水退到够她用手指在黑泥上挖个洞。基娅把脚轻轻地放进丝般柔滑的泥里。这里空气凉爽，鹰的啸鸣给了她忍耐的力量。

下午晚些时候，基娅非常饿，所以回了棚屋。爸爸的房间仍旧空着，他可能几小时内都不会回来。打牌、喝酒占据了这个男人晚上大部分时间。没有粗玉米粉了，基娅四处翻了翻，找到一罐旧的油腻腻的起酥油。她沾了一点肥油，涂在苏打饼干上。一开始慢慢地啃，后来连吃了五片。

她躺到门廊小床上歇着，一边捕捉爸爸的船回来的动静。夜幕降临，睡意一点点袭来。她一定是在天快亮的时候睡着的，因为再醒来时阳光已罩住了她的脸。基娅迅速张张嘴——还能张开。她在盐水池和棚屋间来回，直到靠追踪太阳的轨迹确定时间已经过去了两天。她张开嘴又闭上。可能，她挺过来了。

那天晚上，基娅裹着被单，躺在床垫上，涂了泥浆的脚包上了破布。她想着，会不会醒来后发现自己已经死了。哦不，她还记得，这没那么简单：她的背会弓起来，四肢会变得扭曲。

几分钟后，她感到背部下方一阵剧痛，坐了起来。"哦，不，哦，不。妈妈，妈妈。"背部的疼痛不断袭来，基娅吓得不敢动。"不过是痒痒。"她喃喃道。最后，实在筋疲力尽，她睡着了，一觉睡到鸽子在橡树上低语。

整整一周，基娅每天去盐水池两次，靠苏打饼干和起酥油活着。爸爸一直没回家。到了第八天，她的脚可以灵活转动了，疼痛也退到了皮肤表层。基娅跳了一小段吉格舞庆祝康复。"我做到了！我做到了！"

第二天一早，基娅去海滩找更多海盗。

"我要做的第一件事是命令手下拔掉所有钉子。"

每天早晨，基娅都醒得很早，仍旧期待听到妈妈忙着准备早饭的哗啦声。妈妈最喜欢的早饭是炒自家产的鸡蛋，把熟透了的西红柿切成薄片，还有玉米煎饼——在沸油里倒入玉米粉、水和盐的混合物，在高温下，混合物不停地冒泡，边缘翻起一圈脆脆的皮。妈妈说，只有隔壁都能听见噼啪声，才是真正的煎制。基娅长这么大，每次醒来都能听见煎饼在油里冒泡，闻到蓝色的、带着热玉米味的烟。但现在，厨房里静悄悄、冷冰冰的。基娅滑下床，偷偷去了潟湖。

几个月过去了。冬天缓缓降临，一如往年南方的冬天。太阳温暖得像一床毯子，裹在基娅的肩头，哄她深入湿地。有时她在晚上会听到一些陌生的声音，或者被太近的闪电吓一跳——每一次跌倒，都是大地接住了她。最终，在某个无人知晓的瞬间，心里的疼痛像水渗入沙子一般消退了。痛还在，只是埋藏在很深的地方。基娅把手放在呼吸着的潮湿泥土上。湿地成了她的妈妈。

5. 调查

1969

天空中挂着炽热的太阳，知了在拼命地叫。其他生命都在高温下畏缩了，躲在林下的灌木丛里，发出茫然的嗡嗡声。

治安官杰克逊擦了擦眉毛，说："维恩，这儿还有不少事要干，但总感觉不太对。蔡斯的妻子和家人还不知道他的死讯。"

"我去告诉他们，埃德。"维恩·墨菲医生说。

"感谢。开我的车去。另外，给蔡斯叫辆救护车，让乔坐我的车过来。不要跟其他人说这件事。我不想镇上所有人都跑来这里看热闹。一旦你告诉某个人，他们就都会过来。"

出发前，维恩盯着蔡斯看了一会儿，好像之前忽略了一些东西。作为医生，他必须搞明白。沼泽地沉重的空气立在他们身后，耐心地等着出场。

埃德转向两个男孩，说："你们待在这里。我不希望镇上任何人谈论这件事。不要碰任何东西，也不要在泥上留下更多痕迹。"

"是，先生，"本吉说，"你认为有人杀了蔡斯，对吧？因为没有脚印，可能是谁把他推下了高塔？"

"我没说过这样的话。这是治安官的工作。现在，你们两个别挡道，也不要跟人复述你们在这里听到的任何一句话。"

不到十五分钟，治安官副手乔·珀杜坐着巡逻车到了。他个子矮小，蓄着厚厚的鬓角。

"真是没法接受。蔡斯死了，他是镇上有史以来最好的四分卫。这次可失了准头。"

"说得很对。来吧，开始工作吧。"

"现在知道些什么？"

埃德站得离那两个男孩更远了一点。"很明显，表面上看，这是一起事故：他从塔上摔下来，死了。但到目前为止，我没发现任何他或者其他人走向楼梯的脚印。让我们看看能不能找到有人掩盖脚印的证据。"

这两名执法者仔细爬梳了这片区域，用了整整十分钟。"没错，除了那两个孩子，没有其他人的脚印。"

"是的，也没有抹去脚印的痕迹。我搞不懂了。先不管这个，晚点再说。"埃德说。

他们给尸体拍了照，也拍下了它和楼梯的相对位置，还有头部的伤口、翻折的腿的特写。埃德口述，乔做记录。他们在测量尸体到小径的距离时，听到小路上传来救护车车身擦过密集灌木丛的声音。司机是一个年老的黑人，运了几十年伤患、将死之人和死人。他点头致意，然后悄声建议："那个，他的胳膊不太好收起来，所以没法滚上麻布，得把他抬起来。这会很重。治安官，先生，你扶着蔡斯先生的头。很好。天哪，天哪。"上午稍晚时分，他们把蔡斯安顿到了救护车后部，身上沾满了泥浆。

既然墨菲医生已经将蔡斯的死讯告知了他的父母，埃德便让两个孩子回家了，然后和乔爬上楼梯。这楼梯旋转着通向顶部，每一级都变窄一点。随着他们往上爬，世界的边缘不断外移，苍翠繁茂的树林和水汪汪的湿地扩展到了最远处。

到最后一级台阶时，杰克逊抬起手推开了铁门，爬上平台后又把门放下，因为这扇门是地板的一部分。因年代久远而碎裂发灰的木板构成了平台的中心，这些木板外围是镂空的方形格栅，可以开合。合上的时候可以安全行走，但只要有一个开着，你就可能从六十英尺的高度摔下去。

"啊，看那个。"埃德指着平台另一边，那儿有一个格栅正大开着。他们走过去。"到底怎么回事？"乔说。通过格栅往下看，可以清晰地看到嵌入泥中的不自然的尸体轮廓。淡黄色的黏性物质和浮萍散布在旁边，像一幅飞溅画。

"这说不过去啊，"埃德说，"有时候人们会忘了关楼梯上面的门，你知道的，在他们下去的时候，我们发现过好几次了。但那些格栅几乎从来没被打开过。"

"为什么蔡斯一开始要打开这个格栅呢？有谁会这样？"

"除非有人计划要把别人推下去摔死。"埃德说。

"那为什么完事后不关上呢？"

"因为如果蔡斯是自己掉下去的，这格栅就没法关上，必须开着，这样看起来才像是一起事故。"

"看这洞下面的支撑梁，整个被撞进去了，碎了。"

"嗯，我明白了，蔡斯一定是掉下去的时候脑袋撞在了梁上。"

"我爬出去找找血迹和头发，收集一些碎片。"

"谢谢你，乔。拍几张特写。我去找根绳子拴住你。这淤泥里可不能一天出现两具尸体。我们还要从这个格栅、楼梯旁的格栅、楼梯扶手上取指纹。任何人可能碰过的地方。再收集一下头发样品、线头。"

两个多小时后，他们直起腰，舒展了一下身体。埃德说："我不是说这是谋杀，现在下定论还太早。不过撇开这个，我想不出谁想杀了蔡斯。"

"好吧，我想说其实有不少人。"副手说。

"比如谁？你这话是什么意思。"

"得了吧，埃德，你知道蔡斯是什么样的人。他像公猫一样到处勾搭，跟个刚被放出来的公牛一样四处发情。结婚前这样，结婚后还这样。和单身女孩、已婚妇女鬼混。我看发情的公狗在全是母狗的集会上也比他节制。"

"得了吧，他还没这么糟。没错，他确实很讨女人喜欢。但我不觉得镇上会有人因为这个杀人。"

"我只是说有人不喜欢他。那些忌妒他的丈夫。这肯定是他认识的人做的。我们都认识的人。蔡斯不可能和陌生人爬到这里来。"乔说。

"除非他欠了外地人一大笔债，或者类似的我们不知道的事。还得有一个强壮到可以推动蔡斯·安德鲁斯的男人。这可不简单。"

乔说："我已经想到了一些人。"

6. 一艘船和一个男孩

1952

　　某个早晨，爸爸刮了脸，穿上一件皱皱的有领尖扣的衬衫，走进厨房，说要坐大巴去阿什维尔，和军队谈一些事情。他觉得自己应该拿到更多伤残津贴，所以去问问看，三四天回不来。爸爸从没告诉过基娅他的事，去哪里，什么时候回来——所以，基娅穿着过短的工装裤站在那里，抬头看向他，没说话。

　　"你和那些跑了的一样，又聋又哑。"他说，随后摔上了门。

　　基娅看着他瘸着腿走在小径上，左腿先摆到边上，然后向前。她的手指绞在一起。大概所有人都会离开她，沿着小径，一个接一个。到了大路上，爸爸出人意料地回头看了看，基娅高高举起手，用力挥动，试图挽留他。爸爸举起胳膊，快速而草率地挥了挥。但他至少道别了。妈妈没有。

　　离开门廊，基娅信步走到潟湖，成百上千的蜻蜓沐浴在晨光中，翅膀闪烁着微光。橡树和密集的灌木围绕着湖水，使湖面变得像洞穴一般阴暗。她看到爸爸的船系着绳漂在那儿。如果她开船进湿地被发现了，他会拿皮带抽她，或者用放在门廊边的桨——乔迪之前管它叫"欢迎球拍"。

大概是对远方的渴望将她推向了船。那是一艘两头上翘的平底金属小艇，爸爸用它来捕鱼。这么多年来她一直坐着它外出，通常是和乔迪一起。有时候他会让她掌舵。她甚至知道如何通过一些复杂的水道、河口，它们蜿蜒穿过相接的水和陆地，陆地和水，最后到达大海。虽然大海就在环绕棚屋的树丛后，但坐船去那儿的唯一方法是先往反方向的内陆开，然后穿过数英里的水网，迂回抵达。

但基娅只有七岁，还是个小女孩，不曾独自驾船外出。船就浮在那儿，用一根棉绳系在木头上。甲板上散布着灰色的污垢、磨损的渔具和压扁的啤酒罐。她上了船，大声说："得像乔迪说的那样检查一下汽油，这样爸爸就不会发现我开过船。"她拿一根断了的芦苇戳进生锈的油罐里。"我想够一次短途了。"

像所有优秀的强盗那样，她看了看四周，然后从木头上解开棉绳，用单桨撑船。大片安静的蜻蜓在她面前分开，让出路来。

她经不住诱惑，拉了启动绳，发动机喷着白烟运转起来，她被震得向后踉跄了一下。她紧抓舵柄。油门加过头了，船猛地急转，发动机咆哮着。基娅松开油门，抬起手，船慢下来，漂浮着，发出嗡嗡声。

有问题的时候就放手。回到空挡。

这次，基娅在加速的时候柔和了许多。她驾船绕过倒下的老柏树，突突突地经过海狸洞口堆着的木头。然后，基娅屏住呼吸，开向潟湖的入口，那儿几乎被荆棘遮住了。她在树丛中慢慢地开，足足开了一百多码；碰到大树低垂的枝丫就低头，看到意态悠闲的乌龟从积水中滑游出来。水面上漂着浮萍织就的毯子，水被染成了树叶顶篷的绿色，形成一条翠绿的隧道。终于，树丛分开，船驶进了一个天空开阔、草触手可及、鸟鸣阵阵的地方。她觉得这就是一只小鸡破壳而出时欣赏到的景色。

基娅开着船转悠——船上，一个小不点女孩，面对数不尽的、纵横交错的河口，转来转去。出去的路上，碰到所有该转弯的地方都向左转，乔迪曾这样说过。基娅几乎没有碰油门，让船随波逐流，降低噪声。穿过一片芦苇荡时，她看到一只白尾鹿正带着它去年春天生下来的小鹿饮水。它们猛地抬头，把水珠甩向空中。她没有停下，不然它们会受惊逃跑，这是观察野龟时学到的：如果你表现得像一个捕食者，它们就会像猎物。只要忽视它们，慢慢前进就好。船经过时，鹿安静地站着，如松树一般，直到她消失在盐草之外。

基娅进入了一片橡树林，其间分布着一些深色的潟湖。她记起那边远处有一条水道连接着一个巨大的河口。有几次她进了死胡同，不得不返回，换个方向转弯。她在心里牢牢记住这些路标，这样就能原路返回。最终河口出现在眼前，水面如此辽阔，似乎倒映着整片天空和所有云彩。

根据溪岸的水位线，她知道潮水正在退去。从现在开始，当潮水退到一定程度，有些水道随时可能变得很浅，船会因此触底搁浅。她必须在那之前掉头回去。

当她穿过一片高草地时，突然之间，大海变了脸色，灰色、冷峻、涌动着的大海皱起了眉头。海浪互相拍打，激起白色的浮沫，伴随着巨大的轰鸣声撞碎在岸上——能量寻找着滩头阵地。碎裂后回归为一片平静的泡沫，等待着下一波大浪袭来。

海浪嘲弄她，挑战她，让她突破浪头，冲进大海。但乔迪不在，基娅鼓不起足够的勇气。不管怎么说，该回去了。雷暴云砧在西边天空扩张，在海天相接处形成巨大的灰色蘑菇。

周围没人，甚至远处也没有船。基娅回到大河口，看到湿地草地边有一个男孩正用破旧的渔具捕鱼，她感到很意外。这条路会让她靠近那个男孩，最近的地方只有二十英尺。然而现在，她看上去完全就是一个湿地孩子——头发打结，脸颊脏兮兮的，印着泪水风干后的痕迹。

看到另一个人，还是一个男孩，这让她焦躁不安。无论是汽油不足还是暴风雨，都不会让她有这种感觉。妈妈曾告诉过她的几个姐姐，小心男人。如果你看上去很有吸引力，男人就会成为捕猎者。她抿紧嘴唇，想着，我该怎么做呢？我必须得从他旁边经过。

余光中，基娅看到他瘦瘦的，金色鬓发塞进红色棒球帽里，年纪比她大不少，十一岁，也可能十二岁。她绷着脸靠近，但男孩朝她笑了，温暖而包容，还像问候身着礼服、头戴软帽的淑女的绅士那般碰了碰帽檐。基娅微微点了点头，然后向前看，加大油门经过。

现在，她只想回到熟悉的路标处，但她一定在某个地方转错了弯，到了第二串潟湖时，她找不到回家的路了。她循着橡树根膝和桃金娘丛兜兜转转。渐渐地，她有点发慌，所有的草丛、沙洲和弯道看起来都毫无差别。她关掉发动机，站在船中央，双脚叉开保持平衡，想要看到芦苇荡那头，但看不到。她坐了下来。迷路了。油不够。暴风雨要来了。

她学着爸爸的话，咒骂起离开的哥哥。"该死的乔迪！真该死。"

船在轻柔的浪中漂浮，她轻声啜泣着。云层在太阳周围聚集，沉沉地向她头顶移来，无声无息，挤压着天空，在清澈的水面上投下阴影。随时可能刮起狂风。更糟的是：如果她在外面待太久，爸爸就会知道她动了船。基娅缓缓向前。或许能找到那个男孩。

在小溪中行驶了几分钟后，她眼前出现了一个转弯和那个大河口，男孩的船就在对面。白鹭飞起，在堆积的灰色云层背景上投下一抹白色。基娅盯着那个男孩，不敢靠近，也不敢不靠近。最终，她穿过河口。

基娅靠近时，他抬起头。

"你好。"他说。

"你好。"她的视线越过他的肩膀，看向芦苇荡。

"你要去哪儿？"他问，"希望不是出去。暴风雨要来了。"

"不出去。"她说，低头看着水面。

"你还好吗？"

她喉咙发紧，强忍着呜咽点点头，无法开口。

"你迷路了？"

她又点点头。决不能像个女孩子似的哭。

"好吧。我经常迷路，"他微笑着说，"嘿，我认识你。你是乔迪·克拉克的妹妹。"

"曾经是。他走了。"

"好吧，那你也仍是他的……"他没说完。

"你是怎么认识我的？"基娅迅速和他对视了一眼。

"我之前和乔迪一起捕过几次鱼。有时看见你们在一起。你还是个小孩呢。你是基娅，对吧？"

有人知道她的名字，她被带回这个世界了。她觉得自己被什么拴住了，又从其他什么中解脱了。

"是的。你知道我家吗？从这儿怎么走？"

"我想我知道。不管怎么说，差不多是时候走了。"他指指云，"跟着我。"

他拉起绳子，把渔具放进箱子，然后发动小艇。穿过河口时，他挥挥手，基娅跟了上去。慢慢地，他直接把船开进右边的水道，回头确认基娅是不是也跟着转弯了，然后接着前进。在每个转弯处他都会这么做，一直到橡树潟湖。开上回家的那条昏暗水路时，基娅知道自己之前哪里出错了，之后绝不会再犯。

他领着她——即使基娅挥手告诉他接下来的路她都认识——穿过她的潟湖，一直到岸边，基娅的棚屋就在岸上的树林里蹲伏着。她把船开到半浸在水里的老松树旁，系起来。他的船往回走，经过她的，在两道相反方向的水波里轻轻晃动。

"现在没事了吧？"

"是的。"

"暴风雨要来了，我得走了。"

她点点头，想起妈妈曾教过她的话。"谢谢你。"

"没事。我叫泰特，说不定下次还能再见面。"

基娅没有回答。他说："那再见了。"

泰特往外开的时候，雨点开始慢慢砸在潟湖的沙滩上。她说：

"要下大雨了。那男孩会被淋成落汤鸡。"

她弯下腰查看油罐，插进芦苇秆，手在罐口处围成杯状，防止雨滴落入。她不会数硬币，但她很确信，水不能混进汽油里。

这太浅了，爸爸会发现的。我得在爸爸回来前去一趟汽油店。

她认识汽油店老板强尼·莱恩先生，他总叫她和她的家人湿地垃圾。但和他打交道，经历过的风暴，还有海浪，这些都是值得的，因为现在她只想回到草、天空、水的空间。孤身一人，她也曾感到害怕，但现在却变成了兴奋和期待。还有别的原因。那个男孩的镇静自若。她从没见过谈吐和动作如此稳重的人。如此笃定、从容。只是靠近他，甚至不需要很近，就已经让她感到放松。自妈妈和乔迪离开后，她第一次呼吸时不再感到痛苦，还感受到了伤痛之外的东西。她需要这艘船和那个男孩。

当天下午，泰特·沃克扶着自行车车把，漫步走过镇子，途经五分一角店时向潘茜小姐点头致意，然后经过西部车行走到镇子的码头边。他扫视海面，寻找爸爸的捕虾船"樱桃派"，远远地看见了船身明红色的漆，宽阔的网翼随着网里隆起的猎物左右摇晃。成群的海鸥绕船飞舞，在它们的护卫下，船靠近了。泰特挥着手，他的爸爸，一个肩如山岳、红发浓密、蓄着胡子的高大男人，把手高举到空中。老排，镇上的人都这么叫他，把绳子扔给泰特，泰特把绳子系上，跳到甲板上帮船员们卸货。

老排揉了揉泰特的头发。"儿子，最近怎么样？谢谢你过来接我。"

泰特微笑着点点头。"没事。"他们和船员一起忙碌起来，把虾装箱，搬到码头。船员们聊着待会儿去狗日啤酒屋喝酒，还问了泰特学校的事。老排比其他男人高出一掌，一次能搬三箱，搬到铺板另一头，再回去继续搬。他的拳头有熊掌大小，指关节处皮肤皲裂。四十分钟不到就收工了。把甲板用软管浇湿，清洗干净，收起渔网，系好绳子。

老排告诉其他船员改天再一起喝酒，回家前还有一些维护工作要做。驾驶室的台子上绑着一台唱片机，老排放了一张米莉莎·科耶斯的七十八转唱片，调大音量。他和泰特走下船舱，钻进引擎室。泰特给爸爸打下手、递工具，老排则在昏暗的灯光下给零件上油，拧紧螺栓。高亢甜美的歌声在空中越飘越高。

老排的曾曾祖父十八世纪六十年代从苏格兰移民，在北卡罗来纳的海岸遭遇了海难，是唯一的幸存者。他游向海岸，在外滩群岛登陆，娶妻生子，成了十三个孩子的父亲。镇上很多人的祖先都可以追溯到这位沃克先生，但老排和泰特大部分时候都独来独往。他们不常参加亲戚们周日举办的鸡肉沙拉和芥末鸡蛋野餐，不像之前泰特的妈妈和妹妹还在时那么频繁。

终于，在泛灰的薄暮里，老排拍了拍泰特的肩头。"都做完了。回家吧，弄点晚饭吃。"

他们走上码头，走到主街，然后拐进一条通向家的曲折小路。他们的房子建于十九世纪，两层高，贴着已风化的雪松护墙板。白色的窗框才刷过不久，草坪几乎伸到海边，修剪得整整齐齐，但屋旁的杜鹃花和蔷薇花丛在野草中间郁郁寡欢。

老排在储藏室里脱下黄色的靴子，问："吃腻汉堡了吗？"

"永远吃不腻。"

泰特站在厨房灶台前，拿起一团汉堡肉，压成饼状，放到盘子上。他的妈妈和妹妹卡丽安，两人都戴着棒球帽，在窗子旁的照片里朝他微笑。卡丽安喜欢那顶亚特兰大帽子，以前走到哪儿都戴着。

他转开视线，开始切西红柿，搅拌烤豆子。如果不是因为他，她们还会在这里。妈妈给鸡肉涂酱料，卡丽安切饼干。

和往常一样，老排把汉堡烤得略焦，但里面鲜嫩多汁，足有一本城市黄页那么厚。两人都饿了，埋头安静地吃了一会儿，然后老排问起学校的情况。

"生物很好，我很喜欢。不过语文课学诗歌，我不太喜欢。每个人都得大声朗读一首。你以前给我们背过几首，我没记下来。"

"我这儿有首诗，孩子，"老排说，"我的最爱——罗伯特·瑟维斯的《萨姆·马吉的火葬》，过去读给你们听过。这也是你妈妈最喜欢的诗。每次我读她都笑，从来没厌烦过。"

提到妈妈，泰特低下头，把烤豆子推到一边。

老排接着说："不要觉得诗歌是女人的东西。当然有很多爱情诗，但也有很多有趣的诗，很多关于自然甚至战争的诗。诗歌的全部意义在于，它们能让你感受到一些东西。"爸爸无数次告诉他，一个真正的男人会毫不羞耻地流泪，会用心去读诗，会用灵魂感受歌剧，会尽全力保护他的女人。老排走进客厅，说："我以前能背下来大部分，现在全忘了。啊，找到了，我读给你听。"他坐回餐桌前，开始朗读。当他读到：

萨姆坐在那里，冰冷而镇静，在熔炉火力的中心。

他脸上的微笑一英里外就能看到，他说：

"请关上门。

这里很好，但我担心你会放进来冷气

和暴风雨——

自从离开普拉姆特里，来到田纳西，这是我第一次

感到暖和。"

父子俩笑了起来。

"你妈妈总在这段笑。"

他们微笑着回忆，静静地坐了一分钟。老排说他来收拾，泰特去写作业。在房间里，泰特翻看诗集，想找一首到课堂上读。他看到了一首托马斯·摩尔的诗：

……她去了阴沉沉的沼泽湖，

在那里，整夜就着萤火虫灯，

划着她白色的轻舟。

很快我就会看到她的萤火虫灯，

很快我就会听到她的划水声；

我们的一生将悠长而充满爱意，

我会把她藏入柏树，

当死亡的脚步临近。

这些文字让他想起了基娅，乔迪的小妹妹。在湿地的浩大之中，她是如此渺小而孤独。他想象自己的妹妹迷失在那儿。爸爸说对了，诗歌能让你感受到一些东西。

7. 捕鱼季

1952

那天晚上，在捕鱼男孩领着她穿越沼泽回家后，基娅盘腿坐在自己的门廊小床上。暴雨带来的薄雾渗进打着补丁的纱门，轻触她的脸庞。她在想那个男孩，善良而强壮，和乔迪一样。和她有过交谈的人只有爸爸——偶尔聊几句——以及小猪扭扭杂货店的收银员辛格尔特里夫人，次数更少。她最近正教基娅区分二十五分、五分和十分硬币。便士基娅已经认识了。但辛格尔特里夫人有时候很爱管闲事。

"亲爱的，你到底叫啥？你妈为什么不来了？芜菁长出来后就再也没见过她。"

"妈妈有很多杂事，所以让我来。"

"好吧，亲爱的，不过你从来不买够一家人吃的东西。"

"夫人，我该走了。妈妈现在就要这些玉米粉。"

如果可能，基娅会避开辛格尔特里夫人，去另一位收银员那儿结账，后者对她毫无兴趣，除了说孩子们不该光着脚来杂货店。基娅想告诉她，她并不打算用脚指头挑葡萄。反正，谁买得起葡萄？

渐渐地，基娅不再和任何人说话，只和海鸥说。她考虑要不要和爸爸达成什么协议，好让她可以用船。在湿地，她可以收集羽毛、贝壳，或许还能看见那个男孩几次。她从来没有朋友，但能感觉到有朋友的好处，也会有交朋友的冲动。他们可以一起在河口逛逛，探索一下沼泽。他大概把她当小屁孩，不过，他清楚湿地里的路，也许可以教她。

爸爸没有车。他开船去捕鱼、去镇上，以及穿过沼泽去沼泽几内亚。那是一家饱经风霜的酒吧和扑克牌屋，靠一条穿过香蒲丛的快散架的木板路与陆地连接。锡顶，护墙板切割粗糙，随意东加一块西加一块，地板高低不平，随着沼泽地上撑起房子的砖砌的柱子起伏。爸爸去那儿或者其他任何地方都开船，很少走路。他为什么要借船给她？

不过，他不用船时会让哥哥们用，可能因为他们要去捕鱼做晚饭。她对捕鱼毫无兴趣，但或许可以交换些别的东西。基娅觉得这是一个可行的办法。做饭或者做更多家务，直到妈妈回来。

雨变小了。这儿一滴，那儿一滴，被砸到的树叶像猫耳朵那样突然弹一下。基娅跳下床，整理橱柜，拖洗厨房沾满污渍的地板，刮掉灶台上粘了好几个月的结块的粗玉米粉。第二天一大早，基娅搓洗了爸爸散发着汗和威士忌臭味的床单，然后摊开晾在蒲葵丛上。她还打扫了哥哥们不比衣柜大多少的房间。脏袜子堆在衣柜后面，泛黄的漫画书散落在地上那两张遍布污渍的床垫旁。她试图回忆起他们的脸，以及穿过这些袜子的脚，但细节已经模糊了。甚至乔迪的脸都在渐渐淡去。有那么一会儿，她看到了他的眼睛，但它们溜走了，闭上了。

第三天早上，基娅带着一加仑的罐子沿着沙路走去杂货店，买了火柴、脊梁肉和盐，省下二十分。"不能买牛奶，得买汽油。"

她去了汽油站，就在巴克利小湾镇外的一片松树林中，周围的水泥地上停满了生锈的卡车和破旧的汽车。

莱恩先生看见基娅走过来，骂道："赶紧滚，你这乞讨的小母鸡，湿地垃圾。"

"我带了现金，莱恩先生。我需要给爸爸船上的发动机买点汽油。"她拿出两个十分币，两个五分币和五个便士。

"好吧，就这么点东西几乎不值得我动手，不过算了，你来吧。"他伸手去够倾斜的方形油桶。

她向莱恩先生道谢，他又咕哝了几句。回家的路上，手上的杂货和汽油越来越重，她花了不少时间才到家。终于，在潟湖的树荫下，她把罐子里的汽油全部倒入油缸里，然后用抹布和湿沙粒擦洗小艇，直到它的金属边透过尘垢显露出来。

爸爸离开后第四天，基娅开始守望。到了下午晚些时候，一种冷冰冰的恐惧攫住了她，连呼吸都变浅了。她又陷入这种境地，一直盯着小径。虽然爸爸很卑劣，但她需要他回来。终于，晚上还不算太晚的时候，他出现了，走在沙路的车辙上。基娅跑去厨房，摆出一碗菜炖肉——芥菜叶、脊骨肉和粗玉米粉。她不知道怎么做肉汁，就把脊骨里漂着白色肥油的骨髓倒进一个空着的果冻罐里。盘子都裂了，也不配套，但基娅还是在左边放了叉子，右边放了刀，就像妈妈曾教过她的那样。她等着，笔直地贴靠在冰箱上，像一只被轧死在路上的鹳。

爸爸踹开前门，门砰的一声撞到墙上，他几步走过客厅到房间，没叫她，也没去厨房看看。这很正常。她听到他把箱子放到地上，拉开抽屉。他肯定注意到了清爽的床单，干净的地板。即使眼睛没看到，鼻子也该闻到了。

几分钟后，他走出来，直接进了厨房，看了看摆好的餐桌和桌上煮好的食物。他看到她站在冰箱旁。他们互相看了一会儿，就像从来没见过似的。

"哎呀，孩子，这都是什么？你好像一下子长大了啊，会做饭，做其他家务了。"他没笑，但脸上很平静。他没有刮胡子，左边太阳穴挂着几绺深色的脏头发。但他是清醒的。基娅看得出来。

"是的，爸爸。我还做了玉米面包，但没有成功。"

"好的，谢谢你。你表现得很好。我又累又饿，简直像在泥里打滚的猪。"他拉出一把椅子，坐下，基娅也坐了下来。他们安静地把自己面前的盘子盛满，从没什么肉的脊骨上拣出带筋的肉丝。他拿起一段脊骨，吸出骨髓，肥腻腻的汁水沾在他留着胡子的脸颊上。然后他开始嗑骨头，直到它们光滑得像丝带。

"这会儿有个凉的芥蓝三明治就更好了。"他说。

"要是玉米面包做成了就好了。大概要放更多苏打粉，少一点鸡蛋，"基娅不敢相信自己这么健谈，但她停不下来，"妈妈做得那么好，我可能不够注意细节……"想到自己不应该谈论妈妈，她住了嘴。

爸爸把盘子推向她，问："还有吗？"

"有，还有很多。"

"哦，在炖汤里放点面包，啊，它们会吸汤汁，我打赌会变得像蛋奶面包那么松软。"

基娅给爸爸盛汤的时候偷偷笑了。谁都想不到玉米面包会成为他们交流的契机。

但现在，她担心，如果这时提出用船的事情，爸爸可能会以为她做饭和打扫卫生都只是为了达成这个目的。虽然一开始出发点确实如此，但现在情况不同了。她享受坐下来和家人一起吃饭的感觉，迫切地想跟人说说话。

所以，她没有提要单独用船的事，反而问："我可以和你一起去捕鱼吗？"

他哈哈大笑，但神色和蔼。这是妈妈和其他人离开后他第一次笑。"你想去捕鱼？"

"是的，我想去。"

"你是女孩。"他说，看着自己的盘子，嘴里嚼着脊骨。

"是，我是你的女儿。"

"好吧，我可能有时候会带你出去。"

第二天一早，基娅冲下沙径，举着胳膊，嘴里发出噼啪的声音，唾沫飞溅。她幻想着自己起飞，向湿地进发，找寻鸟巢，然后和鹰一起振翅翱翔。她的手指变作长长的羽毛，在天空中舒展开来，任由风把她托起。突然，她听到爸爸在船上喊她，一下子被拉回了地面。她的翅膀塌陷，胃里一阵刺痛。爸爸一定是发现了她用过船。基娅几乎已经感觉到船桨抽打在屁股和腿上了。她知道该怎么藏起来，等他喝醉，喝醉的他从来没有找到过她。但她在沙径上走了太远，完全暴露在爸爸的视野中，他就在那儿站着，带着所有钓竿，看着她过去。基娅走过去，沉默又害怕。渔具散放在船上，爸爸的座位下面有一袋玉米粉。

他只说了句"上来"，这是他的邀请。她松了口气，想表达一下高兴和感激，但他面无表情，于是她什么都没说，只是走向船头，坐在朝前的金属座椅上。他转动舵柄，把船开进水道，沿水路曲折前行时，会避开过于茂盛的枝叶。基娅默记着衰败的树和老朽的树桩路标。在一片死水区，他让船减速，示意基娅坐到中间的座位上。

"现在开始吧，从罐子里抓几条虫子。"他说，嘴角叼着一根手卷烟。他教她如何挂饵、扔线和收线。似乎为了避免碰到基娅，他的身体扭成了奇怪的姿势。他们只谈论钓鱼，完全没有冒险尝试其他话题，也不怎么笑，但都很平静。他喝了点酒，不一会儿忙碌起来，便没再喝。晚些时候，太阳叹息着褪成黄油色。可能他们自己都没有意识到，他们的肩膀和脖子终于放松下来。

基娅暗暗希望自己不要钓到鱼，但她感觉到钩子有动静，猛地一拉，结果拉起一条肥美的鲤鱼，闪着银蓝色的光。爸爸探身向前，抓过鱼丢进网兜里，然后坐回去，拍着膝盖欢呼——她从没见过他这样。基娅咧嘴微笑，和爸爸对视了一眼，仿佛电路闭合般在那一瞬间联通了彼此。

在被捆起来之前，那条鲤鱼在船底翻腾。基娅不得不看向远处的一排鹈鹕，琢磨云彩的形状或其他任何东西，除了那条快死的鱼。它盯着一个没有水的世界，大张着嘴，用力吸入毫无用处的空气。但她的付出和这条鱼的付出都是值得的，因为她有了一点家的感觉。或许对鱼来说不值，但……

第三天，他们又开船出去了。在一个昏暗的潟湖上，基娅发现有几根大雕鸮柔软的胸部羽毛漂浮在水面上。每一根羽毛的两端都微微翘起，就像一条条橘黄色的小船。她把这些羽毛舀起来，放进兜里。后来，她又发现一根伸出的枝丫上挂着一个被遗弃的蜂鸟巢，也小心翼翼地放到船头。

那天晚上，爸爸炸了鱼——裹着玉米面和黑胡椒，另外还有粗玉米粉和绿叶菜。饭后基娅在厨房洗碗，爸爸走进来，手里拿着他的二战背包。他站在门边，粗暴地把包甩到椅子上，结果包砰的一声滑到了地上，吓了基娅一大跳，她吃惊地转过身来。

"我想你可以用这个包装羽毛、鸟巢，还有其他收集的东西。"

"啊，谢谢。"基娅说。但他已经走出了纱门。她捡起磨损的背包。材质是帆布，结实得好像能用一辈子，全是小口袋和秘密隔层，拉链也是耐用型的。她看向窗外。他还从没送过任何东西给她。

冬天所有暖和的日子，还有春天的每一天，爸爸和基娅都会出门，沿着海岸线上下走出很远，拖钓、扔线、收线。无论在河口还是小溪，她都在搜寻泰特和他的船，希望能再次见到。她有时候会想到他，想和他做朋友，但不知道怎么才能成为朋友，甚至不知道怎么找到他。然后，很突然，某个下午，她和爸爸转过一个弯，碰到他在钓鱼，几乎就在第一次见面的地方。看到他们，他笑了起来，挥了挥手。基娅没多想，也抬起手挥了挥，脸上几乎绽开了笑容。然后她迅速放下手，因为爸爸正诧异地看着她。

"乔迪走之前认识的一个朋友。"她说。

"你要小心这里出现的人，"他说，"林子里全是白人垃圾。到这儿的所有人都不可靠。"

她点点头，想回头看看那个男孩，但忍住了。又开始担心他认为她不友好。

爸爸了解湿地就如同一只鹰了解它的猎场：如何捕猎，如何躲藏，如何吓走入侵者。基娅每次都会瞪大眼睛提问，这让他很乐于解释猎鹅的季节、鱼的习惯，以及怎么通过潮汐和云判断天气。

有时候，她会打包好晚饭，装进背包里，和爸爸一起就着湿地落日吃易碎的玉米面包——她几乎已经掌握了制作方法，还有切片洋葱。他偶尔会忘了酒，他们就一起用果冻罐喝茶。

"咱家不是一直这么穷的。"有一天，他们坐在橡树荫下钓鱼，爸爸突然说道。眼前棕色的潟湖上，昆虫低低飞过，发出嗡嗡的声响。

"有过土地，很肥沃，种烟草、棉花等，在阿什维尔附近。你奶奶戴马车轮子那么大的帽子，穿长裙。我们住的房子有两层，周围一圈都有平台。房子很好，非常好。"

奶奶。基娅张了张嘴。在某个地方，曾有过一个奶奶。她现在在哪里呢？基娅想问所有人的情况，但她不敢。

爸爸自顾自地继续说道："然后所有事情都不对了。那时我还很小，不知道发生了什么。大萧条来了，棉花遭遇了象鼻虫，我还什么都不知道呢，就什么都没了。唯一留下的是债务，很多很多债务。"

靠着这些简单的细节，基娅试图还原爸爸的过去。他完全没有提到妈妈的过去。如果家里有人谈到基娅出生前的生活，爸爸会暴怒。她知道家里人之前生活在远离湿地的地方，离外祖父家不远。在那里，妈妈穿从商店里买的裙子，上面有珍珠纽扣、绸缎丝带和蕾丝花边。他们搬来棚屋后，妈妈把这些裙子都压在箱底，每隔几年拿出一条剪成罩衫——因为没钱买新罩衫。如今，那些华美的衣服同它们的故事一起消逝了，被乔迪离开后爸爸点的那把火烧光了。

基娅和爸爸扔出更多线。这些线和漂在安静水面上的花粉相互摩擦，发出沙沙的声响。她以为爸爸说完了，他又补充道："哪天我带你去阿什维尔，让你看看以前属于我们的土地，那本应该是你的。"

过了一会儿，他猛地扯回钓线。"亲爱的，看啊，我钓了一条大鱼，简直有亚拉巴马州那么大！"

回到棚屋，他们炸了鱼和"像鹅蛋般肥美"的玉米饼。吃完饭，基娅摆出她的收藏品，小心地把昆虫固定到纸板上，又把羽毛钉到里面卧室的墙上，像一幅柔软、动人的抽象画。之后，她躺在门廊小床上倾听松林的声响。闭上眼，又睁开。他叫她"亲爱的"。

8. 无效信息

1969

结束了早上在防火瞭望塔的调查工作，治安官埃德·杰克逊和副手乔·珀杜陪着蔡斯的遗孀珀尔以及他的父母萨姆和帕蒂·洛夫去暂作停尸间的诊所看遗体。阴冷的实验室里，蔡斯躺在一张铁床上，身上盖着一块布。他们来告别。但这里对任何一个母亲来说都过于寒冷。任何一个妻子对此都难以忍受。两个女人都是被人从诊所里扶出来的。

回到治安官办公室，乔说："好吧，这简直不能更糟了……"

"是的。谁都没法熬过去。"

"萨姆什么都没说。他从来就不是个健谈的人。这件事肯定伤他很重。"

有人说，盐水湿地能把一栋水泥建筑像早饭那样消化掉，甚至治安官地堡般的办公室都不能阻止。水迹在墙壁低处蔓延，留下了盐粒勾勒的轮廓，黑色霉菌像血管一样爬上天花板。小小的黑色蘑菇蹲踞在角落里。

治安官从桌子最下面的抽屉里拿出一个瓶子，在咖啡杯里给自己和副手分别倒了酒。他们啜饮着,直到金黄如糖浆的太阳——就像波本威士忌——沉入大海。

四天后,乔手里挥着一些文件走进治安官办公室。"我拿到了第一批化验报告。"

"让我们看看。"

他们面对面坐着浏览,乔不时猛地拍一下苍蝇。

埃德大声读道:"死亡时间为一九六九年十月二十九日至三十日午夜到凌晨两点之间。和我们想的一样。"

又看了一分钟,他接着说:"我们得到的信息是无效的。"

"你说得没错。报告里什么都没有。"

"除了两个男孩走到第三个转弯处留下的脚印,扶手上、门上没有任何新鲜的指纹。没有蔡斯的,也没有别人的。"下午新冒出的胡楂掩盖了治安官原本红润的肤色。

"所以有人擦干净了。所有的东西。不然为什么扶手和门上都没有他的指纹?"

"完全正确。一开始没有脚印,现在没有指纹。没有任何证据能证明他从泥地走到楼梯,爬上台阶,打开顶上的两个格栅——一个是楼梯上面的,一个是他掉下去的。也没有其他任何人这么做过的证据。不过无效信息也是信息。有人完美地清除了证据,或者在别的地方杀了他,之后把尸体搬到这里。"

"但如果他的尸体是被拖到塔附近的,应该有轮胎痕迹。"

"没错,我们应该回那儿去,找找除我们的车和救护车以外的轮胎痕迹。或许我们忽略了些什么。"

又读了一分钟，埃德说："不管怎么说，我现在很确信，这不是一起意外。"

乔说："我同意。而且不是所有人都能这么利落地清除痕迹。"

"我饿了。走的时候顺便去趟小饭馆吧。"

"准备好遭遇伏击吧。镇上每个人都对这件事很热心。蔡斯·安德鲁斯的谋杀案可能是这里发生过的最大的事了，也可能永远都是最大的事。流言蜚语传得跟烟幕信号一样快。"

"好吧，咱们听着点，也许能得到一些有用的信息。大部分坏人嘴巴都不严实。"

巴克利小湾饭馆前面装了一整排带防风隔板的窗户，透过窗户能看见海湾。这家建于一八八九年的饭馆和镇码头湿漉漉的台阶之间就隔了一条窄窄的街。窗底下的墙边堆满了丢弃的虾篮和团成一团的渔网。人行道上东一处西一处扔着些贝壳。到处都能看见海鸟在叫唤或排泄。好在香肠饼干、煮熟的芜菁叶和炸鸡的香味盖过了码头上一字排开的鱼桶的强烈味道。

治安官推开门时，屋里溢出一阵小小的喧哗。有高高的红色软垫靠背的卡座都坐满了，大部分桌子也满了。乔指了指冷饮柜台前的两个空座，两人走了过去。

途中，他们听到汽油店的莱恩跟他的柴油机械师说："我猜是拉马尔·桑兹。你记得吧，他好几次抓到他老婆和蔡斯鬼混，就在蔡斯那艘高级游艇的甲板上。这是动机，拉马尔还有一些其他犯法的地方。"

"什么？"

"弄裂治安官的柏油路面的人里有他。"

"那会儿他们都还只是孩子。"

"还有些别的，我一时想不起来了。"

柜台后面，厨师兼老板吉姆·博·斯威尼放下煎锅里的蟹饼，去翻炒灶台上的奶油玉米，又把鸡腿放进大炸锅里，再回来弄蟹饼，并不停地把盛得满满当当的盘子放在客人面前。人们说他可以一手揉面团一手片鲥鱼。他一年中只有几次会做那道出名的拿手菜——烤比目鱼包虾，配上辣椒、干酪和玉米粉。这菜都不需要打广告，早已声名在外了。

治安官和乔在桌子间绕来绕去，听到五分一角店的潘茜·普赖斯小姐跟一个朋友说："可能是那个住在湿地里的女人。她疯得都能住精神病院了。我打赌她能干出这种事来。"

"什么意思？她和这事有什么关系？"

"有那么一段时间，她和他搞上了……"

到了柜台前，埃德说："我们打包带走吧，不能陷在这些流言蜚语中。"

9. 老跳

1953

    基娅坐在船头，看着雾气低垂的手指触碰到小船。起初，被撕裂的云朵碎片在头顶涌动；接着，雾气将它们困在一片灰蒙蒙之中，四下静悄悄的，只余发动机轻微的嘀嗒声。几分钟后，出现了几个意想不到的色块，码头加油站饱经风雨侵蚀的轮廓渐渐浮现在视野里，给人一种船不动而它在动的错觉。爸爸把船停靠过去，轻轻地撞上码头。基娅只来过一次。这儿的老板是一个年老的黑人。他从椅子上跳起来帮忙——这就是为什么大家都管他叫老跳。他两鬓如霜，头发斑白，一张大脸看上去很慷慨，眼睛像猫头鹰。老跳又高又瘦，似乎一直在讲话、微笑、仰头，露出招牌笑容时嘴巴抿紧。他不像大部分工人那样穿工装裤，而是穿了熨过的、系领扣的蓝色衬衫，深色短裤和工作靴。夏天最热的那几天，他有时会戴上一顶破烂草帽，但次数不多。

    他开的"汽油和饵料"店晃晃悠悠地立在他独占的歪斜的码头上。一根电线从岸边最近的一棵橡树上穿过，跨越约四十英尺的死水，勉力支撑。很久很久以前，久到没人记得清，大概是内战前的某个时候，老跳的曾祖父用柏木板建了这个码头和棚屋。

三代人在棚屋墙上用钉子钉满了明亮的金属指示牌——葡萄汽水、皇冠可乐、骆驼滤光片，还有有效期二十年的北卡罗来纳汽车牌照。它们绚烂的色彩可以穿透海上最厚的雾。

"你好，杰克先生。过得好吗？"

"我睡醒了还躺在土地上面而不是下面。"爸爸说。

老跳哈哈大笑，好像从没听过这老掉牙的笑话。"你带着你的小女儿。这很好。"

爸爸点点头，后知后觉说："这是我的女儿，基娅·克拉克。"

"很荣幸认识你，基娅小姐。"

基娅盯着自己露在外面的脚趾，不知道该说些什么。

老跳没有在意，聊起了最近捕鱼多么轻松。他问爸爸："加满吗，杰克先生？"

"对，加满。"

老跳一直聊天气、捕鱼、天气，直到油箱满了。

"那么，再见。"他一边说，一边解开绳子。

爸爸慢慢把船开回明亮的海上——太阳消灭大雾的速度比老跳加油要快。小船突突地绕着一个长满松树的半岛驶了几英里，最后停在巴克利小湾镇。爸爸把船系在镇码头腐蚀严重的梁上。渔民们行色匆匆，忙着把鱼装箱和系缆绳。

"我想我们可以去饭馆吃点。"爸爸说，带着基娅沿码头走向巴克利小湾饭馆。基娅从没吃过饭馆的食物，甚至从没进去过。她的心怦怦直跳，使劲刮蹭过短的工装裤上已经干了的泥点，轻拍打结的头发。爸爸推开门时，所有食客都顿了一下。有几个男人对爸爸微微点头。女人们皱起眉，别开头。有一个人轻蔑地哼了一声："他们大概看不懂'衣衫不整，不得入内'。"

爸爸指了指能看见码头的一张小桌子，让基娅坐下。她不会看菜单。爸爸告诉了她其中大部分菜品。她点了炸鸡、土豆泥、肉汁、白豆、松软得像新棉花一样的饼干。爸爸点了炸虾、芝士玉米粉和炸绿番茄。服务员在他们桌上放了一整盘黄油块和冰块，一篮子玉米面包和饼干，还有管够的冰甜茶。他们还要了黑莓馅饼配冰激凌作为甜点。基娅吃得很撑，简直像病了，但还是觉得很值。

爸爸在柜台买单，基娅出门走到人行道上。这里可以闻到渔船散发的笼罩着海湾的浓郁味道。她手里拿着一张油腻的纸巾，包着剩下的鸡肉和饼干，工装裤口袋里塞满苏打饼干，这是服务员留在桌上让外带的。

"你好。"基娅听到身后传来细小的声音，转身看见一个长着金色长鬈发、大概四岁的女孩正抬头看她。小女孩穿着淡蓝色连衣裙，向她伸出手。基娅看着这只小手：柔软而干净——这可能是基娅见过的最干净的东西，从没有用肥皂搓洗过，指甲底下也没有蚌泥。她望着小女孩的眼睛，那里面映着一个完全不同的孩子。基娅把纸巾换到左手，慢慢向小女孩伸出右手。

"你，滚开！"突然，特蕾莎·怀特夫人，卫理公会牧师的妻子，从巴斯特·布朗鞋店里匆忙跑了出来。

巴克利小湾镇的教派纷争不断。虽然镇子很小，但有四个教堂，这还只是白人教堂，黑人另外有三个。

当然，牧师、传教士和他们的妻子在镇上很受尊重。他们的穿着和行为举止也总是与这尊重相匹配。特蕾莎·怀特常穿浅色裙子、白衬衫，搭配浅口鞋和手提包。

她冲到女儿面前，抱起她，从基娅身边走开，再把女儿放回地上，蹲下说："梅里尔·林恩，亲爱的，不要靠近那个女孩，你听到了吗？她很脏。"

基娅看着这位妈妈用手指梳理着女儿的鬈发，也看清了她们长时间的互相凝视。

一个女人从杂货店出来，快步走向她们。"你还好吗，特蕾莎？这儿发生什么了？这个女孩在找梅里尔·林恩的麻烦吗？"

"我及时看见了。谢谢，珍妮。我希望这些人不要到镇上来。看看她，肮脏、恶心。现在有人感染急性肠胃炎，我就知道是从他们那儿来的。去年他们带来了麻疹，当时可严重了。"特蕾莎走开了，手里紧紧抓着自己的孩子。

就在这时，爸爸拿着一个装了啤酒的棕色纸袋在后面喊她："干吗呢？走吧，我们得走了，涨潮了。"基娅转过身，跟上他。在开船进湿地回家的路上，她眼前又浮现出那头鬈发和那对母女的眼睛。

爸爸还是时不时失踪，几天不回来，但不像以前那么频繁了。在家的时候也不会烂醉如泥，而是和基娅一起吃饭、聊天。一天晚上，他们玩金罗美纸牌游戏，基娅赢了，他哈哈大笑，而基娅也像一个普通女孩那样，捂着嘴咯咯地笑。

基娅每次走出门廊，都会看看小径，想着虽然晚春已至，野紫藤将谢,而妈妈自去年夏天就已离开,但她还是有可能走过沙路回家,穿着那双仿鳄鱼皮高跟鞋。现在,她和爸爸一起捕鱼、聊天,或许他们可以试着再次成为一家人。爸爸打过每一个人,大多是在他喝醉的时候。他会正常几天——和大家一起喝鸡肉炖汤,有一次还在沙滩上放风筝。然后又是喝酒,喊叫,殴打。有一些发作时的细节深深地刻在她的脑海里。有一次,爸爸把妈妈推到厨房墙上,一直打到她瘫倒在地上。基娅抓着他的手臂,哭着求他别打了。他抓住基娅的肩膀,吼叫着让她脱掉裤子,然后把她按得半趴在餐桌上,一把解下皮带,开始抽打。当然,她记得光着的屁股上那火辣辣的痛感,但奇怪的是,她更清楚地记得裤子堆在她瘦骨嶙峋的脚踝处的情状。妈妈爬到炉边的角落里尖叫。基娅不知道所有这些毒打是为了什么。

不过,如果妈妈现在回来,爸爸表现得体,他们或许可以重新开始。基娅从来没想过会是妈妈离开而爸爸留下来。但她知道妈妈不会永远离开她。如果她还在世界的某个地方,她会回来的。基娅还能看见妈妈跟着收音机唱歌时那饱满红润的双唇,听到她说:"认真听奥森·韦尔斯先生说话。他言语得体,是一位绅士。不要说'巴四[1]',那根本就不是个词。"

妈妈用油彩和水彩画河口,画落日,色彩那么丰富,画上的事物像是从地上剥下来的。她带过来一些美术用品,时不时也在克雷斯五分一角店零碎地买一点东西。有时候妈妈会让基娅在杂货店的棕色纸袋上画她自己的画。

---

[1] 即 ain't(不是),是较为粗俗的表示否定的用语。

在那个一起捕鱼的夏天，九月初，一个热得日光发白的下午，基娅走向小径尽头的邮箱。翻完那些杂货店广告，她僵住了，她看到一个蓝色的信封，上面是妈妈整洁的笔迹。美国梧桐叶正渐渐变成她离开时的黄色。妈妈杳无音信这么长时间，突然来了一封信。基娅盯着它，举到光下，手指滑过那些微斜、完美的笔迹。她的心在胸腔里怦怦跳动。

"妈妈还活着。在某个地方。她为什么不回来？"她想撕开信封，但她只认识自己的名字，那几个字并不在信封上。

她跑回棚屋，但爸爸开船出去了。她把信靠在餐桌的盐瓶上，这样他就能看见了。煮黑眼豆和洋葱的时候，基娅密切注视着那封信，怕它消失。

每隔几秒钟，她就冲到厨房窗边去听有没有船声。突然，爸爸跛着脚走上了台阶。基娅所有的勇气都消失了，她跑开了，大声说她要去屋外的厕所，晚饭很快就好。她站在臭气熏天的厕所里，心脏和胃仿佛在比赛谁抽得更厉害。她在长木凳上坐下，从门上月牙形的裂缝向外望去，不知道自己到底在期待什么。

摔廊门的声音传来，爸爸快步走向潟湖。他直接上了船，手里拎着一个小袋，开走了。基娅跑回棚屋，跑到厨房里，但是信已经不见了。她猛地拉开他的抽屉，在衣柜里乱翻。"那也是我的！我和你有一样的权利。"回到厨房，她翻着垃圾桶，看到了信的灰烬，边缘还泛着蓝色。她用勺子把这些舀起来，摊到桌面上，只剩一小堆黑色和蓝色的残留物。她在垃圾里一点一点地挑。可能有些部分落到了底下。但什么都没了，只有粘在洋葱皮上的灰烬。

她坐在桌旁，看着那一小堆灰烬。豆子还在锅里煮着。"妈妈碰过这些。或许爸爸会告诉我她写了什么。别傻了——这就和沼泽地下雪一样不可能。"

甚至连邮戳也不见了。她永远都不会知道妈妈在哪儿了。她把灰烬装进一个小瓶子，收到床边的雪茄盒里。

那天晚上和第二天，爸爸都没有回家。他最后回来的时候，又变回了以前那个走路摇晃的醉汉。当她鼓足勇气问信的事，他咆哮道："这巴四你该关心的事！"接着又说，"她不会回来了，你赶紧忘了吧。"然后拄着棍子慢吞吞走向小船。

"这不是真的。"基娅冲着他的背影喊，紧握的拳头垂在身侧。她看着他离开，对着空荡荡的潟湖大喊："'巴四'根本就不是个词！"后来她想，她本应该自己打开信，甚至不必告诉爸爸，那样她就可以留下这些文字以后看，而对爸爸来说，不知道信的存在更好。

爸爸再也没有带她去捕过鱼。那些温暖的日子只是一个额外的季节。低低的云层分开，阳光短暂地照亮了她的世界，然后云层合拢，阴暗而吝啬。

基娅不记得该如何祈祷。重要的是手势还是眼睛闭得有多严？"也许，如果我祈祷了，妈妈和乔迪就会回家。即使会被打骂，生活也比这粗玉米粉好。"

她唱起赞美诗的片段——"露水还在玫瑰上时，他和我走在一起。"妈妈曾带她去过几次小小的白色教堂，这两句是她能记起的所有。她们最后一次去那儿是妈妈离开前的复活节。但关于这个节日，基娅只记得喊叫、流血，有人摔倒，她和妈妈逃开了。后来，她索性全忘了。

基娅透过树看着妈妈种玉米和芜菁的那块地，现在长满了杂草。当然，并没有玫瑰。

"忘了吧。没有神会来这个园子。"

10. 不过是风吹草

1969

  沙子比泥更能保密。治安官把车停在通往瞭望塔的小径尽头，这样他们就不会破坏任何那晚留在这条路上的行车痕迹。他们沿着小径走，试图寻找除他们的车之外的轮胎压痕，每走一步，沙粒都会形成形状不规则的小涡。

  此外，在瞭望塔附近的泥洞和沼泽区域，丰富且详细的故事自行展现：一只浣熊和它的四个幼崽在淤泥里进出；一条蛇打算把自己盘成花边形，但被一头熊打扰了；一只小乌龟躺在凉爽的泥地里，腹部形成一个平滑的浅坑。

  "清楚得像一幅画，但除了我们的车，没有别的人造的东西。"

  "我不知道，"乔说，"看看这条直边，还有一个小三角。这可能是一条车辙。"

  "不，我觉得那是半个火鸡脚印，然后有一只鹿踩在了上面，让它看起来有点几何形状。"

  又过了十五分钟，治安官说："我们去小海湾那边，看看是不是有人坐船过来，没有开车。"拂开脸上刺鼻的桃金娘，他们走向小海湾。湿漉漉的沙子显示，除了螃蟹、苍鹭和绿鳍鱼，没有人类的踪迹。

"好吧，看看这个，"乔指着一大片被抹平的沙地，那儿呈现为近乎完美的半圆，"可能是一艘停靠在这里的圆头船留下的。"

"不。看到那根被风来回吹的断了的草茎吗。半圆是这么来的。不过是风吹草罢了。"

他们看看四周。这半月形沙滩的剩余部分覆盖着一层厚厚的破碎贝壳、一堆甲壳动物的残肢和蟹钳。贝壳是最好的保密者。

11. 满满的麻袋

一九五六年冬天，基娅十岁，爸爸一瘸一拐回棚屋的次数越来越少。连续好几周，地板上没有威士忌瓶子，床上没有蜷曲的身体，周一也没有钱。她一直在等，希望看见他穿过树林蹒跚走来，拄着棍子。然而，到了第二次满月，他还是没有出现。

美国梧桐和山核桃树向单调的天空伸出光秃秃的枝丫。风吹个不停，吸走了冬日暖阳为这萧索的景象带来的稀薄欢愉。干燥的风徒劳地吹着一片不可能干涸的海陆交界之地。

基娅坐在门前的台阶上想着爸爸的事。他可能因为打牌起纠纷被打了，然后在冰冷的雨夜被扔在沼泽里。也可能他又喝得醉醺醺的，在林子里乱逛，一头栽进了死水区的泥塘里。

"我猜他永远不会回来了。"

她把嘴唇咬得发白。这和妈妈离开时的痛苦不一样——事实上，她需要努力让自己为他的离开感到悲伤。但完全孤身一人的感觉是如此空阔，甚至听得到回声。政府必然会发现，然后把她带走。她必须假装爸爸还在，甚至对老跳也要保密。

往后的周一也不会有钱了。最后剩的几美元还能撑几周，靠粗玉米粉、煮贻贝和瘦母鸡偶尔留下的蛋过日子。家里只剩下少量火柴、一小块肥皂和一些粗玉米粉。这点火柴不够过冬。没了火柴，她没法煮粗玉米粉——这是她自己、海鸥和鸡的主食。

"我不知道没有粗玉米粉怎么活下去。"

至少，她想，无论爸爸去了哪里，他是走着去的。她有船了。

当然，她必须找到另一个获得食物的方法，但现在，她把这个问题放到了一边。晚饭吃了煮贻贝后——她已经学会把贻贝打成膏状，涂到苏打饼干上——基娅翻着妈妈珍爱的书，假装读童话故事。十岁了，她还是不认字。

突然，煤油灯闪了闪，接着变暗、熄灭了。有那么一分钟，浮现出一个温柔的小世界，然后是完全的黑暗。她"啊"了一声。一直都是爸爸买煤油装灯，她没想过这事，直到它燃尽。

她坐了几秒钟，想从残留的煤油中挤出一点光来，但几乎不剩什么了。冰箱的圆形凸起和窗框渐渐在昏暗中显出形状。她在工作台上摸索，找到了一个蜡烛根。点亮蜡烛需要一根火柴，而火柴只剩下五根。但黑暗迫在眉睫。

唰。她擦燃火柴，点起蜡烛，黑暗退回角落。她很清楚自己需要灯，但煤油要花钱买。她轻叹了一声。"或许我应该走去镇上，把自己交给政府。至少他们会给我食物，把我送去学校。"

考虑了一分钟，她说："不行，我不能离开海鸥、苍鹭和棚屋。湿地是我唯一的家人。"

坐在最后的烛光中，她想到了一个主意。

第二天一早，她起得比平时早，此时潮水还很低。她穿上工装裤，拿着桶、钳刀和两个空麻袋溜了出去。她蹲在泥里，沿着泥沼收集贻贝，像妈妈教过的那样。弯腰、跪坐四小时换来了满满两麻袋贻贝。

她开船穿过浓厚的雾到老跳那儿时，太阳正慢吞吞地从海里升起。看到她靠近，老跳站了起来。

"你好，基娅小姐，要加油吗？"

她低下头。自从上次去超市后，她还没跟任何人说过话，有点结巴。"或许加一点。不过得看情况。听说你收贻贝，我这儿有一些。你能付我现金，然后给船加一点油吗？"她指了指麻袋。

"是的，没问题。这些新鲜吗？"

"我天亮前挖的。就刚刚。"

"那好。一袋给你五十五分，另一袋给你一罐汽油。"

基娅笑了。这是她自己挣的钱。她只说了句"谢谢你"。

老跳加油时，基娅走进他码头上的小店里。她还从没认真看过这家店，因为之前都是去小猪扭扭买杂货。现在她发现，除了饵料和烟草，这儿也卖火柴、猪油、肥皂、沙丁鱼、维也纳香肠、玉米粉、苏打饼、厕纸和煤油。她在世上所需的一切东西这儿都有。柜台上一溜放了五个一加仑广口瓶，里面装满了便士糖——红色硬糖、糖球和棒棒糖。感觉比全世界的糖加起来还要多。

她用卖贻贝挣的钱买了火柴、蜡烛和粗玉米粉。柴油和肥皂得等下一个装满的麻袋。她用所有毅力控制住自己不买棒棒糖，买蜡烛。

"你一周买几袋？"她问。

"我们是在谈一笔生意吗？"他问，露出招牌笑容——嘴巴抿紧，头向后仰，"每两三天买大概四十磅。提醒你一下，别人也会过来卖。如果你来的时候我已经收够了，那你就出局了。先到先得。没有别的办法。"

"好的，谢谢，这样很好。再见，老跳，"然后她又补充道，"对了，我爸爸向你问好。"

"那就这样。也麻烦向你爸爸问好。再见，基娅小姐。"她开船离开时，老跳冲她咧嘴而笑。基娅暗自发笑。给自己买汽油和杂货，这确实让她成熟了一些。后来，在棚屋里，她打开买来的那一小堆东西，看到了袋子底下黄红相间的惊喜——她还没成熟到能抵挡住一颗棒棒糖，那是老跳放的。

为了比其他人都早，基娅总是就着蜡烛或月光下湿地——她的影子在亮晶晶的沙地上摇晃——深夜采集贻贝。她把牡蛎也加入采集名单。有时候她就睡在星光下的水沟旁，这样天一亮她就能赶到老跳那儿。卖贻贝挣的钱比周一的例钱可靠多了，而且她通常比其他采集者到得早。

她不再去杂货店了，因为辛格尔特里夫人总是问她为什么不去学校。他们迟早会抓住她，把她拖进学校。她在老跳店里买补给，还有吃不完的贻贝。把它们捣烂到认不出来，再混进玉米粉，就没那么可怕了。它们不像鱼，会拿眼睛瞪她。

12. 便士和粗玉米粉

爸爸离开后的几周，听到乌鸦叫，基娅就会抬头看。或许它们看见了爸爸一瘸一拐穿过树林。风中任何奇怪的声音都会让她支起耳朵听有没有人过来。任何人。即使和学校管逃学的老师来一场大逃亡也好。

大部分时候，她在找寻那个捕鱼男孩。过去几年里，她远远见过他几次，但七岁之后再也没和他说过话。七岁那年，他带她穿过湿地回家。他是她在这世上除了老跳和几个女收银员外唯一认识的人。无论经过哪个水道，她都会找他。

一天早上，基娅驶进一个长满大米草的河口，看见泰特的船停在芦苇荡中。他戴着不一样的棒球帽，比以前高了，但就算在五十码外，她还是认出了那头金色鬈发。她让马达空转，悄声躲进长草丛里，向外窥视。她动了动嘴唇，想过去打招呼，也许可以问他有没有捕到鱼。这好像是爸爸和其他人在湿地碰面时说的话："上钩了吗？有没有贪吃鬼？"

但她只是看着，没有动。她感受到一股强大的拉力将她拉向他，但同时也有一股强大的推力在阻挠，结果，她被死死地摁在了原地。最终，她开着船朝家驶去，心脏抵着肋骨怦怦直跳。

每次看到他都一样：像观察苍鹭那样观察他。

她依旧收集羽毛和贝壳，但把它们散乱地放在砖木台阶上，还沾着盐和沙子。她每天磨磨蹭蹭地洗着堆在水槽里的碗。工装裤就不洗了，反正很快又会沾满泥点。很久以前她就开始穿走了的哥哥姐姐们不要的工装裤。她的衬衫布满破洞。一双鞋子都没有。

一天晚上，基娅从铁丝衣架上拿下那件粉绿夹杂的印花无袖连衣裙。这是妈妈穿去教堂的裙子。好几年了，她用手指轻抚这美的化身，唯一一条爸爸没有烧掉的裙子，触碰上面小小的粉色花朵。裙子的前胸有一块污渍，肩带下面有一个褪色的棕点，可能是血迹，不过现在很淡了，像其他坏记忆那样被洗掉了。

基娅把裙子从头顶套下来，然后顺着纤瘦的身体往下拉，裙边几乎碰到脚趾。这可不行。她脱下裙子挂起来，打算再等几年。剪短了穿去挖贻贝太可惜了。

几天后，基娅开着船去湾头滩，那是一块白色的沙地，在老跳的码头南边几英里远的地方。时间、浪潮和风把它塑造成了狭长的尖头状，聚集的贝壳比其他沙滩都要多，还有一些罕见品种。把船安全停在南端，她漫步向北，一边走一边搜寻。突然，远处飘来了刺耳、兴奋的喧闹声。

她立刻穿过沙滩向树林跑去。林子里有一棵巨大的橡树，直径超过八英尺，立在齐膝的热带蕨类植物中。她躲在树后，看到一群孩子正沿沙滩散步，时不时冲进浪里，激起一片水雾。一个男孩跑在前面，另一个扔过去一个足球。在白色沙滩的背景下，他们鲜艳的马德拉斯棉布短裤看起来像色彩斑斓的鸟，标志着季节的转换。夏天就要来了。

他们走近了。基娅紧贴橡树，偷偷看着。五个女孩，四个男孩，都比她大一点，可能十二岁。她认出了蔡斯·安德鲁斯，他正扔球给那群形影不离的哥们儿。

女孩子们——瘦高金发、马尾雀斑脸、黑短发、珍珠控和圆润丰满脸颊——结伴落在后面，慢慢走着，咯咯地笑着聊天。在基娅听来，她们的声音和钟声一样悦耳。她还太小，对男孩不太在意。她牢牢盯着那群女孩。她们一起蹲下看一只螃蟹横着爬过沙滩，大笑起来，肩膀蹭着肩膀，直到所有人一起扑通倒在沙滩上。

看着她们，基娅咬住下唇，好奇和她们在一起会是什么感觉。她们的快乐在变暗的天空下营造出一个几乎肉眼可见的光环。妈妈说，比起男人，女人更需要女人，但她从没说过怎么加入这类群体。她往树林深处走了几步，在巨大的蕨类植物后面偷看，直到那些孩子沿着沙滩回去，逐渐变成和来时一样的小点。

黎明在灰色的云层下郁积。基娅赶到了老跳的码头。他摇着头从店里出来，说："基娅小姐，万分抱歉。你被别人赶超了。我已经买够这周的贻贝了，不能再买了。"

她关了引擎，船砰的一声撞在一根桩子上。这是她被人赶超的第二周了。没钱了，什么也买不了。家里只剩下便士和粗玉米粉。

"基娅小姐，你得找点别的法子赚钱，不能吊死在一棵树上。"

回到家，她坐在台阶上沉思，想出了另一个主意。她连着钓了八小时的鱼，然后把钓到的二十条鱼放在盐水里浸泡了一晚上。天蒙蒙亮的时候，她把这些鱼晾在爸爸破旧的熏制室的架子上。熏制室的大小形状和屋外的厕所差不多。她在坑里烧起一堆火，学爸爸那样把绿树枝放进去。蓝绿色的烟腾起，喷向烟囱，渗进墙上的每一道缝隙。整个棚屋都在冒烟。

第二天，她开船去找老跳，站在船上，举起水桶，里头只有可怜兮兮的一点小鲷鱼和鲤鱼，支离破碎。"你买熏鱼吗，老跳？我这儿有一些。"

"好吧，我说，基娅小姐你真有一套。这样吧，我做一回经销商，如果卖出去了，你就拿得到钱；如果卖不出去，你就原样拿回。行吗？"

"好的，谢谢，老跳。"

那天晚上，老跳沿着沙路走去黑人小镇——一片棚屋和披棚，也有一些真正的房子，坐落在死水沼泽和泥沼里。这片散乱的营地深入树林，远离大海，风吹不进来，"蚊子比整个佐治亚州的蚊子还多"。

走了大概三英里后，他闻到了穿过松林飘来的炊烟，听到了几个孙子孙女的玩闹声。黑人小镇没有路，只有树林中分岔的小道通向不同人家。他家是一栋真正的房子，是他和爸爸用松木搭建的，还在硬泥地院子周围修了一圈原木篱笆。玛贝尔，他那大块头妻子，每天都把院子扫得像地板一样整洁光亮。台阶周围三十码之内，没有蛇可以偷偷溜走而不被她的锄头拦下。

她从屋里走出来迎接老跳，脸上带着笑，一如往常。老跳把基娅那个装着熏鱼的桶递过去。

"这是什么？"她问，"看起来连狗都不愿意吃。"

"还是那个女孩。基娅小姐拿来了这些。有时候她不是第一个来卖贻贝的，所以她转做熏鱼了，想让我卖掉这些。"

"天哪，我们得为这个孩子做点什么。没人会买这些鱼。我也不能炖了它们。咱们的教堂可以提供一些衣服和其他东西给她。我们可以告诉她有些家庭愿意用针织套衫做交换。她什么尺码？"

"你问我？很瘦。我只知道她瘦得跟旗杆上的虱子似的。我猜她明天会第一个到。她快破产了。"

贻贝混合粗玉米粉加热作早餐，吃完后，基娅开船去老跳那儿，看熏鱼有没有卖点钱。这么多年，那里只有老跳或其他客人，但今天慢慢靠近时，她看到一个壮实的黑人妇女正在像扫厨房地板那样扫码头。老跳坐在椅子上，背靠店墙，对着账簿算账。看到基娅，他挥手跳起来。

"早上好。"她轻声说，熟练地靠上码头。

"你好啊，基娅小姐，给你介绍一个人。这是我的妻子，玛贝尔。"玛贝尔走上前，站到老跳身边，所以，当基娅踏上码头时，她们离得很近。

玛贝尔伸出手，轻柔地握住基娅的，说："很高兴见到你，基娅小姐。老跳告诉我你是个很好的姑娘，采集牡蛎可厉害了。"

虽然每天都在园子里劳作，还要花半天时间做饭，给白人洗衣修补，玛贝尔的手仍然柔软。手指被包在她天鹅绒手套般的手里，基娅不知道该说些什么，只能傻站着。

"基娅小姐，我们找到了一家人，愿意用衣服和其他东西跟你换熏鱼。"

基娅点点头，看着自己的脚微笑，问："船上用的汽油怎么办？"

玛贝尔疑惑地看向老跳。

"好吧，"他说，"今天我给你一点，我知道你的汽油快没了。以后继续拿贻贝和其他东西过来。"

玛贝尔用她的大嗓门说："天哪，孩子，现在咱们别担心这些细节了。让我看看你。我得算算你的尺码，好告诉他们。"她领着基娅走进小店，"坐这儿别动，告诉我你要什么衣服，还有其他所有需要的东西。"

讨论出清单后，玛贝尔在一个棕色纸袋子上描了基娅的脚，然后说："好了，明天再来，到时会有一堆东西给你。"

"非常感谢，玛贝尔，"她低声说，"还有点事。我找到了几袋以前的种子，但不知道怎么种。"

"好吧，"玛贝尔身体后仰，从丰满的胸部发出阵阵笑声，"我种东西很有一手。"她非常详细地解释了每一个步骤，然后从架子上的几个罐子里拿出南瓜、西红柿种子。她把每一种分别用纸包起来，在外面画上相应的蔬菜。基娅不知道她这么做是因为她自己不会写字，还是因为知道基娅不识字。不过这样对两个人都很好。

上船的时候，她向他们道谢。

"很高兴能帮到你，基娅小姐。明天来拿你的东西。"玛贝尔说。

那个下午，基娅开始在妈妈以前的园子里锄地。锄头在菜畦上移动，发出哐哐的声响，释放出泥土的味道，逼出了粉色的虫子。然后，基娅听到了一声"叮"。她弯下腰，发现了妈妈以前用的一个半金属半塑料的发夹。她轻轻地在工装裤上擦拭它，直到上面沾着的沙粒都掉落。好像是被倒映在这廉价的首饰上，妈妈的红唇和深色眼眸前所未有地清晰。基娅看向四周。妈妈这会儿一定走上了小径，来帮她翻土了。终于回家了。少有的寂静，连乌鸦都沉默了，基娅能听到自己的呼吸声。

她顺了顺头发，把发夹别在左耳上方。妈妈可能再也不回来了。有些梦或许该放下了。她举起锄头，把一块硬黏土敲成碎片。

第二天早上，基娅开船去老跳的码头。他一个人在那儿。或许，他的大块头妻子和那些好主意都只是她的幻想。但是，就在码头上，老跳指了指两大箱东西，脸上挂着大大的笑容。

"早上好，基娅小姐。这些是给你的。"

基娅跳上码头，看着满满当当的箱子。

"快看看，"老跳说，"这些都是你的。"

她轻轻拿出工装裤、牛仔裤和真正的衬衫。是衬衫，不是T恤。还有一双海军蓝系带科迪斯女鞋和一些巴斯特·布朗牌双色马鞍鞋（擦了太多次鞋油以至闪闪发亮）。基娅拿起一件白衬衫，蕾丝领子，脖颈处有一个蓝色绸缎蝴蝶结。她微微张开了嘴。

另一个箱子里有火柴、粗玉米粉、一桶牛油、干豆子和整整一夸脱[1]的自制猪油。最上面还用报纸包着一些新鲜的芜菁和绿色蔬菜、甘蓝及秋葵。

"老跳，"她轻声说，"这些远远超过那些鱼的价值。这值一个月的鱼。"

"好吧，这些旧衣服放在家里能干吗？如果他们有多的，你正好需要，你又有鱼，而他们需要鱼，这不就成了嘛。你现在就拿走，我这儿没地方堆这些垃圾。"

基娅知道这是真的。老跳这里没有多余的地方，所以把这些从码头上搬走是在帮他的忙。

"那我拿走吧。请代我向他们说句谢谢，可以吗？我会熏更多的鱼，尽快拿过来。"

"好的，基娅小姐，这样没问题。鱼弄好了就拿过来。"

基娅开船回到海上。过了半岛，看不见老跳了，她弯下腰，一头扎进箱子里，翻出那件蕾丝领衬衫，直接套在膝盖打着补丁的粗糙工装裤外，然后在脖子上打了一个小小的绸缎蝴蝶结。她一手扶着舵柄，一手抚着蕾丝，平稳地穿过大海和河口，向家驶去。

---

[1]　1美制夸脱约等于0.946升。

13. 羽毛

就一个十四岁的孩子来说，基娅很瘦，但很结实。她站在下午的沙滩上，朝海鸟们撒面包屑。她还是不会数数，不认字。她不再做和鹰一起翱翔天际的白日梦。或许，当你需要从泥地里刨晚饭时，你的想象力就会像成年人那样平淡无奇。妈妈的背心裙紧贴着她的胸部，长度只到膝盖。她想，自己长高长大了一点。她走回棚屋，拿上钓竿和线，直接去潟湖另一边的灌木丛钓鱼。

她正在放渔线，身后一根树枝突然啪地折断了。她立刻转头搜寻。灌木丛里有一个足球。不是熊，熊的大掌能一把将它拍扁，但从荆棘丛中传来的是坚实沉闷的金属声。乌鸦叫了起来。乌鸦和泥地一样无法保守秘密，一旦它们在林子里看到奇怪的东西，就恨不得告诉全世界。那些认真聆听的人会得到褒奖：被警示小心捕食者，或被提醒有食物出现。基娅知道，有事发生了。

她拉回渔线，卷到钓竿上，同时轻轻用肩膀顶开灌木。她走走停停，不断侧耳倾听。挨着的五棵橡树下有一块坑洞般昏暗的空地——

她最喜欢的地方之一。这些橡树枝繁叶密，只有蒙胧的日光透过林冠漏进来，催生出一片片茂盛的延龄草和白色紫罗兰。基娅扫视了一圈，没看见人。

一个身影在远处的灌木丛中滑过。她看过去，那身影停住了。她的心脏跳得更厉害了。她弯下腰，迅速悄无声息地钻进空地边缘的灌木丛。透过枝丫往回看，基娅看到一个大一点的男孩快速穿过树林，四下张望。看到基娅后，他停了下来。

基娅躲到一丛荆棘后面，接着挤进了城墙般厚实的灌木丛中一条兔子惯走的蜿蜒小径。她一直弯着腰，迅速而吃力地往前走，多刺的矮树划伤了她的手臂。她不时停下脚步倾听。灌木丛中热浪逼人，她喉咙渴得冒烟。十分钟过去了，没有人来。她蹑手蹑脚走到一汪被青苔包围的泉水边，像鹿一样低头饮水。她好奇那个男孩是谁，为什么来这儿。这就是去老跳那里的副作用——人们见到了她。就像豪猪露出了柔软的腹部，她暴露了。

最后，在暮色与黑暗之间，影子已变得模糊，她穿过空地向棚屋走去。

"就因为他鬼鬼祟祟，害我没抓到鱼来熏。"

空地中间是一个腐烂的树桩，表面覆盖着厚厚的苔藓，看起来像是一位躲在披风下的老人。基娅走近树桩，停了下来。树桩上笔直地插着一根细长的黑色羽毛，大概五六英寸[1]长。对大多数人来说，这就是一根普通的羽毛，可能被当成乌鸦的翅羽。但她知道这根羽毛很

---

[1] 1 英寸约等于 2.54 厘米。

特别，因为这是大蓝鹭的"眉毛"，一根优雅地弓在眼睛上方的羽毛，一直延伸到脑后。沿海湿地最精致的东西之一就在这里。她从来没找到过这种羽毛，但她一眼就能辨认出来，因为她一直都是蹲着观察鹭鸟，与它们四目相对。

大蓝鹭的颜色是灰色雾气倒映在蓝色水面上的颜色。和雾一样，它可以融进背景，只余那蓄势待发的、专注的眼睛。它是耐心而孤独的猎手，可以为了捕食一直孤身站立；或者紧盯猎物，一步步慢慢向前，如同食肉的伴娘。在某些罕见的情况下，它会飞着捕猎，猛地俯冲进水中，尖喙似剑。

"这羽毛怎么会笔直地插在树桩上？"基娅抬头四顾，喃喃道，"一定是那个男孩放在这儿的。他可能正看着我。"她一动不动地站着，心脏又开始怦怦跳。她后退着离开羽毛，跑回棚屋，关上纱门——她很少这么干，因为纱门提供的保护几乎可以忽略不计。

但当黎明在林间悄悄穿行，她感受到了羽毛强烈的吸引力。至少再去看一眼。太阳升起的时候，她跑去空地上，小心地环顾四周，然后走向树桩，拿起了羽毛。如此光滑，几乎像天鹅绒一般。回到棚屋，她为这根羽毛找了一个特殊的位置，在所有藏品的中心。她的藏品从小小的蜂鸟羽毛到巨大的鹰尾，布满整面墙。她好奇男孩为什么要送她羽毛。

第二天早上，虽然很想赶紧去树桩那里看看有没有新羽毛，但她逼自己再等等。绝不能撞上那个男孩。晚些时候，她走去空地，慢慢靠近，竖耳倾听。没有听见或看见任何人。她走上前，脸上露出少见的、短暂的微笑——一根薄薄的白色羽毛插在树桩顶上。这根羽毛有她指尖到手肘那么长，弯成一个优美的角度。她拿起羽毛，大声笑了起来。一只热带鸟的华丽尾羽。她还从没见过这种海鸟，因为它们不出现在这一带，只有在极罕见的情况下，它们会被飓风刮过来。

基娅心中充满疑问，为何男孩的收藏如此丰富，可以赠出这样一根羽毛。

她看不懂妈妈的旧书，所以不知道大部分鸟或虫子的名字，只得自己编造。尽管不会写字，基娅也找到了标注标本的方法。她的天赋已经成熟，可以勾勒、描画任何东西。她用从五分一角店里买的粉笔、水彩在杂货店的袋子上勾勒出鸟、昆虫或贝壳，然后把它们做成标本。

那天晚上，她决定挥霍一下，点了两根蜡烛，放在餐桌上的小碟子里，这样就能看清那根白色羽毛的所有颜色，把它画下来。

接下来一周多，树桩上没有出现羽毛。基娅一天会去好几次，小心地透过灌木丛窥视，但什么也没看到。正午的时候，她坐在小屋里。她很少这么做。

"应该泡好豆子做晚饭。现在已经太晚了。"她穿过厨房，翻了一遍橱柜，手指敲着餐桌。她想画画，但没有这么做。之后，她又去了树桩那儿。

远远地，她看见了一根野生火鸡的尾羽，长长的，带着斑纹。她的心一下被抓住了。火鸡是她最爱的动物之一。她见过十二只小火鸡躲在妈妈的翅膀下——走动时也不例外，有些小火鸡从后面漏出来了，急急忙忙跟上。

然而，大概一年前，基娅漫步走过一片松林，听到一声凄厉的尖叫。一群野火鸡，大约十五只——大部分是母火鸡，也有一些公火鸡——冲向一团摊在灰尘里的油腻腻的近似破布的东西，啄食着。它们脚下扬起的尘土遮蔽了树林，甚至飘上树枝，挂在那儿。基娅慢慢靠近，看清地上那一团是只母火鸡，它的同类正在啄食、踩踏它的脖子和脑袋。不知怎么回事，它的翅膀和荆棘纠缠在一起，羽毛以奇怪的角度翘起，再也飞不起来了。乔迪曾说过，如果一只鸟变得和同类不一样——外形损毁或受伤了——它会更容易引来捕食者，所以，鸟群中的其他鸟会杀死它。这好过引来鹰，抓走它们中的另一只。

　　一只个头很大的母火鸡用它那角质的大爪子紧紧抓住浑身泥污的同类，将其按在地上，另一只母火鸡则猛啄它裸露的脖子和脑袋。地上的母火鸡尖叫着，眼神狂乱地看着这些发动攻击的自己人。

　　基娅跑进空地，挥动手臂："你们干吗？走开。停下！"火鸡群四散跑入灌木丛，扇动的翅膀带起更多尘土，有两只笨重地飞上了橡树。但基娅来得太迟了。那只母火鸡瞪大眼睛，软软地躺在地上。血从它皱皱的脖子上涌出，蜿蜒流进泥里。

　　"嘘，走开！"基娅赶走剩下的火鸡，直到它们都四散逃开。但它们的任务已经完成了。她跪在死去的母火鸡身边，用一片美国梧桐叶盖住了它的眼睛。

　　看到火鸡后的那天晚上，她吃了剩下的玉米面包和豆子，然后躺在门廊小床上，看月亮照着潟湖。突然，林子里传来声音，正在向棚屋靠近，听上去紧张而尖锐。男孩，不是男人。她笔直地坐起。棚屋没有后门，要么现在出去，要么他们进来的时候还坐在床上。她像老鼠一般迅速溜到门口，就在这时，蜡烛出现了，上下晃动，烛光在光晕中抖动。太晚了。

声音变大了。"我们来了，湿地女孩！"

"喂，你在吗？失联小姐！"

"给我们看看你的牙！看看你的沼泽草！"一串笑声。

脚步声越来越近，她在门廊的半堵墙后面蹲得更低。五个男孩，十三四岁，跑过院子，手中的烛焰疯狂晃动，然后彻底熄灭了。他们停止交谈，全速跑到门廊，在门上留下手印，发出拍击声。

每一掌都在母火鸡心上刺下一刀。

靠着墙，基娅想哭，但屏住了呼吸。他们可以轻松破门而入。用力一推，就进来了。

但他们退下台阶，跑回树丛，如释重负地大喊大叫——活着逃离了湿地女孩、狼孩，一个连"狗"都不会拼写的女孩。他们消失在夜色里，回到安全地带，但他们的话语和大笑穿过树林传了过来。重新燃起的蜡烛在林间跳跃。她坐下，看向岩石般沉默的黑暗。感到羞耻。

从此，只要看到野火鸡，她就会想起那天和那个晚上。不过树桩上的尾羽让她很高兴。她知道，游戏还在继续。

14. 红色纤维

1969

潮湿的热气把早晨模糊成了一片混沌，没有大海，也没有天空。乔走出治安官办公室，正好碰上埃德从巡逻车上下来。"快来这儿，治安官。实验室来了蔡斯案的新线索。热乎得像野猪的呼吸。"他带路去了一棵大橡树那儿，老去的根部像拳头一样从泥里鼓起。治安官跟着他，一路踩碎不少橡子，最后站到树荫下，面朝海风。

乔大声读道："'身体淤青，有内伤，与大面积摔伤吻合。'他确实在梁上撞到了后脑勺——血和头发样本都符合——并造成了严重挫伤和神经垂体损伤，不过这并不致命。

"听着，他死在我们发现他的地方，没有被移动过。横梁上的血和头发证明了这一点。'死亡原因：后脑皮层枕叶和顶叶突受重创，脊柱断裂'——因为他是从塔上摔下来的。"

"所以，确实有人破坏了所有脚印和指纹。还有别的吗？"

"听听这个。从他的外套上找到了很多外来纤维，其中，红色羊毛纤维不属于他任何一件衣物。这里有样本。"乔晃了晃小小的塑料袋。

两人一起盯着那看不真切的红色纤维，平铺在塑料袋里，就像蛛网。

"说是羊毛，可能来自毛衣、围巾、帽子。"乔说。

"衬衫、裙子、袜子、披肩。天哪，可能是任何东西。我们必须找到这样东西。"

15. 游戏

1960

第二天下午，基娅用手捂着脸颊，慢慢靠近树桩，几乎是在祈祷，但树桩上没有羽毛。她的嘴撇了起来。

"当然。我也得给他留点东西。"

她衣袋里装了一根小秃鹰的尾羽，是当天早上找到的。只有很了解鸟类的人才会知道这根有斑点的破旧羽毛是鹰羽。三岁，还未长出冠羽。虽比不上热带鸟尾羽那么珍贵，但也不差。她把羽毛小心地放在树桩上，用一小块石头压住，以防被风吹走。

那天晚上，她躺在自己的门廊小床上，手叠在脑后，脸上带着一丝微笑。家人抛弃了她，留她独自面对沼泽，但有人主动出现了，在树林里留下礼物。虽然还不能完全确定，但她越想越觉得这个男孩没有恶意。一个喜欢鸟的人没道理是个卑鄙恶劣的人。

隔天早上，她跳下床，开始做妈妈所说的"深度清理"。她站在妈妈的梳妆台前，原本只想拣出抽屉里剩下的东西，但拿起妈妈的铜钢合金剪刀——指孔弯曲，装饰着样式繁复的百合花——她突然把头发向后拢，剪掉了八英寸。她的头发自八年前妈妈离开后就再也没剪过。现在，剪完后只到肩膀下面一点点。她看着镜子里的自己，动了动脑袋，笑了。她还搓了指甲，把头发刷得闪闪发亮。

放好刷子和剪刀，她低头看妈妈的一些旧化妆品。粉底液和胭脂液都干裂了，但口红的保存期限估计有几十年，打开看上去还很新。小时候她从没玩过化妆，长这么大第一次，她涂了点口红。她抿了下嘴，对着镜子笑了，觉得自己看起来挺漂亮的。没有妈妈那么美，但也足够赏心悦目了。她咯咯笑着，把口红擦了。在关上抽屉前，她看到一瓶干透了的指甲油——裸粉色。

基娅拿起这个小瓶子，想起妈妈某天从镇上回来，带回了这瓶指甲油，还有其他东西。妈妈说这颜色配她们橄榄色的皮肤会非常漂亮。她让基娅和两个姐姐在破沙发上坐好，伸出脚丫子，然后给所有脚指甲、手指甲涂上指甲油，也给自己涂了。她们在院子里跑着闹着，粉色的指甲闪耀着，她们玩得很开心。爸爸去了别处，但船还停在潟湖。妈妈想出一个主意，带女孩们坐船出去。她们还从来没这么干过。

她们爬进旧小船，蹦着跳着，像喝醉了一样。拉了好几次绳，马达才发动起来，不过最后还是成了。船出发了。妈妈驾着船开过潟湖，进入通向湿地的狭窄水道。她们在水道上享受微风。但妈妈不是很懂行，船开到一个浅湖时陷在了黏糊糊、像柏油那么稠的黑泥里。她们用杆子撑撑这边，撑撑那边，但船纹丝不动。没办法，她们只能爬下船舷，穿着衣服站在齐膝的淤泥里。

妈妈大喊："女孩们，不要把船弄翻啦，不要弄翻啦。"她们把船拖出淤泥，看着彼此溅上泥巴的脸尖声大笑。回船上时费了不少劲，她们艰难地翻过船舷，像一群上岸的鱼。她们没有坐在位子上，而是四人并排躺在船舱里，脚伸向天空，脚趾扭动，粉色的指甲透过泥巴闪闪发亮。

躺在那儿时，妈妈说："你们都听好了，这是生活中真正的一课。没错，我们是陷在泥里了，但我们是怎么做的？把这件事变得很好玩，哈哈大笑。这就是姐妹和女朋友的意义。即使在泥里也团结在一起，特别是在泥里。"

妈妈没有买卸甲油，所以，当指甲油开始剥落，她们的手指甲和脚指甲上都是消退的、斑驳的粉色，提醒着她们那天的欢乐时光和现实生活中的一课。

看着这个旧瓶子，基娅试图想起姐姐们的脸。她大声说："妈妈你在哪儿？你为什么不陪着我？"

第二天下午，基娅一到橡树空地就看见了明亮的、非自然的颜色，在树林静默的绿色和棕色中非常显眼。树桩上有一个小小的红白色牛奶罐，旁边是另一根羽毛。似乎这个男孩增加了赌注。她走过去，先拿起了羽毛。

这根羽毛是银色的，很柔软，来自一只夜鹭的冠。夜鹭是湿地里最漂亮的鸟之一。她朝牛奶罐里看。罐子里有几包种子——芜菁、胡萝卜、绿豆，都包得很好。罐底还有一个她船上的发动机用的火花塞，包在棕色纸里。她笑了，轻轻转了个圈。她已经学会如何用尽可能少的东西生活，但有时还是需要一个火花塞。老跳教了她一些简单的发动机修理技巧，但每个零件都意味着要去一趟镇上和花费现金。

这里有一个富余的火花塞，在用上之前可以收起来。一个富余的。她的心被填满了。这种感觉类似于拥有满满一罐汽油或者在像被油彩涂抹过的天空下看日落。她站着，一动不动，努力想搞明白这件事。她见过雄鸟为了追求雌鸟献上礼物。但她年纪太小，还不能筑巢成家。

罐子下面有一张字条。她展开来看上面的字。字写得很认真，字迹简单，小孩也能看懂。基娅熟知潮汐的时间，能通过看星星找到回家的路，知道鹰的每一根羽毛，但是十四岁了，她还是不认识这些字。

她忘了带东西作为回赠，袋子里只有普通羽毛、贝壳和莲蓬。她赶紧跑回棚屋，站在她的羽毛墙前，浏览藏品。其中最优美的是冻原天鹅尾羽。她从墙上拿下一根，打算下次经过树桩时留在那儿。

夜幕降临，她拿了毯子，睡在湿地里，靠近一条满是月光和贻贝的小溪。黎明到来前她已经挖了满满两袋。汽油钱。袋子重得提不动，她先把第一袋拖回潟湖。虽然有点绕远，她还是去了一趟橡树空地放天鹅羽毛。她走进树林，没有抬头看，结果靠在树桩上的正是羽毛男孩。她认出他就是泰特，在她还是小女孩的时候曾带她走出湿地回家。那个她远远看了好多年，一直没有勇气走近的泰特。当然，他长高了，年纪也变大了，大概十八岁。金发从帽子里横七竖八地伸出来，打着卷；脸晒成了褐色，很讨喜。他镇静自若，露出大大的笑容，整张脸都在发光。但抓住她的是那双眼睛：金棕色上点缀着绿色，正凝视着她，如同一只苍鹭看着一条鲦鱼。

她停在那里，受到了惊吓，不成文的规则突然被打破了。不用交谈，甚至不用见面，是这个游戏的乐趣所在。她的脸热了起来。

"你好，基娅。请……不要……跑。是我……泰特。"他说得很慢、很轻，好像她聋了似的。可能镇上的人就是这么说的，说她几乎不会说人话。

泰特忍不住打量她。她肯定十三或十四岁了，他想。即使还这么小，她也有着一张他见过的最引人注目的脸。大眼睛近乎黑色，鼻子细长，唇形优美，带着异域风情。她又高又瘦，看上去纤弱而轻盈，似乎由风塑造，然而年轻结实的肌肉静静地彰显着力量。

一如既往，她的第一反应是跑。但此时还有另一种感觉，一种她好几年不曾感受过的满足感。似乎有种温暖的东西倒进了她心里。她想起了羽毛、火花塞和种子。如果她跑了，可能一切都会结束。她没说话，抬起手递给他那根优雅的天鹅羽毛。慢慢地，好像担心她会像受惊的小鹿那样跳开，他走过去，研究她手心里的羽毛。她沉默地看着，只看羽毛，不看他的脸，不看靠近他眼睛的地方。

"冻原天鹅，对吧？难以置信，基娅，谢谢你。"他说。他高出基娅很多，微微弯下腰，接过羽毛。当然，现在该她感谢他的礼物了，但基娅站着，没说话，她希望他直接走，希望他们可以回到游戏里。

他试图打破沉默，接着说道："我爸爸教了我关于鸟的知识。"

终于，她抬头看向他，说："我看不懂你的字条。"

"哦，是的，因为你没有上过学，我忘了。上面说的是，钓鱼的时候见过你几次，然后我想你可能用得上那些种子和那个火花塞。我有富余的，它可以让你少去一趟镇上。我想你会喜欢那些羽毛。"

基娅垂下头，说："谢谢你的东西。你真好。"

泰特注意到，虽然她的脸和身体已表现出女性的韵味和曲线，但举止和言谈之间还是有些孩子气。镇上的女孩则相反，举止比身体曲线成熟——化浓妆，满嘴脏话，还抽烟。

"不用谢。我该走了，有点晚了。我会时不时过来，如果可以的话。"

基娅没有回答。游戏必须结束了。他意识到她不打算再开口，于是朝她点点头，抬了抬帽子，转身离开。但就在他低头走进荆棘丛时，他回过头来，看着基娅。

"我可以教你认字。"

16. 读书

好几天过去了，泰特没有回来给基娅上课。在羽毛游戏之前，孤独已成为她的一部分，就像胳膊。现在，孤独扎根到她心里，压迫着她的胸膛。

某个下午稍晚些的时候，她开船出去了。"我不能就坐着等。"

她没有停靠在老跳那儿——不想被看到。她把船藏到南边的一个小湾里，带上麻袋，沿着荫蔽的小路走向黑人小镇。那天大部分时间都下着小雨，此时太阳接近地平线，林子里升起了雾气，飘过湿漉漉的空地。她从没去过黑人小镇，但知道它在哪里，想着到了那儿就能找到老跳和玛贝尔的家。

她穿着牛仔裤和粉色衬衫，都是玛贝尔给的。麻袋里装着两品脱自制罐装稀黑莓果酱，用来回报老跳和玛贝尔的好意。与人相处的需求，以及和一个女性朋友交谈的机会，驱使着她去找他们。如果老跳还没回家，或许她可以和玛贝尔坐下来聊一会儿。

在路的一个转角附近，基娅听到有人正走过来。她停下来仔细听，然后迅速离开小路躲进林子里，藏到桃金娘灌木丛后面。一分钟后，两个白人男孩，穿着破破烂烂的工装裤，出现在转角处，手里提着渔具和一条有她胳膊那么长的鲇鱼。她僵在灌木丛后面，等待着。

一个男孩指着小径："看那儿。"

"我们运气不错，有个黑鬼正要去黑鬼镇呢。"基娅看向小路，老跳正走过来，准备回家过夜。离得那么近，他肯定听到了那些男孩的话，但他低下头，走进林子给他们让路，然后接着往前走。

他怎么回事？为什么不做点什么？基娅非常生气。她知道黑鬼是个很过分的词——爸爸每次都用它来咒骂。老跳本可以拎起这些男孩，把他们的脑袋撞到一块，给他们点颜色看看。但他快步走开了。

"一个老黑鬼走去镇上。小心啊，黑鬼，别摔着了。"他们嘲弄老跳，而他只是低着头看自己的脚趾。一个男孩弯腰捡起一块石头，扔向老跳的后背。石头砰的一声砸中了老跳的肩胛骨下方，他踉跄了一下，继续向前走。看着老跳消失在转角处，男孩们哈哈大笑，捡起更多石头跟上。

基娅在灌木丛里追他们，超过他们之后，紧盯着在灌木顶上跳动的帽子。有一丛厚实的灌木紧贴着小径，她埋伏下来，几秒之内他们就会经过这里，离她只有不到一英尺的距离。老跳在前面，已经看不见了。她把装果酱瓶的麻袋系紧，包住果酱瓶。当男孩们来到跟前时，她抡起沉重的袋子，用力甩向最近的那个男孩的后脑勺。他向前扑倒，摔了个狗吃屎。基娅尖叫着，冲向另一个男孩，准备也给他的脑袋狠狠地来一下，但他逃跑了。她跑了大概五十码，进到树林里，看到第一个男孩站了起来，正扶着头骂骂咧咧。

她提着果酱走回小船，开船回家。她想，她可能再也不会去拜访他们了。

隔天，发动机的轧轧声从水道传来，基娅跑到潟湖边，站在灌木丛中，看着泰特走下船，手里拿着一个帆布包。他环顾四周，大声喊她，她慢慢走过去，穿着合身的牛仔裤和系错扣子的白衬衫。

"你好，基娅。对不起，我没法早点过来，我得帮我爸爸干活。不过我很快就会让你学会阅读的。"

"你好，泰特。"

"咱们坐这儿吧。"他指着潟湖阴影深处的一处橡树根膝说。他从背包里拿出一本薄薄的、褪色的字母书和一本画线写字本。他小心地、慢慢地在线之间写下字母 aA、bB，让基娅学着写，并在一旁耐心地纠正她发音时舌头的位置。她写的时候，他大声读出相应的字母。语调轻柔而缓慢。

她从乔迪和妈妈那里学到了一些字母，但完全不知道怎么把它们组成单词。

几分钟后，他说："看，你已经能写出一个单词了。"

"什么意思？"

"c-a-b。你现在可以写 cab。"

"什么是 cab？"她问。他知道不能笑。

"不知道也不用担心。让我们接着学，很快你就能写出一个你知道的单词了。"

后来他说："你还需要下很多功夫学字母。记字母会花一点时间，但你已经能读一点了。咱们来看看。"他没有语法书，所以基娅的第一本书是他爸爸的《沙乡年鉴》，作者是奥尔多·利奥波德。他指着开篇第一句，让她念给他听。第一个单词是 there，她不得不回看字母表，练习每一个字母的发音。但泰特很耐心，解释了 th 的特殊发音。基娅终于念出了这个单词，高兴得挥舞手臂，哈哈大笑。泰特微笑着看她。

慢慢地，她解密了这句话的每一个单词："There are some who can live without wild things, and some who cannot.（有些人可以远离荒野生活，而有些人不能。）"

"啊，"她说，"啊。"

"你会阅读啦，基娅，以后你再也不是文盲了。"

"不只这样，"她几乎是在耳语，"我不知道文字可以包含这么多。我不知道一个句子可以这么丰富。"

他笑了："这是一个很好的句子。不是所有文字都包含这么多。"

接下来几天，坐在阴凉的橡树下或是阳光下的海边，泰特教她读书上的文字，那些赞美鹅和鹤的文字，而他们四周正围着真正的鹅和鹤。"如果再也没有鹅叫了，会怎么样？"

趁帮爸爸干活和打棒球的间隙，他一周会来基娅这儿几次。现在，无论她在做什么——给园子除草，喂鸡，找贝壳——都会留神听泰特的船开上水道的声音。

有一天，在沙滩上，读着山雀午餐吃什么，她问："你和家人一起住在巴克利小湾镇吗？"

"我和爸爸一起住。对，在巴克利。"

基娅没有问他是不是以前有更多家人，但现在都走了。他的妈妈肯定也离开了他。她想触碰他的手，一种奇怪的渴望，但手指做不到。不过，她记住了他手腕内侧淡蓝色的血管，复杂如黄蜂翅膀上的纹路。

晚上，她坐在餐桌旁，就着煤油灯复习学过的东西，柔和的灯光透过窗户落在橡树较低的枝丫上。这是数英里黑暗之中除了萤火虫之外唯一的光亮。

她仔细地、一遍遍地读写每个单词。泰特说，长单词就是短单词串在一起，所以她并不怕长单词，直接一起学 sat（坐）和 pleistocene（更新世）。学习阅读是她做过的最有意思的事情。不过她不明白泰特为什么要教她这样的穷白垃圾，为什么他最初会来呢，还带着精美的羽毛。但她没有问，她担心自己的问题会引发他的思考，把他赶走。

终于，基娅可以标记她所有珍贵的标本了。她在妈妈的书里查阅怎么拼写那些羽毛、昆虫、贝壳和花朵的名字，然后小心翼翼地写到她画在棕色纸袋上的画旁边。

"二十九之后怎么数？"有一天她问泰特。

他看着她。她了解潮汐、雪雁、鹰、星星，比大多数人这辈子所能了解的还要多，却数不到三十。他不想让她感到羞耻，所以没有流露出吃惊的神情。她太擅长读眼神了。

"三十，"他简单地说，"我来教你这些数字，然后做一些基本的算术。很简单的。我之后给你带些书来。"

她四处找东西来读——粗玉米粉袋子上的说明、泰特留的字条，还有她一直拿来装模作样看的童话书。一天晚上，她"哦"了一声，从书架上拿下那本旧《圣经》。她坐在桌旁，小心翼翼地把薄薄的书页翻到写着家人名字的那页，在最底下找到了自己的名字。就在那儿，她的生日：凯瑟琳·丹妮尔·克拉克小姐，一九四五年十月十日。沿着名单往上看，她看到了哥哥姐姐们真正的名字：

杰里米·安德鲁·克拉克少爷，一九三九年一月二日。"杰里米，"她大声说道，"乔迪，我从没想过你是杰里米少爷。"

阿曼达·玛格丽特·克拉克小姐，一九三七年五月十七日。基娅用手指触碰那个名字，重复了好几次。

她继续往下看。内皮尔·墨菲·克拉克少爷，一九三六年四月四日。基娅轻柔地说："默夫，你的名字是内皮尔。"

名单最顶上是年纪最大的孩子，玛丽·海伦·克拉克，一九三四年九月十九日。她的手指又一次摩挲着这些名字，眼前浮现出他们已变得模糊的面容，但她能看见大家一起挤在桌旁喝炖汤、递玉米面包甚至大笑的情形。她很羞愧忘了他们的名字，但现在，她找回来了，永不再忘。

在孩子的名单上方，她读到：杰克逊·亨利·克拉克娶朱丽安娜·玛丽亚·雅克为妻，一九三三年六月十二日。直到这一刻，她才知道爸爸妈妈的全名是什么。

她坐了几分钟，《圣经》摊在桌上。她的家人就在眼前。

时间让孩子永远无法认识年轻时的父母。基娅永远看不见，一九三〇年，英俊的杰克招摇地走进阿什维尔一家冷饮店，看到了来自新奥尔良的玛丽亚·雅克，一位鬈发黑亮、双唇红润的美人。他喝着奶昔告诉她，他们家拥有一座种植园，而他高中毕业后将学习法律，成为一名律师，住在有立柱的宅邸里。

但是经济大萧条越来越严重，银行拍卖了克拉克脚下的土地，他的爸爸把他从学校里接了回来。他们沿着大路搬到了一栋狭小的松木屋，不久前那里还住着奴隶。杰克在烟草地里劳作，和黑人男女一起堆叶子，那些黑人背上用彩色披肩绑着孩子。

两年后的一个晚上，没有道别，杰克在天亮前离开，尽可能多地带走了高档衣物和家族财宝——包括他曾爷爷的金怀表和奶奶的钻石戒指。他搭车去了新奥尔良，发现玛丽亚和家人一起住在海滨一座考究的房子里。他们是一位法国商人的后裔，拥有一家鞋厂。

杰克典当了传家宝，用换来的钱请玛丽亚去挂着红色天鹅绒窗帘的高级饭店吃饭，说会为她买下一栋带立柱的宅邸。当他在一棵木兰树下单膝跪地，她同意了他的求婚。一九三三年，他们举行了一场小型教堂婚礼，婚礼上，她的家人沉默不语。

至此，杰克的钱已经花完了，他接受了岳父鞋厂的一份工作。他认为自己会被任命为经理，但雅克先生，一个不容易被骗的人，坚持让杰克从底层学起，和其他员工一样。所以，杰克开始干切割鞋底的活儿。

他和玛丽亚住在一套车库改的小公寓里，屋里摆了几件她嫁过来时带的高档家具，还有在跳蚤市场买的桌椅。他报名读夜校，好完成高中课程，但常常逃课打牌，喝得醉醺醺的，半夜才回家陪新婚妻子。仅仅三周后，老师就把他除名了。

玛丽亚求他别再喝酒了，对工作多点热情，这样她父亲就可以提拔他。但是，孩子接二连三地来了，酗酒却不曾停止。一九三四年到一九四〇年之间，他们生了四个孩子，而杰克只被提拔了一次。

对杰克来说，和德国开战是一个找回尊严的机会。当所有人都穿上同样颜色的制服，他可以藏起自己的耻辱，再一次抬起头来。然而，一天晚上，当他们坐在法国一处泥泞的散兵坑里时，有人大叫说中士中枪了，在二十码外流着血往前爬。他们都还只是孩子，本该坐在棒球赛替补席上等待上场的机会，因投手投出的快球而紧张。但听到消息后，他们还是立刻跳了起来，争先恐后地跑去救伤员——除了一个人。

杰克缩在角落里，吓得动不了，但一颗迫击炮弹恰好在洞外爆炸了，冒出黄白的烟，击碎了他的左腿骨。当战友们拖着中士爬回战壕，他们以为杰克在协助营救战友时受伤了。他被宣布为英雄。永远不会有人知道真相，除了他自己。

他戴着奖章因伤退伍，被送回了家。杰克决定不再去鞋厂工作，只在新奥尔良待了几个晚上。玛丽亚沉默地站在一边，看着杰克卖了她所有的高档家具和银饰，然后把家人打包塞上火车，搬到了北卡罗来纳州。他从一个老朋友那里打听到他的父母都死了，这为他的计划扫清了道路。

他说服玛丽亚，说住在他爸爸建的用来钓鱼度假的北卡罗来纳海滨小屋将会是一个全新的开始。不用交房租，他也可以读完高中。他在巴克利小湾镇买了一条小捕鱼船，驾船在湿地水路上开了几英里，家人们坐在船上，所有家当都堆在周围——几个高级帽盒放在最顶上。当他们终于驶进潟湖，看到的却是橡树底下一个破破烂烂的棚屋，装着锈透了的纱门。玛丽亚紧紧地抓着她最小的孩子乔迪，忍住没有落泪。

杰克向她保证："什么都不用担心。我很快就会把这里弄好。"

但是，杰克从来没有修缮过棚屋，也没有读完高中。到了这里不久，他便开始去沼泽几内亚打牌喝酒，试图把散兵坑的耻辱淹没在酒杯里。

玛丽亚尽力布置这个家。她在清仓特卖时为放在地板上的床垫买了床单，还买了独立的浴缸。她在院子里的水龙头下面洗衣服，还独自弄明白了怎么种菜，怎么养鸡。

到这里后不久，她给孩子们穿上最好的衣服，带他们去巴克利小湾镇注册入学。然而，杰克提到教育就嗤之以鼻，还常常让默夫和乔迪翘课去抓松鼠或者钓鱼当晚餐。

只有一次，杰克带玛丽亚月夜泛舟，结果是他们的最后一个孩子出生了，一个名叫凯瑟琳·丹妮尔的女儿，后来昵称为基娅，因为这孩子第一次被问叫什么的时候，她说出了"基娅"。

有时，头脑清醒的时候，杰克会梦想着完成学业，给家人提供更好的生活，但散兵坑的阴影在他心头挥之不去。他曾经自信骄傲、英俊强健，然而再也回不去了，只有借酒消愁。加入湿地逃亡者之列，斗殴、酗酒、谩骂，这是杰克干过的最简单的事情。

17. 踏进门槛

1960

阅读之夏的某一天，基娅开船到老跳那儿。他说："基娅小姐，有点事。有人在附近转悠，打听你。"

她没有闪避，而是直直地看向他，问："谁？他们想怎么样？"

"我想他们是社会服务部门的，问了各种各样的问题，比如你爸爸还在吗，你妈妈去哪儿了，今年秋天你去不去学校。还有你什么时候来这儿。他们尤其关心你来这儿的时间。"

"你怎么跟他们说的，老跳？"

"我尽力不让他们来烦你，告诉他们你爸爸很好，经常出来钓鱼，"他笑着，脑袋后仰，"然后我告诉他们我从来不知道你的船什么时候来。你什么都不用担心，基娅小姐。他们再来，我老跳就给他们来一出猎鹬游戏 [1]。"

"谢谢。"加满油箱后，基娅直接往家开。她现在得更加警惕，或

---

[1] Snipe hunt，由这个词发展出了 sniper（狙击手）一词，除了强调射击的精准，还强调隐藏自身行踪的能力。

许在湿地里找一个可以藏身的地方，直到他们放弃她。

那天下午晚些时候，泰特把船停靠在岸边，船身轻柔地压在沙滩上，她说："我们可以在别的地方见面吗？"

"你好，基娅，见到你很高兴。"泰特向她问好，依旧坐在舵柄旁。

"你觉得怎么样？"

"应该说别的，不是别，而且请别人帮忙之前先问好才是有礼貌的做法。"

"你有时候也说别。"她说，差点笑了出来。

"是的，我们都有点口音，毕竟是北卡罗来纳人，不过我们要试着改变。"

"下午好，泰特先生。"她说，行了一个小小的屈膝礼。他感受到了她的勇气和不驯。"我们可以在别的地方见面吗？"

"当然，但是为什么呢？"

"老跳说社会服务部门的人在找我。我担心他们会像抓鳟鱼一样把我抓住，丢到一个寄养家庭或类似的地方。"

"我们最好藏得远远的，到蝲蛄吟唱的地方。我同情任何一对收养你的养父母。"泰特整张脸都笑开了。

"蝲蛄吟唱的地方是什么意思？妈妈也这么说过。"基娅记得妈妈总是鼓励她探索湿地："尽你所能往远了走，远到蝲蛄吟唱的地方。"

"就是灌木丛深处，那里的生物都还有野性，还表现得像生物。好了，我们在哪里见面？你有什么想法吗？"

"我曾经到过一个地方，一栋快倒塌的破旧小屋。只要知道岔道怎么走，就能开船过去。可以从这里走过去。"

"好的，上船吧，这次你给我指路。下次我们在那里见。"

"如果我去那儿了，会在这个系船的木桩上放一小堆石头，"基娅指着潟湖沙滩上的一个地方，"不然，我就是在这附近的什么地方，听到你的船声我就会出来。"

他们慢慢驶过湿地，然后朝南加速经过外海，离开小镇。她在船头起伏，风吹出的眼泪顺着脸颊流下，冷冷地灌进耳朵里，有点发痒。到了一个小湾，她指引他开进一条狭窄的淡水小溪，两边荆棘低垂。有几次小溪似乎要消失了，但基娅示意可以继续开，船撞倒了更多灌木。

最后，他们到达一处宽阔的草甸，溪边有一栋老旧的小木屋，只有一个房间，一端已经倒塌了。木头弯曲变形，有些散落在地上，像捡来的柴火。屋顶蹲在只剩一半的墙上，从高处倾斜下来，像戴歪了的帽子。泰特把船拖上泥地，然后和基娅一起安静地走向小屋敞开的门。

屋里黑黑的，散发着老鼠尿的味道。"呃，我希望你没打算住在这里——房子可能会坍塌，压你头上。"泰特推了推墙。看起来倒是挺结实的。

"就是一个藏身的地方。我可以储存一些食物，万一我得再逃亡一段时间。"

泰特转身看向她，眼睛渐渐适应了昏暗。

"基娅，你有没有想过回学校去？你不会死的。你回去了，可能他们就不会再打扰你了。"

"他们一定是知道了我现在孤身一人。如果我去了，他们会抓住我，送进某个家庭。无论如何，就上学的年纪来说，我现在也太大了。我读哪个年级呢，一年级？"想到自己坐在小椅子上，周围都是能拼单词、能数到五十的小孩，她的眼睛瞪大了。

"什么，所以你打算一个人永远生活在湿地里？"

"比去寄养家庭好。爸爸说过，如果我们不好，就把我们送去那里。他说他们都很恶劣。"

"不，他们不恶劣。不全是。大部分都是喜欢孩子的好人。"他说。

"你是说你会去一个寄养家庭而不是住在湿地里？"她问，下巴抬起，手放在臀上。

他沉默了一会儿。"好吧，带些毯子来，还有火柴，以防天气变冷。或许再来一些沙丁鱼罐头，可以存放很久。但别放新鲜食物，会引来熊。"

"我巴怕熊。"

"我不怕熊。"

夏天剩下的日子，基娅和泰特在摇摇欲坠的小屋里上阅读课。到了八月中旬，他们读完了《沙乡年鉴》，虽然不是每个单词都认识，但基娅大部分都懂了。奥尔多·利奥波德告诉她，河漫滩是河流活的延伸，但它们任何时候都可能被河流收回。所有生活在河漫滩的人都是在河流的翅膀上等待。她了解了雪雁冬天去哪儿，以及它们歌声的意义。他温柔的文字听起来几乎就像是诗，告诉她土壤中满是生命，是地球上最宝贵的财富之一；排干湿地的水会导致数英里土地干涸，动植物将和水一起消失。一些种子可以在干涸的土壤里休眠几十年，等待着，当水终于再度回来时，它们冲破土层，舒展脸庞。这些奇妙的、源于真实生活的知识，是学校永远不会教给她的。每个人都应该知道这些真理，然而不知为何，尽管它们四处显现，似乎仍然如壳里的种子一般没人看得见。

他们每周在木屋见几次面，不过大多数晚上她都睡在自家的棚屋或者和海鸟们一起睡在沙滩上。她必须在冬天来临之前收集柴火，于是把这列为一项任务，从远近各处背回来，整齐地码在两棵松树之间。园子里的芜菁几乎没有从麒麟草丛中探出头来。不过她仍有充足的蔬菜，她加上鹿都吃不完。她收了晚夏最后一茬玉米，把南瓜和甜菜储藏在砖木台阶凉爽的阴影里。

但她一直有留意汽车吃力前行的声音，想象车里坐满了来带走她的人。有时候，这种窃听令人厌倦、毛骨悚然，她就走去木屋，在满是灰尘的地板上过夜，裹着备用的毯子。她安排好采贻贝和制作熏鱼的时间，好让泰特带去给老跳，再带回她的补给。她尽量不暴露腹部。

"还记得你读第一个句子时说这些文字包含很多吗？"有一天，泰特坐在小溪边说。

"是的，我记得。怎么了？"

"诗歌尤其如此。诗里的文字远不止表意。它们触发情感，甚至能让你大笑。"

"妈妈过去经常读诗，但我一点也不记得了。"

"听听这个，是爱德华·利尔写的。"他拿出一个折叠的信封，读道：

然后长腿爸爸先生

和软趴趴飞行先生

急匆匆冲向起了泡沫的大海，

伴着一声自发的喊叫；

他们发现了一艘小船，

它有粉色和灰色的帆；

于是他们在海浪里起航，

去往很远很远的地方。

　　她微笑着说："这首诗的节奏听起来就像是海浪击打着沙滩。"

　　从那之后，她进入了写诗的阶段，驶过湿地或寻找贝壳时会编织一些诗句——语言简单，节奏单调，有点傻气。"一只蓝鸟妈妈从树枝上起飞；我也要飞，如果有机会。"这些诗句让她哈哈大笑，填补了漫长又寂寞的一天中倍感孤独的几分钟。

　　一天下午，基娅坐在餐桌旁读书，想起了妈妈的诗集，便去翻找，找出了那本书。书已经很旧了，封皮早已不见，书页用两根旧橡皮筋绑在一起。基娅小心翼翼拿下皮筋，手指摩挲着书页，看妈妈写在缝隙处的笔记。最后是一份妈妈最爱的诗歌页码清单。

　　基娅翻到詹姆斯·赖特的一首诗：

突然感到迷失和寒冷，

我知道院子里空空荡荡，

我想要触摸和拥抱

我的孩子，我说话的孩子，
笑着的或顺从的或狂野的……

树木和太阳已消失，
除了我们一切已逝。
他的母亲在屋里唱歌，
热着我们的晚餐，
爱着我们，天知道为何
广阔的大地变得如此黑暗。

还有高尔韦·金耐尔的一首：

我的确关心……
我的确说出了所有所想
用我所知的最温和的话语。如今……
我不得不说结束让我释然：
对更多生机的渴望
最终我只感到遗憾。
……再见。

基娅触碰着这些文字，仿佛它们是一条信息，仿佛当初妈妈特地把它们画出来是为了让女儿某天就着昏暗的煤油灯光读到并读懂。不算很多，不是塞在放袜子的抽屉深处的手写字条，但它是有意义的。

她感觉到这些文字蕴含着强烈的意义,但她无法释放它们。如果她能成为一名诗人,就可以读懂这些信息。

九月,泰特进入高年级,没法经常来基娅这里,不过他每次来,都会从学校带来用过的教科书。他没有提生物书对她来说太超前,所以,她艰难地读着那些在学校待四年都不会读到的内容。"别担心,"他说,"每次读都会有所收获。"这倒是真的。

白天越来越短,他们再次把见面地点改为棚屋,因为白天的时间不够去阅读小屋。他们总在户外学习,但一天早上,狂风呼啸,基娅在火炉里生起了火。自从爸爸四年前消失后,再没有人踏进过棚屋的门槛。邀请别人进屋简直不可想象,除了泰特。

"要不要坐到厨房的火炉边上?"她问道。泰特把船停到了潟湖边。

"好呀。"他说,知道不要对这个邀请反应太大。

从踏进门廊起,他花了大约二十分钟探索她收集的羽毛、贝壳、骨头和鸟窝,不停地发出惊叹。当他们终于在桌旁坐定,她把椅子拉近,两人的胳膊和手肘几乎要碰到。她只是想离他近一点。

因为泰特忙着帮他爸爸做事,基娅感觉日子被从头到尾拉得很漫长。一天晚上,她从妈妈的书架上拿起她的第一本小说,达夫妮·杜穆里埃的《蝴蝶梦》,读到了爱情。过了一会儿,她合上书,走到衣柜旁。穿上妈妈的背心裙,在房间里绕圈;裙摆飞起,她在镜子前旋转。她摆动长发和臀部,想象着泰特邀请她跳舞,他的手扶着她的腰,就像她是德温特夫人。

突然,她回到了现实,笑得弯下了腰。然后又站定,一动不动。

"到这儿来，孩子，"某个下午，玛贝尔大声招呼她，"我给你带了点东西。"通常是老跳给基娅带来一箱箱东西，每次玛贝尔出现都会有一些特别的东西。

"来吧，来拿你的东西。我来加油。"老跳说。基娅跳上码头。

"基娅小姐，看这儿。"玛贝尔说。她拿起一条桃色的裙子，印花裙摆上覆着一层薄纱，这是基娅见过的最美的裙子，比妈妈的背心裙还美。"这裙子正适合你这样的公主。"她把裙子举在基娅面前。抚摸着裙子，基娅脸上露出微笑。然后，玛贝尔背对着老跳，俯下身，费了点劲，从箱子里拿出一个白色胸罩。

基娅浑身都在发热。

"好了，基娅小姐，别害羞。亲爱的，现在你也该需要这个了。还有，孩子，你有任何想和我聊的事情，任何不懂的事情，都让我知道，好吗？"

"好的。谢谢你，玛贝尔。"基娅把胸罩深深地塞进箱子里，压在牛仔裤、短袖、一袋黑眼豌豆、一罐桃干下面。

几周后，基娅开着船在浪里起伏，看鹈鹕漂在海上觅食。她突然感到胃里一阵抽搐。她从没晕过船，也从没经历过这样的疼痛。她把船停靠到湾头滩，坐在沙子上，腿像翅膀一样弯向一边。疼痛加剧了，她表情痛苦，发出一丝呻吟。一定是拉肚子了。

突然，她听到了发动机的轰鸣声，紧接着看见泰特的小船穿过白色海浪驶来。一看到基娅，他就转向陆地，准备靠岸。她骂了几句爸爸说过的脏话。她很高兴见到泰特，但不是在这种随时可能跑去橡树林拉肚子的时候。他把船停在她的小船旁，扑通一声坐到她身边。

"你好，基娅，你在干吗呢？我正打算去你那儿。"

"你好，泰特。很高兴见到你。"她尽力让自己听上去正常，但她的胃抽搐得厉害。

"怎么了？"他问。

"什么意思？"

"你看起来不太好。出什么事了？"

"我想我病了。胃抽搐得厉害。"

"啊。"泰特看向海面，用脚趾挖沙子。

"你该走了。"她低下头说。

"或许我应该待到你好一点的时候。我想你没法自己回家吧？"

"我可能需要进林子里去。大概是病了。"

"或许吧。但是我不觉得那会有帮助。"他轻声说。

"什么意思？你又不知道我哪里不对。"

"这和别的胃痛不一样吧？"

"嗯。"

"你快十五岁了，对吧？"

"是的。这有什么关系？"

他沉默了一会儿，晃着脚，脚趾更深地抠进沙子里。他转移开视线，说："这可能是你这个年纪的女孩身上会发生的事情。记得吗，几个月前我给你带了一本相关的册子，和生物书一起。"泰特很快地瞟了她一眼，脸烧得通红，视线又移开了。

基娅垂下眼，整个身体都红了。当然，她没有妈妈告诉她这方面的事，但泰特带来的一本学校手册里解释了一些。现在，是她的日子到了，而她正坐在沙滩上，在一个男孩面前变成女人。羞耻感和恐慌感席卷了她。她该做什么？到底发生了什么？会有多少血？她想象着血渗进周围的沙子里。她沉默地坐着，感到一阵剧痛袭来，在身体正中间。

"你能自己回家吗？"他问，仍然没有看她。

"我想可以的。"

"没关系的，基娅，每个女孩都安然无恙地经历了这个。你回家吧。我在后面跟着，确保你到家。"

"不用。"

"别担心我。走吧。"他站起来，向船走去，没有看她。他把船开出去，在离岸边很远的地方等着，直到她沿着海岸把船开上水道。他远得成了一个小点，但一直跟在后面，直到基娅到了棚屋附近的潟湖。她站在岸上，朝他快速挥了挥手，低着头，没有看他的眼睛。

正如她靠自己搞懂了大多数事情一样，她也靠自己弄明白了怎么成为一个女人。第二天清晨，当天空泻下第一缕阳光，她开船去找老跳。苍白的太阳悬在浓雾中。靠近老跳的码头时，她试着寻找玛贝尔，但心里明白她在那儿的概率很小。果然，只有老跳走出来迎接她。

"你好，基娅小姐，你这就需要加油了？"

她仍然坐在船上，轻声回答："我需要见玛贝尔。"

"非常对不起，孩子，玛贝尔今天不在这儿。我能帮你吗？"

她头垂得很低，说："我需要见玛贝尔，尽快。"

"那好吧。"老跳隔着小湾看向大海，确认没有船过来。任何需要汽油的人，在白天任何时候，一年中任何一天，包括圣诞节，都可以指望在这里找到老跳——五十年来，他一天都不曾错过，除了他的宝贝天使黛西死去那天。他不能离开他的位置。"基娅小姐，你在这里等等，我跑去小径上，找个小孩去叫玛贝尔。有船来了你就告诉他们我很快回来。"

"我会的。谢谢你。"

老跳匆匆离开码头，消失了。基娅等待着，每隔几秒就向小湾看看，害怕有别的船来。但很快老跳就回来了，说有小孩去找玛贝尔了，基娅只要再"等一会会"就好。

老跳忙忙碌碌，在货架上给嚼烟拆封，还有其他各种事情。基娅待在自己的船上。终于，玛贝尔踩着木板匆匆过来了。那些板子随着她的摇摆而晃动，仿佛一架小钢琴被推下了码头。她提着一个纸袋，没有像往常那样大声打招呼，而是站在码头上，基娅上方，轻声说："早上好，基娅小姐。发生什么事了，孩子？怎么了，亲爱的？"

基娅垂下头，嘟哝了几句，玛贝尔没有听见。

"你能从船上下来吗，还是我应该上去？"

基娅没有回答。玛贝尔几乎有两百磅重，一只脚踩进船里，然后另一只也跟着踩进去。小船抱怨似的撞击着木桩。她坐到中间的座位上，面朝船尾的基娅。

"好了，孩子，告诉我怎么了。"

她们把脑袋靠在一起，基娅耳语了一番，玛贝尔把基娅拉到胸口，抱住她，轻轻摇晃。一开始，基娅浑身僵硬，不习惯被拥抱，不过玛贝尔没有气馁。终于，基娅的身体放松下来，放任自己跌向枕头般柔软的安慰。过了一会儿，玛贝尔坐直身子，打开棕色的纸袋。

"我猜到了你的事情，所以给你带了点东西。"坐在老跳码头旁的小船里，玛贝尔向基娅解释了细节。

"基娅小姐，这丝毫没有什么可羞耻的。并不像有些人说的是诅咒。这是所有生命的开端，而且只有女人能做到。孩子，你现在是一个女人了。"

第三天下午，基娅听到泰特的船驶过来的声音，躲到了茂密的灌木丛里，看着他。有人了解她，这已经够怪的了，而现在，他知道了她生命里最个人、最私密的事情。想到这里，她的脸颊烧了起来。她要一直躲到他离开。

他把船停靠在潟湖边，走出小船，提了一个系绳的白色盒子。"嘿！基娅，你在哪儿呢？"他喊道，"我带了帕克家的小蛋糕。"

基娅有好几年没吃过蛋糕之类的东西了。泰特又从船里拿出一些书，基娅磨磨蹭蹭地从他身后的灌木丛里出来了。

"啊，你在这儿呢。看看这个，"他打开盒子，里面整整齐齐地摆着小蛋糕，每个只有一平方英寸那么大，覆盖着香草糖霜，顶上还有一朵小小的粉玫瑰，"来吧，开动吧。"

基娅拿起一个，还是没看泰特，一口咬下，然后把整个蛋糕都塞进嘴里，舔了舔手指。

"给你，"泰特把盒子放在橡树旁，"想吃多少吃多少。我们开始吧。我带了一本新书。"那件事就这么化解了。他们继续上课，再也没提起它。

秋天来了。常青树没注意到，但美国梧桐注意到了。它们在石灰色的天空中摇晃着成百上千的金黄色叶片。某天下午，上完课后，泰特本该走了，却逗留了一会儿。他和基娅坐在树林里一根倒下的木头上。她问出了那个她想了好几个月的问题。"泰特，我很感激你教我读书，还送我这么多东西。但你为什么这么做呢？你没有女朋友或类似的朋友吗？"

"没——好吧，有时候有。我以前有过，但现在没有。我喜欢来这里，安安静静的。我喜欢你热爱湿地的样子，基娅。大多数人对湿地毫不关心，除了捕鱼，他们认为它是荒地，应该被抽干开发。人们不理解，大多数海洋生物，包括他们吃的那些，都需要湿地。"

他没有提到他为她的孤单心痛。他知道这些年来其他孩子是如何待她的。镇上的人们叫她湿地女孩，编造关于她的故事。溜到她的棚屋，穿过黑暗在门上留下标记已经成为一项传统，一项男孩变男人的仪式。而那些男人又能好到哪儿去？有些已经在打赌谁能先得到她的初夜。这些事情让他既生气又担忧。

但这些都不是他在树林里给基娅留下羽毛并且一直来看她的主要原因。他没有说出口的是他对她的感情，既是对逝去的妹妹的甜蜜之爱，也是对一个女孩的火热之爱，纠缠其间，他没法清楚地分辨出来。但可以确定，这是他经历过的最强烈的浪潮，又痛苦，又欢乐。

她把一根草秆戳进蚂蚁洞里，问："你妈妈呢？"

一阵风吹过树丛，轻柔地摇晃树枝。泰特没有回答。

"你什么都不用说。"她说。

"什么。"

"你什么都不用说。"

"我妈妈和妹妹在阿什维尔的一场车祸里去世了。我妹妹叫卡丽安。"

"哦，对不起，泰特。我想你妈妈肯定人很好，很漂亮。"

"是的。她们两个都是，"他对着地面说，头埋在膝盖间，"我从来没说过这件事。对谁都没有。"

我也是，基娅想。她说："我妈妈有一天走了，再也没回来。母鹿总是会回来的。"

"好吧，至少你能盼着她回来。我妈妈是永远都不会回来了。"

他们沉默了一会儿，泰特接着说："我想……"但他停下了，眼睛看向别处。

基娅看着他，他看着地面。没人说话。

她说："什么？你想什么？你可以跟我说任何事。"

他还是什么都没说。她带着与生俱来的耐心，等待着。

最后，他轻声说："我想她们是要去阿什维尔给我买生日礼物。当时我想要一款很特别的自行车，非它不可。西部车行没有，所以我想她们是要去阿什维尔给我买那辆自行车。"

"这不是你的错。"她说。

"我知道，但感觉上就是我的错，"泰特说，"我甚至都不记得是辆什么样的自行车了。"

基娅靠近了一些，没有近到互相可以触碰到，但她有一种感觉——似乎他们肩膀之间的空间消失了。她好奇泰特有没有感觉到。她想靠得更近，近到他们的胳膊刚好可以轻轻摩擦。她想知道泰特有没有注意到。

就在这时，风变大了，无数金黄的美国梧桐叶离开它们赖以生存的树枝，在天空中飘荡。秋叶不是凋落，是飞舞。它们不紧不慢，随风漫步，这是它们翱翔于天空的唯一机会。它们反射阳光，在风中旋转、飘荡、飞舞。

泰特从原木上跳起来，大声说："看看在树叶落地前你能抓到多少！"基娅也跳起来。他们在漫天落叶织就的帘幕中又蹦又跳，舒展双臂，在叶子落地前接住它们。泰特大笑着一个俯冲，在一片叶子离地几英寸时抓住了它，翻身打了个滚，把战利品高高举向空中。基娅抬起手，把所有抓到的叶子撒向风中。她跑向落叶，头发上的叶子宛若黄金。

她在叶子间旋转，撞上了站在一旁的泰特。他们都僵住了，看着彼此的眼睛。笑声止息。他握住她的肩膀，犹豫了一瞬，吻上了她的唇。黄叶在周围萧萧而下，随风飞舞，静如落雪。

她对接吻一无所知，只能僵着头和嘴唇。两人分开，互相看着对方，思考着这个吻从何而来，接下来又该做什么。他轻柔地从她发间拨落一片叶子，任它掉落在地上。她的心脏疯狂跳动。她那些任性的家人给予她的爱支离破碎，与此大为不同。

"我现在是你的女朋友了吗？"她问。

他笑了。"你想做我的女朋友吗？"

"想。"

"你年纪太小了。"他说。

"但我了解羽毛啊。我猜其他女孩不懂羽毛。"

"那好吧。"他再次吻了她。这次她把头侧向一边，嘴唇柔软。人生中第一次，她的心满满当当。

18. 白色轻舟

现在，每个新单词都以尖叫开始，每个句子都是一场比赛。泰特抓住基娅，两人一起倒在被秋意染红的酸叶石楠间，一半笑闹，一半暧昧。

"严肃一秒钟，"他说，"掌握乘法表的唯一方法是背诵。"他在沙子上写下"12×12=144"，但她从他身边跑过，一头潜入汹涌的海浪，下沉到水流平静之处，游起泳来，直到他跟上，一起游到蓝灰色光束斜照的一块沉寂之地，他们的轮廓被勾勒出来，光滑如海豚。然后，他们在沙滩上翻滚，身上沾满了沙子和盐粒，紧紧抱住对方，俨然一体。

第二天下午，他把船驶进她的潟湖，停稳后仍坐在船上，脚边放了一个盖着红方格布的大篮子。

"那是什么？你带了什么来？"她问。

"一个惊喜。来吧，上船。"

他们顺着缓缓移动的水流漂进大海，朝南行驶到一个小小的半月湾。泰特抖开毯子铺在沙滩上，然后把篮子放下。坐定后，他掀开罩布。

"生日快乐，基娅，"他说，"你十五岁了。"一个两层的烘烤蛋糕，足有帽盒那么高，装饰着粉色糖霜贝壳，篮子里还有玫瑰。她的名字被写在蛋糕顶上。蛋糕周围是包着彩纸、系着蝴蝶结的礼物。

她看着，吃惊得合不拢嘴。自从妈妈离开后，再也没有人祝她生日快乐。没有人送她写着名字的、店里买的蛋糕。她也从来没收到过系着彩带、包在真正的包装纸里的礼物。

"你怎么知道我的生日？"她没有日历，完全不知道就是今天。

"我在你的《圣经》里看到的。"

她求他切蛋糕时不要从她的名字上切过去。他切下很大一块，沉甸甸地放到纸盘子上。他们看着对方，大口咬下，塞得满嘴都是，大声咂巴。吃完又舔了手指。两人咧嘴大笑，嘴上都沾满糖霜。蛋糕本来就该这么吃，每个人都想这么吃。

"想不想拆礼物？"他笑着问。

第一个：一个小小的放大镜。"这样你就能看到昆虫翅膀的微小细节了。"第二个：一个塑料夹子，银色的，上面有一个海鸥水钻。"别头发上。"他有些笨拙地把她的碎发捋到耳后，别上发夹。她摸着发夹。比妈妈那个还好看。

最后一个礼物装在一个稍大的盒子里，打开后，她看到了十罐油彩、水彩和不同型号的笔。"给你画画用的。"

基娅拿起每一种颜色，每一支笔。"你需要的时候我再给你带。橡树海镇上的帆布也可以。"

她低下头。"谢谢你，泰特。"

"别急，慢慢来。"老排大声说。泰特掌控着船舵，周围是渔网、油布和梳理羽毛的鸬鹚。樱桃派号的船头在支架间跳跃，一阵抖动后滑进了皮特船厂的水下轨道。这里是巴克利小湾镇唯一的船厂。码头不平整，船房也锈迹斑斑。

"很好，它进轨了。把它弄上来。"泰特加大马力，船沿着轨道爬上干船坞。用缆绳固定后，他们开始刮船身上的污迹，米莉莎·科耶斯水晶般透明的咏叹调从唱片机上升起。他们得先上底漆，再刷红漆，樱桃派号每年都会这么漆一次。泰特的妈妈选了这个颜色，老排永远都不会改变它。偶尔，他会停下手头的工作，随着起伏的音乐舞动手臂。

现在，初冬了，老排付给泰特成人份的工资。他课后和周末在爸爸这儿工作。但这样一来，他就没法经常去基娅那里。他没和爸爸提过这事。他从没和爸爸提过任何关于基娅的事。

他们和污迹搏斗到天黑，老排的胳膊累得像烧着了似的。"太累了，烧不动饭了，我估计你也一样。回家路上去小饭馆吃点吧。"

在店里，他们和每个人点头打招呼，在座的他们都认识，然后坐在角落里的一张桌子旁。两人都点了特餐：炸鸡排、土豆泥配肉汁、芜菁、凉拌卷心菜、饼干，还有核桃派配冰激凌。在邻桌，一个四口之家正互相牵起手，低头祈祷，爸爸大声说出祷词。阿门之后，他们亲吻空气，握紧双手，然后互相递玉米面包。

老排说："孩子，我知道这份工作让你没时间做其他事情，不过这份工作就是这样。但你没参加秋天的返校节舞会或其他任何活动，我不希望你错过一切，今年是你最后一年了。展示馆很快就要举办一场盛大的舞会。你邀请了哪个女孩吗？"

"没有。我可能会去，还不确定。但没有想邀请的人。"

"学校里没有一个你想和她一起去的女孩吗？"

"没有。"

"好吧，"老排向后靠了靠，服务员过来放下他的食物，"谢谢，贝蒂，你装得很好。"贝蒂转向旁边，放下泰特的盘子，装得更高。

"都吃完啊，"她说，"还有更多呢。特餐是吃饱为止的。"她朝泰特笑了笑，刻意扭了一下屁股，走回厨房。

泰特说："学校的女孩都很傻，成天只知道讨论发型和高跟鞋。"

"好吧，这就是女孩们做的事情。有时候你得接受事情原本的样子。"

"或许吧。"

"孩子，我不太关注流言，一直如此。但很多闲言碎语说你和湿地里那个女孩扯上了关系。"泰特抬起手。"先等等，等等，"老排接着说，"我不相信关于她的那些故事，她可能是个好人。但是孩子，小心点，你不会想太早成家的。你懂我的意思，对吧？"

泰特压低声音说："首先你说不相信关于她的故事，接着你又说我不该成家，这表明你就是相信她是那种女孩。好吧，让我来告诉你，她不是。她比所有你让我邀请参加舞会的女孩都要纯洁、天真。天哪，镇上有些女孩，可以说是成群结队出去勾搭，不择手段。是的，我确实有时候去看基娅。你知道为什么吗？我在教她认字，因为镇上的人对她如此恶劣，她甚至没法去学校。"

"这很好，泰特，你很好。但请理解对你说这些话是我的责任。这种谈话对我们来说可能一点都不愉快，但有些事情，作为父母必须警告自己的孩子。这是我的责任，所以别烦躁。"

"我知道。"泰特嘟哝着说，在一块饼干上抹上黄油。他感到非常烦躁。

"好了，让我们再来一轮，然后上些核桃派。"

派上桌后，老排说："好吧，既然我们谈了从没提过的事情，那我也说说我心里的其他事情吧。"

泰特盯着他的派。

老排继续说道："我想让你知道，孩子，我是多么为你骄傲。你完全靠自己研究湿地生物，学校里的成绩也十分优秀，申请大学本科科学领域的专业也被成功录取。我不习惯常说这些，但我非常为你骄傲，孩子。好吗？"

"好吧。"

后来，在自己的房间里，泰特背诵起一首他最爱的诗：

啊，我何时能见那幽暗的湖，

和我心上人那叶白色轻舟？

工作之余，泰特尽可能去看基娅，但没法待很长时间。有时候开船四十分钟，就为了十分钟的沙滩散步，手紧紧牵在一起。又或是一次又一次的亲吻。一分钟也不浪费。然后开船回去。他想触摸她的胸部，为了能看一眼，愿意做任何事。深夜躺在床上，他想着她的大腿该有多么柔软、紧实。想到大腿以上的部分，他兴奋得裹着床单滚来滚去。但她还这么小，又很羞怯。如果他做错了事，可能会以某种方式影响到她，那样他就会比那些只嘴上说着要占有她的人更糟糕。保护她的欲望和其他欲望同样强烈。有时候。

每一次去看基娅，泰特都会带上学校或图书馆的书，特别是有关湿地生物和生物学的书。她进步神速，现在可以读所有东西了。他说，一旦可以读所有东西，就能学所有知识。这取决于她自己。"没有哪个人的大脑曾被填满，"他说，"我们都像那些不用它们的脖子去够更高处叶子的长颈鹿[1]。"

孤身傍灯，往往一坐就是好几小时。基娅读到了动植物如何改变自身适应变化的地球；一些细胞如何分裂并分化为肺或心脏，而另一些细胞则作为干细胞被保存下来，以备后患。鸟儿大多在清晨歌唱，因为凉爽、潮湿的晨间空气可以将它们的歌声和信息传递得更远。基娅一生都在亲眼见证这些奇迹，所以大自然的运作方式对她而言很容易理解。

她在生物学的各个领域找寻一个解释，为什么妈妈会离开自己的孩子。

在某个寒冷的日子里，美国梧桐叶早已落完，泰特走出小船，手里拿着一个红绿纸包装的礼物。

---

[1] 根据拉马克的"用进废退"进化论，长颈鹿的祖先因为要吃高处的树叶，拼命抻长脖子，长脖子这种性状最终被遗传给了下一代。

"我什么都没准备，"当泰特把礼物递给她时，她说，"我不知道今天是圣诞节。"

"不是圣诞礼物，"他笑了，"绝对不是。"他撒了个谎，"没事的，只是个小礼物。"

她小心翼翼地拆开包装纸，看到一本二手的韦氏字典。"哦，泰特，谢谢。"

"看看里面。"他说。一根鹈鹕羽毛被夹在 P 部分，勿忘我花被压在 F 部分，一个干蘑菇被放在 M 部分。书里藏了如此多的宝物，几乎合不上了。

"圣诞节之后那天我会尽量过来。或许我能带一份火鸡大餐来。"他吻别了基娅。泰特走后，她大声咒骂自己。妈妈离开后，这是她第一次有机会给心爱的人送礼物，就这样错过了。

几天后，她在潟湖边等泰特，穿着无袖的桃色薄绸裙，冻得瑟瑟发抖。她踱来踱去，手里紧紧抓着送给泰特的礼物——雄性主红雀头上的一簇毛——包在他用过的包装纸里。他一走下船，她就把礼物塞到他手里，坚持让他当场打开。他打开了。"谢谢你，基娅。我还没有这个。"

她的圣诞节圆满了。

"现在我们进屋去吧。穿着这条裙子肯定冷死了。"厨房里燃着炉火，很温暖，但他还是让她换上了毛衣和牛仔裤。

他们一起加热了他带来的食物：火鸡、玉米面包酱料、蔓越莓酱、红薯砂锅菜和南瓜派——泰特和爸爸的圣诞节晚餐剩下的食物。基娅做了饼干，他们坐在厨房餐桌旁用餐。餐桌上装饰着野生冬青和贝壳。

"我来洗吧。"她说，从炉子上取了热水倒进盆里。

"我来帮忙。"他走到她身后，双臂环抱住她的腰。她头向后靠在他胸口，闭上了眼睛。慢慢地，他的手指伸进她的毛衣，抚过她平滑的腹部，探向胸部。和往常一样，她没有穿内衣，他的手指围着她的乳头打转。泰特的触摸停留在胸部，但基娅感觉有一种冲动在向下传递，仿佛他的手游走在她双腿之间。一种渴求填满的空虚感席卷而来。但她不知道该怎么做，该说什么，所以退却了。

"没关系的。"他说，只是抱住她。两个人的呼吸都有些重。

太阳仍是羞答答的，对冬天俯首称臣，但不时会在凄风苦雨间探出头来。一天下午，很自然地，春天挤了进来。天气变暖了，天空明亮如洗。基娅轻声说着话，和泰特漫步在一条深深的小溪边，岸上长满了青草，上面罩着高大的枫香树。突然，他抓住她的手，嘘了一声。她随他看向水边，一只六英寸宽的牛蛙正蹲在叶子下。很常见的场景，除了这只蛙浑身白得发光。

泰特和基娅相视而笑，一直看到它安静地大步跳开。他们保持静默，退回到五码外的灌木丛中。基娅用手捂住嘴，咯咯地笑了起来，然后孩子气地跳着吉格舞，从他身边跳开，但她的身体并没有那么孩子气。

泰特盯着她看了一秒钟，早把牛蛙抛到了脑后。他故意走向她。他脸上的表情把她定在了一棵粗壮的橡树前。他握住她的双肩，把她推到树上，紧紧地压上去。他把她的双臂束缚在她的身侧，然后俯身亲吻，下身顶向她。圣诞节以来他们经常接吻，慢慢探索，但这次不一样。他总是掌握主动权，但会观察她的反应，注意停止信号。不像现在。

他放开她，眼睛里层层叠叠的金棕色直烧进她眼里。他慢慢解开她的衬衣，脱下，露出胸部，不紧不慢地欣赏，手指围着乳头打转。然后，他拉开她的短裤拉链，把裤子往下揽，直到它落地。这是第一次，她在他面前几乎全身赤裸。她喘着气，试图用手遮住自己。她的腹股沟悸动着，仿佛所有血液都涌向那里。他脱下自己的短裤，依旧看着她，挺身压了上去。

她害羞地别开头。他抬起她的下巴，说："看着我，基娅，看着我的眼睛。"

"泰特，泰特。"她靠过去，想要吻他，但他没有满足她，只让她的眼睛容纳他。她不知道原始的裸露可以带来这样的欲望。他的手摩挲着她的大腿内侧，她本能地微微分开双腿。泰特的手指在她两腿间游走，慢慢按摩那个连她自己都不知道的部位。她头向后仰，低声呜咽着。

突然，他从她身上退开。"天哪，基娅，对不起，对不起。"

"泰特，求你了，我想要。"

"不能这样，基娅。"

"为什么不能？为什么不能这样？"

她去抓他的肩膀，想把他拉回来。

"为什么不能？"她又问。

他捡起衣服，给她穿上。不再碰她想被触碰的地方，那个还在悸动的地方。然后，他把她抱到溪边，在她身边坐下。

"基娅，我无比地想要你，永远都想要你。但你还太年轻，你才十五岁。"

"那又怎么样？你也只大了四岁，又不是突然变成了万事通先生。"

"是的，但我不能让你怀孕。我不能这么轻易就被欲望打败。我不会这么做，因为我爱你，基娅。"爱，她完全不懂这个词。

"你还是把我当成小女孩。"她抱怨道。

"基娅，你听上去越来越像一个小女孩。"他说，但带着笑，还把她拉得更近了一些。

"那如果不是现在，什么时候行呢？我们什么时候可以呢？"

"现在还不行。"

他们沉默了一会儿，然后她问："你是怎么知道该怎么做的？"低下头，再次害羞了。

"跟你一样。"

五月的一个下午，他们从潟湖边往回走，他说："我很快要走了。去上大学。"

他说过要去教堂山[1]，但基娅刻意不去想这件事，至少他们还有夏天。

"什么时候？不是现在吧。"

"没多久了。几周后吧。"

"但为什么呢？我以为大学秋天开学。"

"我得到了学校生物实验室的工作，这个可不能错过，所以我从夏季学期开始。"

在所有离开的人中，只有乔迪说过再见。其他每个人都只是永远

---

[1] 指北卡罗来纳大学教堂山分校。

地离开了，但这并不会让人好受些。她的胸口被灼烧着。

"我会尽量多回来。真的没那么远，坐大巴用不了一天就能到。"

她安静地坐着，最后，她说："泰特，为什么你一定要走呢？为什么不待在这里，像你爸爸那样捕虾呢？"

"基娅，你知道为什么。我没法做那个。我想研究湿地，成为一名生物学家。"他们到了沙滩，坐在沙子上。

"然后呢？这里没有那样的工作。你再也不会回家了。"

"不，我会回来的，基娅，我不会离开你。我保证。我会回到你身边。"

她跳起来，惊动了几只鸧鸟，它们飞起来，鸣叫着。她跑进林子里，泰特跟在后面。但到了树林里，他停了下来，看向四周。她不见了。

想着万一她能听见，他大喊道："基娅，你不能每次都逃开。有时候你需要讨论事情，面对事情。"然后他失去了耐心，"该死的！该死的！"

一周后，基娅听到泰特的船开过她的潟湖，她躲在一丛灌木后。泰特减速经过水道时，苍鹭抬起银色的翅膀缓缓飞起。基娅很想跑，但最终她站到岸边，等待着。

"嘿。"他说。这一次他没有戴棒球帽，金色的鬈发在他黝黑的脸上飘动。好像在过去几个月中，他的肩膀慢慢变得像男人般宽阔。

"嘿。"

他从船上下来，拉起她的手，带她到他们读书时常坐的原木前坐下。

"走得比我预想的要早。为了开始实验室工作，我不去参加毕业典礼了。基娅，我是来说再见的。"连他的声音都俨然是男人的声音了，他已准备好奔向一个更为严肃的世界。

她没有回答，别过头去，喉头哽咽。他在她脚边放下两袋学校和图书馆的旧书，大部分是科学书。

她不确定自己能不能说出话来。她想让他再带她去一次那个能看见白牛蛙的地方。他可能永远都不会回来了，所以她想现在就去。

"我会想念你的，基娅。每天，日日夜夜。"

"你可能会忘了我。当你忙于大学的事，再看到那些漂亮的女孩。"

"我永远都不会忘了你，永远。你照顾好湿地，等我回来，听到了吗？小心点。"

"我会的。"

"我是说现在，基娅。小心其他人，别让陌生人靠近你。"

"我觉得我可以藏起来，或者跑掉。"

"是的，我相信你可以。一个月左右我就会回来，我保证。七月四号。你还没意识到呢，我就回来了。"

她没说话。他站着，手插在裤兜里。她站在他身旁，但他们的眼睛都看向别处。看向树林里。

他握住她的肩，落下一个长长的吻。

"再见，基娅。"有那么一会儿，她越过他的肩头看向远方，然后收回视线，看向他的眼睛。那是她所知的最深邃的峡谷。

"再见，泰特。"

他没再多说，坐上船，穿过潟湖。在进入水道厚实的荆棘丛之前，他转过身来挥了挥手。她高举双手，然后收回放在胸口。

19. 有情况

1969

读完第二份实验室报告的那个早上，也就是在沼泽发现蔡斯·安德鲁斯尸体的第八天，副手乔用脚推开治安官办公室的门，走了进去。他拿着两杯咖啡和一袋热甜甜圈——刚出锅的。

乔把东西放到桌上。"天哪，帕克蛋糕店的味道。"埃德说。两人各从印着油印子的棕色纸袋里掏出一个巨大的甜甜圈，大声咀嚼，吃完还舔了舔油腻的手指。

两人同时说："我有发现。"

"你说吧。"埃德说。

"我从好几个渠道得知，蔡斯在湿地里有情况。"

"有情况？什么意思？"

"不太确定，但酒吧里有几个人说，大概四年前，他开始经常独自去湿地，偷偷摸摸地。他还和朋友们一起去钓鱼、开船，但很多时候都是独自一人。我在想，他可能跟一些瘾君子或更糟糕的人混在一起，被一些可怕的毒棍缠上了。和狗躺在一起，起身时就会带上虱子。或者像他那样，再也站不起来了。"

"我不知道。他是一个如此优秀的运动员，很难想象他沾染上毒品。"治安官说。

"前运动员。而且不管怎么说，很多前运动员都吸毒。当英雄的光辉消散，他们只能从其他地方寻找高潮。也可能他在湿地里找了个女人。"

"我只是不相信那里会有女人是他的菜。他只跟所谓的巴克利精英而不是垃圾在一起。"

"好吧，如果他觉得自己是去了贫民窟，那可能就是他不对人提起的原因。"

"确实，"治安官说，"再者说，不论他在湿地干什么，都给我们打开了他生活的全新一面。我们去探查探查吧，看看他到底忙些什么。"

"你说你也有发现？"

"还不确定是什么。蔡斯的妈妈打电话过来，说她有和本案相关的重要事情要告诉我们。关于他一直戴着的一条贝壳项链。她确定这是一条线索，想过来告诉我们。"

"什么时候来？"

"今天下午，很快了。"

"如果真有线索就好了，总好过到处找穿红毛衣、又有作案动机的人。我们得承认，如果这是谋杀，那真是聪明的谋杀。湿地吞噬了所有证据，如果还有证据的话。帕蒂·洛夫来之前我们还有时间吃午饭吗？"

"当然。今日特餐是香煎带骨猪排加黑莓派。"

20. 七月四日

1961

　　七月四日，基娅穿着已经太短的桃色薄绸裙，赤脚走向潟湖，坐在读书时坐的原木上。酷热蒸干了最后一丝雾气，空气中充满了浓重的湿气，她几乎无法呼吸。她不时跪在湖边，往脖子上泼凉水，同时仔细分辨泰特的船开过来的声响。她不介意等待。她可以读他给的书。

　　时间一分一秒过去，太阳爬到天空正中。原木变硬了，她坐到地上，背靠着一棵树。最后，饥饿感袭来，她跑回棚屋吃了点剩下的香肠和饼干。她吃得很快，担心泰特在她离开岗位时来了。

　　闷热的下午，蚊子成群结队。没有船。没有泰特。黄昏的时候，她笔直地、纹丝不动地站着，一言不发，如同一只鹳鸟，看着空旷、安静的水道。连呼吸都痛。她脱下裙子，扎进水里，在昏暗的凉爽中游泳。水滑过肌肤，带走了她身上的热气。从潟湖中出来，她坐在岸边一片覆满青苔的地方，赤裸着，直到身上干透，直到月亮滑落天际。然后，她拿着衣服走回棚屋。

第二天，她继续等待。正午前，每小时气温都在上升，午后更是热得冒泡，空气像是沸腾了，直至日薄西山。接着，月亮在水面上洒下希望，但也破灭了。太阳再度升起，又是一个白热的正午。太阳又落山了。所有希望都落空了。她的视线无目的地游移，虽然还在听泰特的船开过来的声音，但已经不抱期待了。

潟湖散发着生与死的气息，它是生机和腐烂的有机混合。青蛙在叫。她木然地看着萤火虫在夜空中涂画。她从未用瓶子收集过发光的虫子。当它们在瓶外时，你能学到更多。乔迪曾告诉她，雌萤火虫在尾巴下发光，告诉雄性它已准备好交配。每一种萤火虫都有自己的光语。基娅发现，有些雌性发光的规律是短、短、长，跳"之字舞"；有些则是长、长、短，跳不同的舞。雄性，当然了，懂得同类的信号，只飞向同类雌性。然后，如乔迪所说，它们交尾，和大多数生物一样，以这种方式来孕育下一代。

突然，基娅坐直身体，仔细观察：一只雌性改变了密码。一开始它以正确的顺序长短闪烁，吸引来一只同类雄性交配。然后它发出不同的信号，一只不同类的雄萤火虫飞向它。读到它的信号后，第二只雄性确信自己找到了一只有意愿的同类雌性，于是飞到它上面准备交配。但突然间，这只雌萤火虫伸出触角，用嘴咬住它，吃掉了，还咀嚼了它的六条腿和两只翅膀。

基娅观察着其他萤火虫。雌性得到了它们想要的东西——先是一个交配对象，然后是一顿大餐——只需要改变信号。

基娅知道，这里并不需要评判对错。这并不邪恶，只是生命的本能冲动，即使这是以牺牲某些参与者为代价。从生物学角度来看，对错不过是不同光线下的同一种颜色。

　　她又等了一小时，最终走回了棚屋。

　　隔天一早，她一边咒骂着残忍希望的碎片，一边回到潟湖。坐在水边，她听着船只进入水道或穿过远处河口的轧轧声。

　　到了中午，她站起来，大喊："泰特，泰特，不，不！"她跪下，脸抵着泥地，感到身下一阵强有力的拉扯。是她很熟悉的潮水。

21. 库珀鹰

1961

炙热的风吹得蒲葵叶子嘎嘎作响，仿佛它们是又小又干的骨头。放弃等泰特后的三天，基娅没有起床。在绝望和高温的麻醉下，她穿着衣服在床上翻来覆去，衣服和床单被汗水浸湿了，皮肤也黏糊糊的。她试图用脚趾在床单之间寻找凉爽，但没找到。

她没有注意月亮何时升起，或者大角鸮每日何时俯冲猎捕冠蓝鸦。躺在床上，她听到远处湿地里传来乌鸫振翅的声音，但没有起身。海鸥们在沙滩上空如泣如诉的歌声令她难过，它们呼唤着她，但人生中第一次，她没有去看它们。她希望不理会海鸥所带来的痛苦可以掩盖心里撕开的洞。然而并没有。

在倦怠中，她想知道自己做了什么让所有人都离她而去。妈妈。姐妹。全家人。乔迪。现在是泰特。她最痛苦的回忆是，在那些她弄不清日期的日子里，家人一个个消失在小径上。叶子间飘扬的最后一块白色围巾。地毯上留下的一堆袜子。

泰特意味着生命和爱。现在泰特不在了。

"为什么，泰特，为什么？"她对着床单喃喃自语，"你应该是不同的。应该留下。你说你爱我，但没有这样的事。这世上没人可以依靠。"从心灵深处的某个地方，她对自己发誓，再也不会信任或爱上什么人。

她总是能找到爬出泥潭的力量和勇气，继续前进，无论脚步多么不稳。但她的勇气和决心又带给了她什么？她在浅眠和清醒之间徘徊。

突然，太阳——圆满、明亮、耀眼的太阳——照到了她脸上。她从来没有一觉睡到中午过。她听到了一阵柔和的窸窣声，支肘抬起身子，看到一只乌鸦大小的库珀鹰站在纱门外，朝屋里看。几天以来，她第一次起了兴致。鹰起飞时她坐了起来。

终于，她用热水拌了些粗玉米粉，到沙滩上喂海鸥。她走到沙滩，它们兴奋地盘旋，俯冲。她跪坐下来，把食物撒在沙子上。海鸥围挤在她身边，羽毛蹭着她的胳膊和大腿。她头向后仰，在它们中间微笑着，眼泪滚过脸颊。

七月四日之后的一个月，基娅没有离开棚屋，没有进湿地，也没有去老跳那儿加油买补给品。她靠鱼干、贻贝、牡蛎活着。还有粗玉米粉和菜叶子。

当架子全空了，她终于开船去老跳店里买补给，但没有像往常那样和他交谈，做完自己的事就离开了，留老跳站在那里，从后面看着她。需要别人最后会让自己受伤。

几天后的一个早晨，库珀鹰又来到她的台阶上，透过纱门看她。

多么古怪啊，她想，冲它点点头。"嘿，库珀。"

它轻轻一跳，飞了起来，近地滑翔了一番后，陡然冲入云层。看着它，基娅告诉自己："我必须回到湿地里。"她把船拖出来，沿着水道和滑流慢慢开，寻找鸟巢、羽毛和贝壳。自从泰特抛弃她，这是她第一次出来。尽管如此，她还是不可抑制地想到他。教堂山的知识殿堂或者漂亮女孩吸引了他。她无法想象大学里的女孩，但不论她们长得怎么样，都比一个乱发、赤脚、住在棚屋里的贩贝贩子要好。

八月末，她的生活再次找到了支点：船，收藏，画画。几个月过去了，她只在补给品不足的时候去老跳那儿，但很少和他说话。

她的藏品成熟了，分类很有条理：按次序或属种，按根据骨骼磨损程度判断的年龄，按羽毛毫米级别的差异，或者按最细致的绿色色调差异。科学与艺术凭借彼此的优势相互纠缠：颜色、光线、物种、生命，编织出了知识与美的杰作，布满了棚屋的每一个角落。她的世界。她与它们共生——犹如藤与枝干——独自成长，却聚集了所有奇迹。

随着藏品的增加，她的孤独感也增加了。和心一样大的悲伤住在她的胸膛里。无药可解。海鸥不行，辉煌的落日不行，最稀有的贝壳也不行。

一个月又一个月，一年过去了。

孤独大得令她难以承受。她渴望一个人的声音、陪伴、触摸，但更希望守住自己的心。

又一年过去了。然后是另一年。

第二部分

沼泽

PART 2

The Swamp

22.同样的潮水

基娅十九岁了，腿更长，眼睛更大，皮肤也似乎更黑了。她坐在湾头滩上，看着沙蟹被海浪拉回去盖住。突然，南边传来声音，她立刻跳了起来。那群孩子——现在是年轻人了，这几年她时常能看见他们——正朝她慢慢走来，一边颠着足球，追逐海浪。因为害怕被他们看见，基娅大步走进树林，躲到橡树粗壮的树干后，沙子从脚踝上簌簌掉落。她知道这样做很奇怪。

变化不多，她想，他们笑着，而我像沙蟹一样躲起来。一个为自己的怪异感到羞耻的野生动物。

瘦高金发、马尾雀斑脸、珍珠控和圆润丰满脸颊在沙滩上嬉闹，笑着抱成一团。极少数几次去镇上时，基娅听到过她们议论她："是啊，湿地女孩从黑人那里拿衣服，用贻贝换粗玉米粉。"

不过，这么多年过去了，她们还是朋友。这很耐人寻味。虽然看上去很傻，是的，但正如玛贝尔反复说的那样，她们是一支真正的队伍。"亲爱的，你需要一些女性朋友，因为这是永远的。无须誓言。

女友团是这世界上最温柔也最坚硬的地方。"

基娅发现自己在跟着他们一起轻笑，看他们互踢海水，尖叫着冲进更深的浪里，从水里出来后抱作一团。基娅的笑容消失了。

他们的大叫凸显了她的沉默。他们的团结拽出了她的孤独。但她知道，被贴了湿地垃圾的标签意味着她只能待在橡树后面。

她的眼睛瞟向最高的那个男人。他穿着卡其短裤，赤着上身扔球。她看到他背部肌肉隆起，肩膀晒得黝黑。她知道他是蔡斯·安德鲁斯。过去这些年，自从他骑自行车差点撞倒她，她见过他和这群朋友一起在沙滩上玩，进小饭馆喝奶昔，或者在老跳那里加油。

那群人离得更近了，但她只看着他一个。另一个人踢出球，他跑过去接，到了基娅藏身的橡树近旁，光着的脚踩进滚烫的沙子里。他抬起手臂扔球，恰巧回头看了一眼，捕捉到了基娅的眼睛。传完球，没和任何人打招呼，他转身和她对视。他一头黑发，和她一样，不过眼睛是浅蓝色的，脸长得棱角分明，引人注目。他唇角露出一个浅笑，随后走回朋友那里，肩膀放松而笃定。

但他注意到她了。他们对视了。她屏住呼吸，一股热意席卷全身。

她跟着他们，主要是他，走在岸边。她的心和欲望背道而驰。身体在看着蔡斯·安德鲁斯，而心没有。

第二天，她回到沙滩——同样的潮水，不同的时间，那里没人，只有喧闹的鹬鸟和踏浪的沙蟹。

她努力让自己避开那片沙滩，把注意力投向湿地，搜寻鸟巢和羽毛。保持安全。她给海鸥喂粗玉米粉。生活已经把她变成一个粉碎专家，擅长把情绪捣碎成可贮存的尺寸。

但孤独自带指南针。隔天她就返回沙滩找他。然后又一天。

某个下午,去找了蔡斯·安德鲁斯后,基娅从棚屋走出来,躺在银色沙滩上,感受最后的潮水。她将胳膊伸过头顶,在潮湿的沙子上摩擦,两腿伸直,脚尖绷紧。她闭上眼睛,慢慢向大海滚去。臀部和手臂在发光的沙子上留下轻微的压痕,随着身体的移动先是发亮然后变暗。离海浪越来越近,她的身体感受到了大海的咆哮。她问自己:大海什么时候碰到我?会先碰到哪里?

泛起白沫的海浪冲击着海岸,朝她蔓延。她的呼吸加重了,满怀期待。她转得越来越慢。每次转动,在脸扫过沙子前,她会微微抬头,吸入带着咸味的太阳的气息。近了,很近了。来了。什么时候能感受到?

热起来了。她身下的沙子更湿了,海浪声更大了。她转得更慢了,一寸一寸,等待着海的触碰。快了,快了。虽未发生,却几乎已经能感受到。

她想睁眼偷看,看看还有多远,但忍住了,眼睛甚至闭得更紧了。眼帘外只有明亮的天空,没有其他讯息。

突然,她发出一声尖叫,感受到了身下汹涌的力量。这力量抚弄着她大腿内侧,沿背部流淌,在脑后盘旋,把头发拉成一股股黑色绳索。她加快翻滚,伴着随波逐流的贝壳和海洋中的碎片,进入逐渐加深的浪中。海水裹住了她。紧靠着大海强壮的躯体,她被抓住了,抱住了。不再孤单。

基娅坐起来,睁眼看向四周,海水生出不断变换的白色泡沫,温柔缱绻。

自从蔡斯在沙滩上看了她一眼后，基娅一周内已经去过老跳那儿两次了。她不承认自己是为了在那里见到蔡斯。来自别人的关注点燃了她的社交欲望。一如既往，她问老跳："玛贝尔怎么样？你的孙子孙女有在家的吗？"老跳注意到了她的变化，不过也知道最好不要妄加评论。"是的，现在有四个和我们一起住。家里充满了欢声笑语，我都不知道他们在乐什么。"

但几天后的早上，基娅再去的时候，老跳不在那儿。棕色的鹈鹕蹲在自己的位置上看着她，仿佛在看店。基娅对着它们笑了。

有人碰了碰她的肩，她差点跳了起来。

"嘿。"她转身看见蔡斯正站在她身后。她的笑容消失了。

"我是蔡斯·安德鲁斯。"他的眼睛，冰蓝色的眼睛，攫住了她。他似乎可以十分自然地和她对视。

她什么也没说，但身体换了重心。

"我在附近见过你几次。你知道，这些年来，在湿地里。你叫什么？"有那么一会儿，他以为她不打算开口了。可能她聋了，又或者她说的是一种原始语言，有些人这么说。换一个不那么自信的男人，可能已经走开了。

"基娅。"显然，他不记得那次自行车事故，或者说只知道她是湿地女孩。

"基娅——与众不同，但很好听。你想去野餐吗？这周日，坐我的船。"

她看向别处，花时间咀嚼他的话，却看不透。这是个和别人在一起的机会。

最后她说："好。"他告诉她中午在湾头滩北边的橡树半岛碰面。然后，他走上自己的蓝白色游艇——表面布满闪闪发光的金属部件，加大油门开走了。

听到了脚步声，她转过身去。老跳快步走上甲板。"嘿，基娅小姐，对不起。我刚才在那边搬空箱子。加满油吗？"

基娅点点头。

回家的路上，她关了发动机，让船漂着，而海岸就在看得见的地方。她靠着旧背包，望向天空，在心里背诵诗歌。她有时候爱这么做。她的最爱是约翰·梅斯菲尔德的《海之恋》：

> 我渴求飓风裹着白云驰骋飞翔，
>
> 怒涛冲天，泡沫喷涌，
>
> 海鸥喧嚷。[1]

基娅想起一首诗，是阿曼达·汉密尔顿写的。她是一位不太知名的诗人。这首诗最近被刊登在当地的报纸上，她从小猪扭扭杂货店买的：

> 受困于内，

[1] 引自邹仲之先生的译文。

爱成了被囚的野兽，

咀嚼自己的血肉。

爱须自由徜徉，

停靠在自己所选的海岸，

方可呼吸。

这些文字让她想起泰特。她的呼吸停止了。他要的是更美好的未来。他离开了。甚至没有回来说再见。

基娅不知道的是，泰特曾回来看过她。

七月四日的前一天，也就是他打算坐大巴回去的前一天，布卢姆博士，那个聘用了他的教授，走进原生动物学实验室，问他周末是否想和一群有声望的生态学家一起探索鸟群。

"我注意到你对鸟类学很感兴趣，想着你可能愿意参加。我只有一个名额，就想到了你。"

"是的，当然。我要参加。"布卢姆博士离开后，泰特独自站在那里，在实验桌、显微镜和高压灭菌器的嗡嗡声中，想着他为何答应得这么快。他是如此急切地想给教授留下深刻印象。被选中的骄傲，他是唯一被邀请的学生。

他第二个回家的机会——只有一个晚上——是十五天之后。他疯狂地想跟基娅道歉，她知道布卢姆教授的邀请后肯定能理解他。

离开大海，进入水道时，他关掉了发动机。水道中树桩林立，乌龟趴在上面晒太阳，后背闪闪发光。差不多走到一半时，他发现了基娅的船,被小心地掩藏在高高的草丛里。他立刻慢下来,看到她就在前面,正跪坐在一片宽阔的沙洲上,显然是被什么小甲壳动物吸引了注意力。

她低头盯着地面,没有看到他,也没有听到正慢慢移动的船。他悄悄把船开进芦苇荡,隐蔽起来。好几年了,他知道她有时候会暗中观察他,躲在灌木丛后面偷看。他心血来潮,也想这么干。

她赤着脚,穿着剪短的牛仔裤和白色 T 恤,起身时舒展胳膊,露出了不盈一握的腰。然后她又跪坐下去,用手掬起沙子,再任其从指缝间筛落,检视留在手掌中蠕动的生物。他微笑着,看着这位年轻的生物学家全神贯注,忘了周围的一切。他想象她站在鸟类观察团的后面,尽量不引起关注,但总是第一个发现并辨认出每一种鸟。她会害羞而温柔地列出筑每一个鸟巢所用的草的准确种类,或者根据翅尖渐渐显现的颜色判断一只雌性幼鸟的大小,可以精确到天数。她知晓的细节远超任何指南,或者受人敬仰的生态组织的知识储备。一个物种赖以生存的最微小的特征。本质。

突然,泰特惊了一下,他看到基娅跳了起来,沙子从她手指间滑落,她看着上游,但不是泰特的方向。他几乎听不见有船过来,大概是有渔民或湿地居民去镇上。这呜呜声,普通、安静得和鸽子叫一样。但是基娅抓起背包,全速跑过沙洲,躲进高高的草丛里。她俯身蹲下,像鸭子一样慢慢走回自己的船,不时瞥一眼四周有没有其他船出现,膝盖几乎碰到了脸颊。她现在离泰特很近了。他看见了她的眼睛,阴沉而疯狂。她到了自己的船附近,在船舷边蹲下,低着头。

那个渔民,一个欢乐的、戴帽子的老人,进入了视野,没看见基娅，也没看见泰特，然后消失在拐弯处。但她仍然纹丝不动，支起耳朵听着，直到再听不见发动机声。随后她站起来，掸了掸眉毛，继续看向那艘船的方向，仿佛一只鹿看向猎豹离去后空荡荡的灌木丛。

他在某种程度上知道她是这样，但自从羽毛游戏以来，还不曾亲见这赤裸裸的真相。多么痛苦、孤独，以及怪异。

他去学校还不到两个月，但已经直接踏入了那个他想要的世界。分析 DNA 分子令人惊叹的对称性，就像是进入了一个原子盘旋而上构造的闪亮的大教堂，攀爬着双螺旋蜿蜒的酸性阶梯。鉴于所有生物都依赖这转录在脆弱的有机片段上的精确而复杂的密码，地球稍微变冷或变热，这些片段就会立刻消亡。最终，带着无数疑问，和跟他一样具有好奇心，想要找到答案的人一起，他渐渐决定成为拥有自己实验室的研究型生物学家，与其他科学家互动。

基娅的心灵可以很好地融入那里，但她本人不行。他呼吸困难，看着躲在草丛里的自己下决心：基娅，或者其他所有。

"基娅，基娅，我没法这么做。"他呢喃着，"对不起。"

她离开后，他也上了船，回到大海，咒骂着内心的懦夫，那个连再见都说不出口的懦夫。

23. 贝壳

1965

在老跳那儿见到蔡斯·安德鲁斯那天晚上，基娅坐在厨房餐桌旁，屋里闪烁着煤油灯。她又开始做饭了。今天的晚饭是黄油牛奶饼干、芜菁叶和花芸豆。她一边看书一边吃，一口一口细嚼慢咽。但一想到明天和蔡斯的野餐约会，书上的句子都变得不连贯了。

基娅站起来，走入夜色，走入下弦月乳白色的光亮中。湿地温柔的风丝绸一般裹住她的双肩。月光选择了一条出人意料的路径照入松林，落下有韵律的斑驳树影。月亮如美人出浴般从水中升起，一节一节爬上橡树。她漫步月下，似在梦游。潟湖边光滑的泥地在明亮的月光下闪闪发亮。成百上千只萤火虫点缀了树林。穿着白色上衣和流动的长裙，基娅慢慢舞动着双臂，和着纺织娘、豹蛙的歌声起舞。她的双手沿着自己的身侧滑上脖颈，然后又顺着大腿移动，蔡斯·安德鲁斯的脸浮现在眼前。她想要他这样抚摸自己。她的呼吸变重了。没有人曾那样看过她。甚至泰特也没有。

蜉蝣在月光下发亮的泥地上鼓翼，而基娅在蜉蝣苍白的翅膀间起舞。

第二天一早，她绕过半岛，看见了蔡斯的船，停在离岸不远处。日光下，想象中的脸就飘浮在前方，等待着，她感到喉咙有些干。她把船开向海滩，下船，拖近，船体摩擦沙子发出嘎吱声。

蔡斯的船靠了上来。"嘿。"

她看过去，点点头。他走下船，伸出手——手指很长，皮肤黝黑，掌心张开。她犹豫了。触碰别人意味着给出自己的一部分，永远无法收回。

即便如此，她还是把手轻轻放进他掌心。他扶着她走上船尾，坐在放了垫子的长凳上。天气温暖而美好。基娅穿着牛仔毛边短裤和白色棉布衬衫——从别人那儿学的搭配，看起来很正常。他坐在她身边，衣袖轻轻滑过她的手臂。

蔡斯把船开向大海。比起安静的湿地，船在开放的海水中摇晃得更厉害。她知道大海的晃动会让他们的胳膊碰到一起。想到这点，她直直地望向前方，但没有躲开。

终于，一个大浪起落，他的手臂摩挲过她的，结实而温暖。分开，然后又触碰，伴着每一次浪起浪落。当浪在船下涌动时，他的大腿擦过她的。她屏住了呼吸。

他们的船沿着海岸朝南行驶，到了一个偏僻的地方，四周只有他们的船，他加大油门。十分钟后，长达几英里的白色沙滩沿着潮线展开，一片环绕的密林护卫着这里不受世外干扰。再往前，湾头滩如一把精美的白扇伸进水中。

打过招呼后，蔡斯一言未发，而基娅完全没说话。船停到岸边，他把野餐篮放到沙滩上清凉的船影里。

"想不想走走？"他问。

"好的。"

他们沿着水边散步，细小的波浪打着旋冲向他们的脚踝，吸吮脚趾，然后被拉回大海。

他没有拉她的手，但时不时地，自然而然，两人手指相触。偶尔，他们跪下欣赏一个贝壳或一簇透明的、旋转成了艺术品的海藻。蔡斯的蓝眼睛透露出调皮的神色，他很爱笑。他肤色黝黑，和她一样。两人都又高又优雅，很相似。

基娅知道蔡斯选择不去读大学，而是为爸爸工作。他在镇上是个人物，一头雄性火鸡。内心某处，她担心自己也是海滩艺术品中的一个，是他出于好奇而捡起来打量的东西，之后就会被扔回沙子里。但她继续散步。她给过爱情一个机会。现在她只想填补空洞，纾解孤单，同时隔绝心灵。

走了半英里后，他面向她，低低鞠躬，伴着夸张的动作，邀请她坐在沙滩上，靠着一段浮木。他们把脚插进沙子里，身体向后靠。

蔡斯从口袋里拿出一个口琴。

"哦，"她说，"你会吹口琴啊。"语调有点生硬。

"吹得不太好。但我有一个听众，正靠着浮木，坐在沙滩上……"他闭上眼睛，吹起《情人渡》，手掌在口琴上起伏，如同一只在瓶中挣扎的鸟。口琴声美妙而忧伤，仿佛来自遥远家乡的讯息。突然，他停下口琴，捡起一个比镍币略大的贝壳，乳白色，点缀着红紫色的明亮斑纹。

"看这个。"他说。

"这是个很华丽的扇贝，梳状扇贝，"基娅说，"很少见。同属的这里有很多，但这个特别种类通常在更南的纬度生存，这里的水域对它们而言过于寒冷。"

他看着她。在所有流言蜚语中，没有人提到湿地女孩——那个连"狗"都不会拼的女孩，知道贝壳的拉丁名，知道贝壳出现在哪里——天哪，这是怎么回事。

"这我不知道，"他说，"看这儿，扭曲了。"扇贝两侧发光的小翅弯曲了，底部有一个完美的小洞。他把它在掌心翻了过来。"你留着吧。你是贝壳女孩。"

"谢谢。"她把贝壳放进口袋。

他又吹了几首歌，最后以《迪克西》草草结束。他们走回放柳条野餐篮的地方，坐在格纹毯子上，开始吃冷掉的炸鸡、盐腌火腿、饼干和土豆沙拉。还有甜甜的莳萝泡菜和裹着半寸厚焦糖的四层蛋糕。所有食物都是家里做的，包在蜡纸里。他打开两瓶可乐，倒在迪克西纸杯里——这是她人生中第一次喝汽水。这大排场对她而言简直难以置信，折叠整齐的布餐巾、塑料碟子和叉子，甚至还有迷你的锡镴胡椒盐瓶。她想，肯定是他妈妈打包了这些东西，但不知道他来约会湿地女孩。

他们轻声谈论着海洋生物——滑翔的鹈鹕和欢腾的鹬鸟——没有肢体接触，只有轻笑。基娅指了指一群高矮不齐的鹈鹕，他点点头，向她靠近了一点，他们的肩膀轻轻摩擦。她看着他。他抬起她的下巴，吻了上去。他的手指轻触她的脖颈，然后如羽毛般轻盈地抚过衬衣，覆上胸部。他更加用力地拥抱、亲吻她，他们向后倒在毯子上。他慢慢移动，翻身压住基娅，挤进她两腿间，一下拉起她的衬衣。她转开头，扭动身子从他身下逃出，比黑夜更黑的眼睛燃烧着，拉下了衣服。

"别怕别怕，没事的。"

她躺在那儿，头发散在沙子里，满脸通红，双唇微微张开，美得动人心魄。他小心翼翼地伸出手触碰她的脸，但她避开了，站起来，敏捷得像一只猫。

基娅呼吸沉重。昨晚，在潟湖边独自起舞，伴着月亮和蜉蝣摇摆时，她想象着自己已经准备好了。她觉得自己通过观察鸽子已经知道了所有关于交配的事情。没有人教她性知识。她对前戏的唯一经验来自泰特。但她从生物书上了解到了细节，也看过其他很多生物交配——比大多数人看过的都多。她知道这不像乔迪说的那样，只是简单的"摩擦尾部"。

但这太突然了——野餐，然后和湿地女孩交配。连雄鸟都要追求雌鸟一会儿，亮出鲜艳的羽毛，建一个凉爽的爱巢，表演美妙的舞蹈和情歌。是的，蔡斯摆了一顿盛宴，但她的价值不止炸鸡。《迪克西》也不算是情歌。她本该知道事情会如此。雄性动物只有在发情时才会缠绵。

他们互相看着对方，沉默渐渐加重，只听得见彼此的呼吸声和远处的碎浪声。蔡斯坐起来，去抓她的手臂，但被甩开了。

"对不起。没事的。"他站了起来。确实，他来这儿的目的是占有她，做她的第一个男人，但看着那双燃烧的眼睛，他被迷住了。

他又试了一次。"好了，基娅。我说了对不起。我们忘了这件事吧。我带你回自己的船。"

听到这话，她转身走过沙滩，走向树林。修长的身躯摇摇晃晃。

"你在干什么？从这儿走不回去的。有几英里呢。"

但她已经进了林子，选择走乌鸦的路，先是内陆，然后穿过半岛，回自己的船上。这片区域对她而言是陌生的，但有乌鸦指引着她穿过内陆湿地。遇到沼泽或冲沟时也没有慢下来，她直接冲过小溪，跳过木桩。

最后，她弯下腰，喘着粗气，跪倒在地，吐出那几句熟悉的脏话。只要破口大骂，眼泪就不会落下。然而，这烧灼着她的耻辱和尖锐的悲伤无法阻挡。她只是希望与某人在一起，被真正需要，被触摸，这欲望诱使她去了野餐。但那双急切摸索的手只有攫取，没有分享或给予。

她竖起耳朵分辨他有没有追上来，不确定自己是否希望他穿过灌木，抱住她，乞求她的原谅。这个想法让她再次怒气冲冲。最后，她筋疲力尽，站起来，走完了剩下的路，回到了自己的船上。

24. 防火塔

下午，基娅开船进海。雷暴云砧正在天边堆积。自十天前的沙滩野餐后，她就再没见过蔡斯，但仍能感觉到将她压在沙地上的那具身躯的轮廓和坚实。

目力所及之处没有其他船只。她朝着湾头滩南边的一个小湾驶去。她在那儿见过非常罕见的蝴蝶——白得彻彻底底，简直像得了白化病。开出四十码后，她突然松开了船舵，因为她看到蔡斯的朋友们正在把野餐篮和颜色鲜亮的毛巾收拾进船里。基娅立刻掉头加速离开，但在一股大力的牵引下，她转身搜寻着他的身影。她知道自己的行为毫无意义。意在填补空虚的不合理行为无法填补更多。为了战胜孤独，你愿意拿多少东西交换呢？

就在那儿，那个他们亲吻的地方，她看到他正拿着渔具走回船上。在他身后，珍珠控拿着一个冷却器。

突然，蔡斯转头直直地看向坐着船漂荡的基娅。她没有避开，而是看了回去。一如往常，到了最后，害羞总是处于上风，她收回了视线，加速离开，去了一个阴凉的小湾，打算等这一小队海军离开后再独自去沙滩。

十分钟后，她开回海里。前方，蔡斯正一个人坐在船里，在浪里起伏，等待着。

熟悉的渴望膨胀起来。他依旧对她有兴趣。确实，在野餐时，他太强势了，但被推开的时候他停下了，也道歉了。或许她应该再给他一个机会。

他招招手让她过去，大声说："嘿，基娅。"

她没有过去，也没有离开。他靠了过来。

"基娅，那天对不起，好吗？来吧，我想让你看看防火塔。"

她一言不发，还是那么漂着。她明白自己的软弱。

"如果你没爬过防火塔，那么上去看看湿地吧，很不错的。跟我来。"

她加大油门，把船转向他，同时扫视海面，确认他的朋友都不在了。

蔡斯带着她朝北走，过了巴克利小湾镇——远处的小镇平静而多彩——停在一个隐于树林深处的小海湾的沙滩前。系好船，他领她走下一条长满杨梅和多刺的冬青的小路。她从没来过这片水汪汪的、根系发达的树林，因为这里在小镇另一侧，离人群太近。他们走着，灌木底下渗出的细小水流以优美的线条提醒来者，大海才是这片土地的主人。

然后，一个真正的沼泽出现了，深入地表，散发出腐泥和发霉空气的味道。意外、微妙和沉默集于一身，伸进后退的黑暗树林口中。

基娅看到了树冠上方废弃的防火塔饱经风雨侵蚀的木质平台。几分钟后，他们到了它跨坐的基座旁，基座由粗糙加工过的木头组成。黑黢黢的泥浆围着基座在塔下缓缓流动，潮湿和腐烂在横梁上啃出了明显的印记。楼梯盘旋至顶，每一级都变窄一点。

穿过烂泥，他们开始向上爬，蔡斯在前面带路。到了第五个转弯处，环绕的橡树林向西涌动，直至目力可及的尽头。在其他各个方向，滑流、潟湖、小溪和河口与鲜绿色的草地交织着铺向大海。基娅从未到过湿地上方如此高度。现在，所有一切都在她脚下展开。她第一次看到了这位朋友的全貌。

当他们上到最后一级台阶时，蔡斯推开盖着楼梯井的铁栅，爬上平台后再放下。踩上铁栅之前，基娅用脚趾点了点，检测是否稳固。蔡斯轻笑着说："放心吧，没事的。"他带她到栏杆那儿，俯瞰整个湿地。两只红尾鹰，在他们同一高度呼啸而过，任风穿过翅膀。看到一对年轻男女站在它们的空中领地，它们诧异地翘起脑袋。

蔡斯转向她，说："谢谢你能来，基娅。谢谢你再给我一个机会为那天的事道歉。我越线了。这样的事再也不会发生。"

她什么也没说。她有些想亲吻他，感受他的身体压向她。

她把手伸进牛仔裤口袋，说："我用你找到的贝壳做了一条项链。如果你不想，可以不用戴。"前天晚上，她用生牛皮穿起了那个贝壳，想着自己可以戴，但心底知道她期望能再见到蔡斯，有机会的话，把这条项链给他。然而，即使是在她满怀渴望的白日梦中，她也没设想过他们可以一起站在塔顶俯瞰世界。此刻是高潮。

"谢谢你，基娅。"他说。他看着这串项链，然后把它从头顶套下来，贝壳坠在喉咙处，他用手指摩挲着。"我当然会戴它。"

他没有说那些老套的话，比如，我会永远戴着，至死方休。

"带我去你家。"蔡斯说。基娅眼前浮现出橡树底下蜷缩着的棚屋，灰色墙板上留有从生锈的屋顶流下的血色痕迹。纱门上的洞比网孔还多，打满了补丁。

"很远。"她只说。

"基娅，我不介意有多远，也不介意是什么样。来吧，我们走吧。"

如果她说了不，这个被别人接纳的机会就溜走了。

"好吧。"他们爬下防火塔。他带路走回小湾，然后示意她开船领路。她朝南驶向那片水网，进入两侧垂满绿植的水道时低下头。他的船大得几乎进不去，而且也太蓝、太白了，但还是挤了进去，一路上不断被枝丫剐蹭。

她的潟湖呈现在他们眼前。每一根覆满青苔的树枝和每一片美妙的树叶，所有精致的细节都倒映在澄澈幽暗的水中。看到他那条陌生的船，蜻蜓和雪鹭仓皇飞起，然后又优雅地落下，翅膀轻盈而安静。基娅把船系好，蔡斯也让船靠岸。那早已习惯了非自然事物的大蓝鹭如鹳般在几步外沉稳地站着。

洗过的褪色的工装裤和T恤破破烂烂地晾在绳子上。芜菁很多都长到了树林里，难以区分菜地和野地的界线。

看着打了补丁的纱门，他问："你一个人在这里住多久了？"

"我不知道爸爸离开的确切日子。大概十年吧，我想。"

"这很酷啊。住在这里，没有家长指指点点。"

基娅没有回答，只说："屋里没什么好看的。"但他已经走上了砖木台阶。他看到的第一样东西是她排列在自制书架上的藏品，一幅抽象拼贴画，复刻了纱门外闪光的生命。

"这些都是你做的？"他问。

"是的。"

他看了一会儿蝴蝶，但很快便失去了兴趣。心想，干吗要收藏那些门外就能看见的东西？

她放在门廊地板上的小床垫罩着旧睡衣般破旧的床罩，但收拾得很整齐。小小的客厅几步就能走完，里面有个破烂沙发。他探头看了看后面的房间，墙上钉满了各种颜色、形状、大小的羽毛。

她示意他进厨房，想着可以拿什么招待他。毫无疑问，没有可乐或冰红茶，没有饼干，连冷点心也没有。灶台上放着剩下的玉米面包，旁边有一碟黑眼豌豆，已经剥好，可以煮了做晚饭。她没有招待客人的东西。

出于习惯，她塞了一些木头进灶膛，用火钳拨弄几下，火苗立刻蹿了起来。

"就这样了。"她说，背对着他摇起水泵的曲柄，灌满凹陷的水壶——在这儿，二十世纪六十年代出现了二十年代的画面。没有自来水，没有电，没有卫生间。厨房的角落里放着锡制浴缸，边缘已生锈变形；孤零零的馅饼盒里放着剩饭，上面整齐地搭着茶巾；鼓起的冰箱裂开了一个口子，能看见里面有一个苍蝇拍。蔡斯从没见过这样的东西。

他摇着水泵的曲柄，看着水流到水槽里——一个搪瓷脸盆，又去碰了碰整齐地码在灶台旁边的木柴。这里唯一的灯是几盏煤油灯，灯罩已经熏成了灰色。

蔡斯是继泰特之后的第一个客人，泰特于她而言和其他湿地生物一样自然，易于接受，而蔡斯让她有一种暴露感，好像她是案板上等着被切片的鱼。羞耻感在心头累积。她始终背对着他，听他在屋里走来走去，地板发出熟悉的咯吱声。然后，他走到她身后，温柔地将她转过来，轻轻抱住。他吻了她的头发。她能感受到他在耳边呼吸。

"基娅，我所认识的任何一个人都无法独自在这里像这样生活。大部分孩子，甚至男人，都会被吓到。"

她觉得他要吻她了，但他松开了胳膊，走到桌旁。

"你想跟我干吗？"她问，"告诉我实话。"

"好吧，我不打算撒谎。你美极了，自由、狂野得像一阵见鬼的狂风。之前那天，我想尽可能靠近你。谁不想呢？不过那样不对。我不该那么做。我只是想和你在一起，好吗？互相了解。"

"然后呢？"

"我们会弄明白对彼此的感觉。我什么都不会做，除非你希望我做。怎么样？"

"还不错。"

"你说你有一片沙滩。我们去沙滩上吧。"

她给海鸥切了一些剩下的玉米面包，带着蔡斯走下小路，尽头是开阔明亮的沙滩和大海。她发出温柔的呼唤，海鸥应声而来，围着她的肩头飞舞。那只很大的雄鸟——大红，落在她脚边，来回走动。

蔡斯站得稍远些，看着基娅消失在盘旋的鸟群中。他不曾想过自己会对这个奇怪而野蛮的赤脚女孩产生任何感情，但看着她在沙滩上旋转，指尖上停着鸟，他被她的独立和美丽迷住了。基娅在他认识的人中独一无二。一种好奇和渴望在他心中萌生。当她回到他站的地方，他问明天还能不能再来，保证连手都不牵，只是想在她身边。她简单点了点头。这是自泰特离开后她心里升起的第一个希望。

25. 帕蒂·洛夫来访

1969

治安官办公室的门上响起一阵轻轻的敲门声。乔和埃德抬起头，看到帕蒂·洛夫·安德鲁斯，蔡斯的妈妈，出现在覆着霜花的玻璃后。隔着玻璃，她的身影显得晦暗、破碎，但他们还是认出了她，穿着黑色裙子，戴着黑色帽子。夹杂银丝的棕发纹丝不乱地绾成一个小髻。口红带着适度的暗色调。

两个男人站起身，埃德打开门："帕蒂·洛夫，你好。请进。请坐。来点咖啡吗？"

她看了看半空的马克杯，和正顺着边沿流下的咖啡渍。"不了。谢谢，埃德。"她在乔拉开的一张椅子上坐下，"你们有线索了吗？实验室报告出来后还有别的信息吗？

"没有。还没有。我们会细细梳理所有东西，一旦发现点什么，你和萨姆肯定第一个知道。"

"但这不是一起意外事故，埃德。对吧？我知道这不是事故。蔡斯绝不可能自己从塔上摔下来。你知道他是一个多么优秀的运动员，

7

还很聪明。"

"我们同意，有充足的证据怀疑这是一起谋杀。但调查还在继续，尚无定论。你说有事要告诉我们？"

"是的，我觉得这很重要。"帕蒂·洛夫来回打量埃德和乔，"蔡斯有一条一直戴着的贝壳项链，好几年了。我知道他去塔上那晚也戴着。萨姆和我在那之前叫他过来吃饭，记得吧，我说过——珀尔没来，那晚是她的桥牌夜——他去防火塔之前就戴着那条项链。然后他……当我们在诊所看见他时，项链不见了。我以为法医取下来了，所以当时没提，接着又忙葬礼和其他事情，我就忘了。后来有一天，我开车去橡树海，问法医能不能看看蔡斯的东西，他的私人物品。你知道，他们保留这些做化验分析，但我想摸摸这些东西，只是想感受一下他那晚穿的衣物。他们让我坐在桌旁，一样样看。治安官，贝壳项链不在里面。我问法医是不是他拿走了，他说没有。他说从没见过什么项链。"

"这就奇怪了，"埃德说，"是用什么穿起来的？可能他摔下来的时候掉了。"

"是穿在生牛皮上的单个贝壳，刚够从头上套下来。项链不松，打了结。我想应该不至于掉了。"

"同意，生牛皮很结实，打的结也很牢固，"埃德说，"他为什么一直戴着这条项链？是什么特殊的人为他做的吗？送给他的？"

帕蒂·洛夫沉默地坐着，看向治安官办公桌的边缘。她不敢多说，因为她从不承认自己的儿子和湿地垃圾搞在一起。当然，镇上一直有流言说，蔡斯结婚前曾和湿地女孩在一起一年多。帕蒂·洛夫怀疑，甚至婚后还在一起。但每次朋友问起这些，她都否认。但现在情况不同了。现在她必须说出来，因为她刚刚知道了那个小娼妇和他的死有关。

"是的，我知道是谁做的项链，是那个开着破船晃荡的女人。好几年前了，她做了项链送给蔡斯，当时他们约会过一段时间。"

"你是说湿地女孩？"治安官问。

乔开口了："你最近见过她吗？她现在不是女孩了，或许有二十五六岁，是个美人。"

"姓克拉克的那个女人？只是确认一下。"埃德皱着眉头问道。

帕蒂·洛夫说："我不知道名字。我都不知道她有名字。人们确实叫她湿地女孩。你知道，她卖了很多年贻贝给老跳。"

"好的。我们说的是同一个人。接着说。"

"法医说蔡斯身上没有那条项链时，我很震惊，然后我突然想到，她是唯一有兴趣拿走项链的人。蔡斯和她分手，娶了珀尔。她无法拥有他，所以可能因此杀了他，从脖子上拿走了项链。"

帕蒂·洛夫微微颤抖着，然后稳住了呼吸。

"我明白了。这信息很重要，帕蒂·洛夫，值得追下去。不过我们不要急着下结论，"埃德说，"你确定是她给他的？"

"对，我确定。我知道是因为蔡斯一开始不愿意告诉我，但最后还是说了。"

"你知道关于那条项链或者他们之间关系的其他事情吗？"

"没什么了。我甚至不确定他们在一起多久。可能没人知道吧。他对这件事守口如瓶。我说过，他好几个月都没告诉我。后来他告诉我了，我再也不知道他是和其他朋友一起开船出去还是和她。"

"好的，我们会调查这件事。我向你保证。"

"谢谢。我确定这是一条线索。"她起身离开，埃德为她开了门。

"任何时候想说说话都欢迎来这儿，帕蒂·洛夫。"

"再见，埃德，乔。"

关上门后，埃德又坐下。乔问："你怎么看？"

"如果有人在防火塔那儿拿走了蔡斯的项链，那么至少他们得在现场，我看沼泽里的人跟这件事情有关。他们有自己的法律。但我只是不知道一个女人能不能把蔡斯那样的大个子推下那个洞口。"

"她可以把他诱骗到那儿，在他到之前打开格栅，当他在黑暗中靠近，她可以在他甚至还没看见她时把他推下去。"乔说。

"好像有可能。不简单，但有可能。这不是个很有用的线索，失踪的贝壳项链。"治安官说。

"可这会儿，这是我们唯一的线索。除了毫无踪迹的脚印和一些神秘的红色纤维。"

"是的。"

"但是我想不通，"乔说，"为什么她要花工夫拿走项链？假设真如帕蒂·洛夫所说，她一心想要杀死蔡斯，甚至那也算是一种动机。但为什么要拿走项链呢，这明明会把她和犯罪直接联系起来？"

"你知道是怎么回事。好像每一起谋杀案里都有一些不合情理的地方。人总会弄砸事情。可能对于他还戴着项链这件事，她很震惊，很生气。而且杀了他之后，从脖子上扯下项链似乎也不是什么大事。

她没想到有人会把项链跟她联系起来。你的线人说蔡斯在沼泽里发生了一些事。或许，如你之前所说，根本不是毒品，而是女人。这个女人。"

乔说："另一种毒品。"

"而且湿地里的人都知道如何掩盖踪迹，因为他们需要设陷阱、追踪、下套什么的。去湿地里和她谈一谈也没什么损失。问问她那晚在哪儿。我们可以问她项链的事情，看能不能让她有所动摇。"

乔问："你知道怎么去她那儿吗？"

"不知道怎么开船过去，但我想我开着车能找到。沿着那条风很大的路开，经过一长串潟湖。我之前去他们家拜访过她父亲几次，很不好打交道。"

"我们什么时候走？"

"破晓的时候，看能不能在她离开之前到那儿。明天。但首先，我们最好去塔那儿再仔细搜查一遍，项链可能一直在那儿呢。"

"我想不会，我们把那附近全都搜过了，寻找车辙、足迹和线索。"

"我们还是得去。走吧。"

后来，在用耙子和手指搜寻过塔底的淤泥后，他们确认了那里没有贝壳项链。

黎明浓重的黑暗中透出苍白的光线。埃德和乔沿着湿地小径开车，希望在湿地女孩离开之前到她家。他们转错了几个弯，碰上了死胡同和一些摇摇晃晃的房子。在一个棚屋，有人大喊："治安官！"然后，一群几近赤裸的人向四面八方逃窜，钻进荆棘丛。"可恶的瘾君子，"治安官说，"非法酿酒的走私犯至少穿着衣服。"

最终，他们找到了那条通向基娅棚屋的长长的小径。"是这里了。"埃德说。

他把自己那辆大型卡车开上小径，安静地驶向基娅的棚屋，在门外五十英尺的地方停下。两人都悄无声息地下了车。埃德在纱门的木框上敲了敲。"你好！有人在家吗？"没有回应，他又试了一次。他们等了两三分钟。"我们去后面看看她的船在不在。"埃德说。

"没有。看来那个树桩就是她系船的地方。她已经走了，太狡猾了。"

"是，她听到我们来了。她大概连睡着的兔子都能听到。"

第二次，他们天亮之前就去了，把车停在很远的地方，发现她的船系在树桩上，但还是没有人应门。

乔低声说："我感觉她就在这儿看着我们，你不觉得吗？她就潜伏在茂密的蒲葵丛里，很近。我就知道。"他来回转着头，眼睛在蒲葵丛中搜寻。

"好吧，这样不行。只要我们再发现点什么，就能拿到搜查令。走吧。"

26. 靠岸的船

他们在一起的第一周，蔡斯几乎每天从西部车行下班后都会来基娅的潟湖，然后和她一起探索远处橡树林立的水道。周六早上，他带她去沿海一个很远的地方冒险。她从没去过那儿，因为她的小船没法到那么远的地方。在那里，清水流淌过明亮而开阔的柏树林，直到她目力所及的尽头，不像她的湿地，到处是河口和大片大片的草地。漂亮的白鹭和鹳站在绿得发光的睡莲和浮萍中间。弓身坐在简易椅子般大小的柏树根膝上，他们吃了甘椒芝士三明治和薯条，咧嘴笑着，看鹅在脚下划水。

和大多数人一样，蔡斯所知道的湿地是被利用的对象，用来行船和捕鱼，或者抽干了作为耕地，所以基娅关于湿地生物、潮流和香蒲的知识让他着迷。但他嘲笑她温柔触碰、缓慢行船、遇到鹿时安静地漂过、在鸟巢附近轻声细语等行为。他对认识贝壳和羽毛毫无兴趣，甚至在她在日记本上记笔记或收集标本时质疑她。

"你为什么画草？"有一天，在基娅的厨房里，他问道。

"我在画它们的花。"

他笑了。"草没有花。"

"它们当然有。看这些花朵,它们很小,但是很漂亮。每一种草都有不同的花或花序。"

"那你画这些到底打算干吗?"

"我在做记录,这样就可以研究湿地了。"

"你只需要知道鱼在哪里、什么时候咬钩,这些我就可以告诉你。"他说。

她配合地笑了,这是她从未做过的事。为了能拥有别人,她再度给出了自己的一部分。

那天下午,蔡斯离开后,基娅独自开船进湿地,但并不感觉孤单。她开得比平时快了点,长发飘在风中,嘴角露出微笑。只是知道自己很快会再见到他,和某人在一起,就已经让她迈入一个新的境地。

绕过一片长草地,在前方,她看见了泰特。他离得很远,大概四十码,没有听见她的船驶过来。她立刻松开油门杆,熄灭发动机,抓起桨,划回草丛里。

"从大学回家了,我猜。"她自言自语。过去几年里,她见过他几次,但从没这么近过。现在他就在眼前,不羁的头发压在另一顶红色帽子下,脸晒得黝黑。

泰特穿着高筒靴,大步跨过一个潟湖,用小瓶子舀起水样。不是那种他们还是光脚小屁孩时用的旧果冻罐,而是小试管,装在特制的托架里，叮当作响。专业。超出了她的认知范畴。

她没有离开，而是看了他一会儿，想着每一个女孩大概都记得自己的初恋。她长叹一口气，沿原路返回。

第二天，蔡斯和基娅沿着海岸朝北行驶，四只海豚游进船的尾迹，跟着他们。天色灰暗，雾气伸出手指与海浪调情。蔡斯熄了发动机，任船漂流，拿出口琴，吹起老歌《迈克尔划船靠岸》，十九世纪六十年代奴隶们从南卡罗来纳州的海岛划船去大陆时唱的一首歌，旋律优美，充满向往。妈妈过去常在刷洗的时候唱，基娅大概记住了歌词。好像受到了音乐的鼓舞，海豚靠得更近了，绕船游戏，看着基娅，眼中带着热诚。其中两只慢下来，挨着船壁，她低下头，脸离它们只有几英寸，轻柔地唱道：

> 姐妹，帮忙整理那艘船吧，哈利路亚。
> 兄弟也伸出援手，哈利路亚。
> 我的爸爸去了未知之地，哈利路亚。
> 迈克尔，把船划到岸边，哈利路亚。
>
> 约旦的河水又深又宽，
> 和妈妈在另一边见面，哈利路亚。
> 约旦的河水又冰又冷，
> 冷了身体冷不了灵魂，哈利路亚。

海豚又盯着基娅看了几秒钟，然后游回了大海。

接下来几周，蔡斯和基娅夜晚在她的沙滩上和海鸥一起消磨时光，躺在还带着阳光余温的沙地上。蔡斯没有带她去镇上，看画展或参加短袜舞会。这些夜晚只有他们俩、湿地、大海和天空。他没有吻她，只是牵了手，或者在天气泛凉的时候轻轻搭着她的肩。

某个晚上，他待到很晚，和基娅一起坐在星空下的沙滩上，点起一小堆火，并肩盖着毯子。火焰在他们脸上投下光，身后投下影，就像篝火一样。凝望着她的眼睛，他问："现在可以吻你吗？"她点点头。他俯下身，轻柔地吻她，然后变成男人的吻。

一齐向后躺倒在毯子上，她扭动身子尽量靠近他，感受他强壮的身体。他的双臂紧紧抱住她，但只用手抚摸她的肩头。仅此而已。她深深地呼吸，吸进温暖，吸进他的味道、大海的味道，还有相聚的味道。

几天后，泰特开船去基娅的湿地水道。他如今在读研究院，还没有回学校。五年来他第一次这么做。他无法向自己解释为什么此前一直没来找基娅。主要因为他是个懦夫，为自己感到羞耻。终于，他要去找她了，告诉她他一直爱着她，乞求她的原谅。

大学四年间，他曾让自己相信基娅无法适应他所追求的学术世界。本科那些年，他一直试图忘记她，毕竟教堂山有足够的女性分散他的注意力，他甚至谈了几段不短的恋爱。但是没有人能比得上基娅。在了解 DNA、同位素和原生动物之后，他学到的是离开基娅他无法呼吸。确实，基娅不能在他追求的大学世界里生活，但现在他可以生活在她的世界里。

他已经全部安排妥当。教授说过，他可以在三年内从研究院毕业，因为他本科阶段一直在做博士论文研究，差不多已经完成了。最近，泰特了解到橡树海附近要建一个联邦实验室，而他有很大机会被聘为全职的研究科学家。世界上没有比他更合适的人选了：他一生大部分时间都在研究当地的湿地，而且很快就会有一个博士学位支持研究。几年之内，他就可以和基娅一起在湿地生活，在实验室工作。然后和基娅结婚，如果她愿意嫁给他。

他朝着基娅的水道破浪而来，突然看到基娅的船向南走，正好和他的路线垂直。松开舵柄，他挥舞双臂，想引起她的注意，并大喊她的名字。但她正看着东边。泰特看向那个方向，看到蔡斯的游艇正向她开过来。泰特缓缓后退，看着基娅和蔡斯的船在蓝灰色的海浪中互相围绕，渐渐靠近，像是天空中求爱的鹰。留下的尾迹迷乱地打着旋。

泰特看着他们见面，手指越过翻搅的水面互相触碰。他从巴克利小湾镇的老朋友那里听到了一些流言，但希望那些都是假的。他理解基娅为什么会爱上这样一个男人，英俊，毫无疑问的浪漫，用豪华游艇载着她兜风，还会带她去高级野餐。她不会知道他在镇上的生活——约会、追求镇上甚至橡树海的其他年轻女人。

但是，泰特心想，我又算什么东西，有资格说这些？我也没有好好待她。我失信于她，甚至没有勇气和她分手。

他低下头，然后又偷瞟了他们一眼，刚好看到蔡斯靠过去亲吻她。基娅，基娅，他想，我怎么会离开你？慢慢地，他加速朝镇子的港口开去，去帮他爸爸装箱和搬运捕到的东西。

几天后，因为不知道蔡斯什么时候来，基娅发现自己又开始分辨他的船驶过的声音，就像曾经对泰特那样。无论是在拔草、拨弄炉里的柴火还是收集贻贝，她都侧着头，以便捕捉声音。"支着耳朵。"乔迪过去常这么说。

她厌倦了希望一次次破灭，于是在背包里装了够三天吃的饼干、冷糖蜜和沙丁鱼，走去那个快要倒塌的破旧木屋，她心中的"阅读小屋"。在这里，在这真正的偏僻之地，她可以自由地徜徉，随意收集，阅读文字，阅读自然。不等待某人的声音令人释然，也是一种力量。

在木屋旁转弯处的一片胭脂虫栎灌木丛里，她找到了一根红喉潜鸟脖子上的小羽毛，不禁笑出声来。她一直都想要这样的羽毛，这可真是意外之喜。

她来这里主要是读书。很多年前，泰特离开后，她没法再弄到书。所以，一天早上，她开船过了湾头滩，又开了十英里到橡树海，一个比巴克利小湾镇稍大一点但时髦很多的小镇。老跳说过任何人都可以从那里的图书馆借书。她怀疑这适不适用于住在湿地的人，但决定去试试。

她把船停靠在镇码头，穿过可以俯瞰大海的广场，广场周围种着树。她走向图书馆，没有人盯着她看，也没有人在背后窃窃私语或者把她从展示柜前赶走。在这里，她不是湿地女孩。

她递给图书管理员海因斯夫人一张列了大学课本的单子。"麻烦您帮我找一下盖斯曼的《有机化学原理》、琼斯的《海滨湿地无脊椎动物学》、奥德姆的《生态学基础》。"她在泰特离开去上大学之前给的最后一批书里看到了这些参考书目。

"哦，天哪，好的。我们需要从教堂山的北卡罗来纳大学借这些书。"

所以现在，她坐在老木屋外，拿起一本科学文摘，其中有一篇关于繁殖策略的文章，名叫《鬼鬼祟祟的求爱者》。基娅笑了。

众所周知，文章开篇写道，在自然界，通常，拥有最突出第二性征的雄性动物，比如最大的鹿角、最深沉的嗓音、最宽阔的胸膛，以及卓越的知识，可以保有最佳领地，因为它们击败了弱一些的雄性。雌性选择与这些强势的雄性交配，通过受精获取一定范围内最优秀的基因，然后传给后代。这是生命适应和延续的过程中最强大的现象。此外，雌性们也为自己的孩子争取到了最好的领地。

然而，有些发育不良的雄性，不够强壮、英俊或聪明，无法占有好的领地，于是就生出许多诡计去欺骗雌性。它们以夸张的姿态四处展示自己较小的形体，或者频繁鸣叫——即使嗓音尖锐刺耳。靠着伪装和给出错误信号，它们成功得到交配机会。体形较小的雄牛蛙，作者写道，蹲伏在草丛中，趁强势的雄性充满热情地用叫声吸引交配对象时，隐蔽在其附近。当有几只雌性同时被它响亮的声音吸引过来，而它正忙着与其中一只交配时，弱势的雄性就乘虚而入，和剩下的雌性交配。这种冒名顶替的雄性被称为"鬼鬼祟祟的求爱者"。

基娅记得，很多年前，妈妈曾警告过她的姐姐们，小心那些狠命加速破烂卡车或者放着低音炮开破车的年轻人。"没有价值的男孩总是发出很多噪声。"妈妈说。

她接着读到的内容对雌性是一点安慰。大自然足够无畏，确保那些发出不诚实信号或不停变换交配对象的雄性通常会孤独终老。

另一篇文章探究了精子之间的激烈竞争。对于大多数生命形式，雄性总是竞相给雌性授精。雄狮有时会互斗至死；竞争的公象互相锁住象牙，撕扯对方的皮肉，踩坏脚下的土地。虽然这种争斗很仪式化，但仍经常导致肢体残缺。

为了避免此类伤亡，有些物种的授精者以不那么暴力且更有创意的方式互相竞争。昆虫是最有想象力的。雄豆娘的阴茎上长着一个小勺子，可以移走前一个竞争对手射进的精子，然后自己射精。

基娅把期刊放在腿上，思绪随着云朵飘荡。有些雌虫会吃掉自己的配偶；压力过大的哺乳动物妈妈会抛弃自己的幼崽；很多雄性会用危险或诡诈的方法打败竞争者。只要生命不息，没有什么行为是完全不可接受的。她知道这并非大自然的阴暗面，只是为应对各种可能性发明的方法。毫无疑问，人类世界中花样更多。

在连续三天发现基娅不在之后，蔡斯问她他能不能在固定的某天过来，选一个固定的时间来棚屋或者在某个沙滩碰面。他总能准时到。她在很远的地方就能看到他色彩鲜艳的船，就像雄鸟鲜亮的繁殖羽，漂在海浪上，为她而来。

基娅开始在脑海中描绘他带她和朋友们一起野餐的场景。所有人都在笑，冲进浪里，踢水玩。他举起她，转着圈。然后大家坐下分享三明治和冰饮料。一点一点地，婚姻和孩子的画面也渐渐成形，虽然她极力抵制。或许是某种生物冲动促使我去繁殖，她告诉自己。但为什么她不能和其他人一样有爱的人呢？为什么不能呢？

然而，每次她试图问蔡斯什么时候介绍她认识他的朋友和父母，话都堵在了舌尖。

约会几个月后的某一天，天气很热，他们漂在外海，他说这里很适合游泳。"我不看，"他说，"你脱掉衣服，跳进水里，然后我也下去。"她站在他面前，在船上保持平衡，但当她把T恤从头上脱下，他没有转开。他伸出手，手指轻柔地抚过她坚挺的乳房。她没有制止。他把她拉近，解开她的短裤，轻松地从她纤瘦的臀上褪下。然后他脱下自己的衬衫短裤，温柔地把她推倒在浴巾上。

他跪在她脚边，一言不发，手指如同呢喃般从她左脚踝抚至膝盖内侧，再沿着大腿内侧慢慢游走。她将身体凑近他的手掌。他的手指在她大腿根处逗留，摩挲着内裤，接着抚过腹部，轻得如同一缕思绪。当感到他的手指从腹部移向胸部，她扭动身体想要挣脱，但他坚定地把她放平，手指滑到胸上，慢慢描摹乳头。他看着她，没有笑，同时手掌下移，拉扯她内裤上缘。她想要他，整个他。她的身体朝他靠过去。但是几秒后，她的手放到了他的手上。

"得了吧，基娅，"他说，"求你了。我们等了太久了。我已经很有耐心了，你不觉得吗？"

"蔡斯，你保证过的。"

"该死！基娅，我们在等什么呢？"他坐起来，"毫无疑问，我已经表现出了对你的关心和喜爱。为什么不呢？"

她坐起来，拉下自己的T恤。"接下来会发生什么？我怎么知道你会不会离开我。"

"谁能知道？但是，基娅，我哪里都不会去。我爱上你了。我想每时每刻都和你在一起。我还要怎么做来告诉你这一点？"

他不曾提到过爱。基娅搜寻他的眼睛，寻找事实，但只找到硬邦邦的凝视。她读不透。她并不完全清楚自己对蔡斯的感情，但至少她不再孤单。这似乎就够了。

"很快，好吗？"

他将她拉近。"好吧。来这里。"他抱住她，一起躺在太阳下，漂浮在海上，身下回荡着海浪的声音。

白昼过去，黑夜沉重地降临。远处的岸上，镇上的灯光在各处闪烁。星星在海与天空之上眨眼。

蔡斯说："我好奇是什么让星星闪烁。"

"大气中的干扰物。你知道，比如大气高层的风。"

"是这样吗？"

"我想，你肯定知道大多数星星离我们很远，根本看不见，我们只能看到它们发出的光，而这些光可以被大气弯曲。不过当然了，星星不是固定不动的，它们在飞快地移动。"

基娅读过阿尔伯特·爱因斯坦的书，知道时间并不比星星更稳固。时间在行星和恒星周围加速、弯曲，在山上和山谷有所不同，同空间交织在一起，可以像海一样弯曲、隆起。物体，不论是行星还是苹果，坠落还是绕轨运行，都不是因为引力作用，而是因为它们坠入了更大质量的物体造成的光滑的时空褶皱中——如同陷入池塘的波纹中。

但基娅没有谈这些。不幸的是，引力在人类思想中仍占据支配地位，高中课本仍在教授苹果掉向地面是因为地球强大的引力。

"哦，你猜怎么着，"蔡斯说，"他们请我去指导高中橄榄球队。"

基娅朝他微笑。

然后想，如同宇宙中其他所有事物一样，我们跌向那些质量更大的事物。

第二天一早，基娅罕见地去了杂货店，买了一些老跳店里没有的个人物品。从杂货店出来时，差点撞上蔡斯的父母萨姆和帕蒂·洛夫。他们知道她是谁——所有人都知道。

几年来，她偶尔在镇上看见他们，大多是远远地看到。在西部车行的柜台后能看到萨姆，和顾客做着生意，打开收银机。基娅记得，当她还是个小女孩时，他曾把她从窗前赶走，好像她可能会吓跑其他真正的顾客。帕蒂·洛夫不在店里全职上班，这样就有时间在街上走动，分发年度缝被子比赛或者蓝螃蟹女王节的传单。她经常穿着高档的衣服，踩着高跟鞋，拿着钱包，戴着颜色与南方季节相应的帽子。无论什么话题，她都能设法提到蔡斯是镇上有史以来最优秀的四分卫。

基娅害羞地笑了，直直地看向帕蒂·洛夫，希望他们能用某种私人化的方式和她说说话，介绍自己。也许认可她是蔡斯的女孩。但他们突兀地停下了，什么也没说，然后让到一边——让出一个大到没必要的空间。然后走了。

碰见他们之后的那个晚上，基娅和蔡斯躺在她自己的船里，漂浮在一棵橡树下。这棵树很大，根膝伸到水面上，成了水獭和鸭子的小洞穴。基娅压低声音，部分是因为不想打扰野鸭子，部分是因为害怕，她告诉蔡斯她见到了他的父母，还问她会不会很快再见到他们。

蔡斯沉默地坐着，这让她的胃揪了起来。

最后他说："当然。就快了，我保证。"但他说话时没有看基娅。

"他们知道我，对吧？我们的事？"她问。

"当然。"

一定是船泊得离橡树太近了，就在那时，一只巨大的角鸮像个丰满蓬松的枕头般从树上掉下来，翅膀张开落地，然后缓慢而悠闲地游过潟湖。胸部的羽毛在水面上倒映出柔和的图案。

蔡斯握住基娅的手，想从她的手指间挤出疑虑。

接下来几周，伴着日落月升，蔡斯和基娅在湿地里悠游。每次她拒绝他进一步的动作时，他就会停下。母鹿和母火鸡独自带着嗷嗷待哺的幼崽，而雄性早已去找其他雌性的画面在她心中沉甸甸地压着。

不管镇上的人怎么说，几近赤裸地躺在船里是他们做过的最亲密的事。虽然蔡斯和基娅总是独来独往，但镇子很小，人们能在他的船上或沙滩上看到他们两人在一起。捕虾人不会错过海上的故事。有流言。闲言碎语。

27. 猪山路外

清晨，乌鸦扇着翅膀，棚屋安静伫立着。地面升腾起浓重的冬雾，在墙上聚成一团，仿佛大捆的棉花。花了几周的贻贝钱，基娅买了一些特别的东西，还煎了糖浆火腿、番茄肉酱，再配上酸奶油饼干和黑莓果酱。蔡斯喝速溶的麦斯威尔咖啡，她喝热的泰特莱红茶。他们在一起快一年了，虽然两人都没提这茬。蔡斯说着自己有多幸运，爸爸开了西部车行。"这样我们结婚的时候就能有一栋漂亮的房子。我会给你在沙滩上建一栋两层小楼，带一个全景阳台。或者任何你想要的房子，基娅。"

基娅几乎难以呼吸。他想要她进入自己的生活。不仅仅是暗示，而像是求婚。她将要属于某个人了，成为家庭的一分子。她挺直了脊背。

他继续说："我觉得我们不应该住镇上，否则对你来说跨度太大了。我们可以在郊区建个房子，靠近湿地。"

最近，基娅脑海里零星闪过一些和蔡斯结婚的想法，但她不敢深思。而如今，他自己说出来了。基娅小心翼翼地呼吸，她感到难以置信，同时脑子里在不停地理清细节。我可以做到的，她想，如果我们离开人群居住，这事能成。

她低下头，问："你的父母呢？你告诉他们了吗？"

"基娅，你得了解一点我父母的事。他们很爱我。如果我说我选择了你，那就成了。他们认识你后会爱上你的。"

她咬住嘴唇，想要相信。

"我会为你那些东西修一个工作室，"他继续说，"装上大大的玻璃窗，这样你就能看清所有那些要命的羽毛细节了。"

她不知道自己对蔡斯的感情是不是一个妻子对丈夫的感情，但这一刻，她的心高高飘起，充满了一种类似爱情的东西。再也不用挖贻贝了。

她伸出手，触摸他喉咙下方挂着的贝壳项链。

"啊，对了，过几天我得开车去阿什维尔给店里买东西。我在想，要不你跟我一起去吧？"

垂下眼，她说："但是那个镇子很大，人很多，我没有合适的衣服，甚至不知道什么才是合适的衣服，而且……"

"基娅，基娅，听着，你会和我在一起。我知道所有事情。我们不用去那些豪华的地方。你能坐在车里看到北卡罗来纳州的很多地方——皮埃蒙特、大烟山。天哪。到那儿以后，我们就去免下车餐厅买汉堡。你有什么就穿什么。如果不想，就不用和任何人说话。我会处理好所有事情。我去过很多次了，甚至去过亚特兰大，阿什维尔不算什么。你看，如果我们要结婚，你最好还是慢慢开始出去，到外面的世界，展开你的翅膀。"

她点点头。不为别的，也该去看看大山。

他继续说："这事得办两天，所以我们要在那里过夜，随便找个地方住一宿。你知道，汽车旅馆。没事的，我们都是成年人了。"

"哦，"她应道，然后轻声说，"我知道了。"

基娅从未有过开车上路的经历，所以几天后，当蔡斯的小卡车向西开出小镇时，她双手紧抓座椅，眼睛一直看着窗外。公路蜿蜒穿过数英里的锯齿草和蒲葵丛，大海逐渐消失在后视镜里。

大概一个多小时后，窗外掠过基娅熟悉的草地和水道。她辨认出了湿地鹪鹩和白鹭，这安慰了她，仿佛她没有离家，而是携家同行。

突然间，从地表的某条线起，湿地草甸消失了，尘土飞扬的土地在他们眼前展开——被围成块状的耕地上布满一道道犁痕。成片的树桩立在伐木林里。挂着电线的杆子绵延向天边。当然，她知道海滨湿地并没有覆盖整个地球，但她从没有离开过湿地。人们对土地做了什么？房子都是同样的鞋盒形状，坐落在修剪整齐的草坪上。一群粉色火烈鸟在院子里觅食，但当基娅好奇地转过去细看时，发现那只是塑料模型。还有水泥浇筑的鹿。唯有画在邮箱上的鸭子在飞。

"令人难以置信，对吧？"蔡斯说。

"什么？"

"房子。你从没见过那样的东西，对吧？"

"对，我没见过。"

几小时后，在皮埃蒙特肥沃的土地上，她看到了阿巴拉契亚山脉在地平线上描绘的浅蓝色轮廓线。随着他们靠近，山峰在周围起伏，树木郁郁的山脉轻柔地绵延向远方，一直到她目力所及的尽头。

云朵在山的怀抱中游荡，然后翻腾向上，再飘向远方。一些卷须状的云拧成螺旋状，朝着温暖的山沟飘去，如同湿地的雾追踪潮湿的沼泽。同样的物理游戏，不同的生物板块。

基娅来自低海拔的乡村，地势平坦，日月准时升落。而这里，地形混杂，太阳一时稳挂山峰，一时坠落山脊，车爬上另一个坡时又钻了出来。在山里，她注意到，太阳落山的时间取决于你站的位置。

她想知道祖父的土地在哪里。可能她的亲戚在一个风吹日晒、旁边有小溪的畜棚里养猪，就像她在一片草地上看到的那样。一个本该属于她的家庭曾在这片土地上辛勤劳动、欢笑和痛哭。有些家人可能还在这里，散在乡间。无名之辈。

道路变成了四车道的高速路。蔡斯的小卡车在其他快速行驶的车辆中间加速行驶。基娅抓紧车座。他们转上一条弯曲的道路。这条路神奇地升入空中，通向镇子。"这是四叶形立交出口。"他骄傲地说。

巨大的建筑，有八层或十层那么高，坐落在山脉的轮廓线旁。很多汽车在路上快速行驶，如同沙蟹。人行道上有如此多的行人。基娅紧贴车窗，搜寻着行人的脸，觉得爸爸和妈妈一定在他们之中。一个男孩，皮肤黝黑，深色头发，从人行道上跑过，有点像乔迪。她赶紧转身去看。她的哥哥现在应该长大了，当然了，但她一直看着那个男孩，直到他们转弯。

在镇子另一边，蔡斯在猪山路附近订了一家汽车旅馆。旅馆是一排棕色的房间，亮着蒲葵树形状以及其他各种形状的霓虹灯。

蔡斯打开门，她走进房间。屋里挺干净的，散发着清洁剂的味道，家具都是国产便宜货：假的镶板墙和装着投币按摩器的下陷的床。有一台黑白电视机，用巨大的链子和锁固定在桌上。柠檬绿的床罩，橙色的粗毛地毯。基娅的思绪飘回那些他们曾一起躺过的地方——潮水池边亮晶晶的沙滩，月光下漂浮的小船。而这里，床赫然是一切的中心，但整个房间看起来并不是爱情的样子。

她机警地站在门边。"这房间不是很好。"他说，把自己的粗呢背包放在椅子上。

他朝她走去。"是时候了，对吧，基娅？是时候了。"

当然了，这就是他的计划。但她也准备好了。她的身体已经渴望了好几个月，而谈到结婚之后，她的内心也放弃了抵抗。她点了点头。

他慢慢靠近，解开她的衬衫，然后轻柔地转过她，解开内衣，手指在她的胸部跳舞。基娅感到一股兴奋的热流从胸部涌向两腿之间。她被推倒在床上，沐浴在透过薄薄的窗帘倾泻进来的红绿色霓虹灯光中。她闭上了眼睛。之前，几近过线但最后被她喊停的那许多次，他游走的手指仿佛带着魔力，让她的某些部分恢复了生机，让她的身体向他拱起，让她渴望。但是现在，当蔡斯最终得到许可，一种急迫攫住了他，他不再顾虑她的需要，只是一味做下去。她感到一阵剧烈的撕裂感，痛得叫出了声，觉得是不是什么地方弄错了。

"别怕。现在好一点了吧。"他很有权威地说。但她并没有感到任何好转。不一会儿，他就喘息着瘫倒在她身旁。

他睡着了。她出神地看着窗外闪烁的显示"有空房"的标牌。

几周后，在棚屋里吃完煎蛋和火腿粗玉米粉早餐，基娅和蔡斯一起坐在厨房餐桌旁。做完爱后，基娅舒服地把自己裹在一块毯子里。他们的性生活只比汽车旅馆里的第一次提高了一点点。每次她都不满足，但又完全不知该如何开口谈这件事。而且，她也不知道自己应该怎么觉得。或许这就是正常的。

蔡斯从桌旁站起来，手指挑起基娅的下巴，亲吻她，说："接下来几天我没法经常过来。圣诞节要来了，事情很多，还有不少亲戚来拜访。"

基娅抬头看他，说："我在想或许我可以……你知道，去参加一些派对，至少可以和你的家人一起吃一顿圣诞晚宴。"

蔡斯坐回椅子上。"基娅，你看，我一直想和你谈谈这件事。我想邀请你去参加埃尔克斯俱乐部舞会和类似的活动，但我知道你有多害羞，多不习惯去镇上露面。我知道在舞会上你会很惨，不认识任何人，也没有合适的衣服。你会跳舞吗？那些都不是你会做的事。你懂吧？"

她看着地板，说："是的，这些都是真的。但是，我必须开始适应你的一部分生活，展开我的翅膀，就像你说的。我觉得我应该弄几套合适的衣服，见见你的朋友们。"她抬起头，"你可以教我跳舞。"

"当然，我能教你跳舞，但在我心里，我们就是这里的我们。我热爱在这里和你一起度过的时光，只有你和我。说真的，我有点厌倦那些无聊的舞会了，数年如一日，在高中体育馆里，大人、年轻人混在一起。还有同样沉闷的音乐。我已经准备好向前走了。你知道吗，结婚以后，我们不会做那些事情，所以干吗现在拉你进来做呢？毫无意义，对吧？"

她又看回地板。他抬起她的下巴，与她对视，露出灿烂的笑容，说："而且，天哪，说到和我家人一起吃圣诞晚宴，我的老阿姨要从佛罗里达州过来，她最爱喋喋不休了。我不想让任何人承受这个，特别是你。相信我，你没错过任何东西。"

她没说话。

"真的，基娅，我希望你把这件事放到一边。我们在这里度过的是任何人所能期待的最独特的时光。其他所有东西——"他向空中挥了挥手，"都很无聊。"

他伸出手，把她抱到腿上。她把头靠在他肩上。

"这里才是我们的地方，基娅，与其他任何东西都无关。"他吻住她，温暖，轻柔。然后他站起身，说："好了，我该走了。"

基娅独自和海鸥们一起过了圣诞节，如同妈妈离开后的每一年。

圣诞节后两天过去了，蔡斯还是没有来。基娅打破了自己立下的再不等待的诺言，在潟湖边来回踱步，她把长发编成一条法式辫子，在唇上涂了妈妈的旧口红。

远处的湿地拢着棕灰色的冬日斗篷。绵延数英里的杂草，在成功散播种子后，投降般向水面低下了头。风呼啸着，肆虐着，吹动粗糙的草茎，发出一片嘈杂声。基娅解下头发，用手背擦去口红。

节后第四天一早，她独自坐在厨房，戳着盘子里的饼干和鸡蛋。"他说了那么多'这里是我们两人的世界'，现在人呢？"她呸了一声。她想象着蔡斯正和朋友们玩橄榄球，在派对上跳舞。"那些他厌倦了的蠢事。"

终于传来船驶过来的声音，她从桌边一跃而起，砰的一声甩上门，跑去潟湖边，正看到船进入视野。但那不是蔡斯的船或蔡斯，而是一个金发的年轻男人，头发剪短了，但还是只能勉强用滑雪帽盖住。是那艘老渔船，上面站着泰特，已经成长为男人的泰特。他的脸庞不再孩子气，变得英俊、成熟。他的眼中露出疑问，嘴唇弯成一个微笑。

她的第一反应是跑。但她的内心尖叫着，不！这是我的潟湖！我一直都在跑，但这次不行。她的下一个反应是捡起一块石头，朝二十英尺外的泰特扔去。泰特飞快地躲开了，石头擦着他的额头飞过。

"哦，基娅！你干吗呢？等一下。"基娅又捡起一块石头，瞄准他。他抬起手护住脸。"基娅，看在上帝的分上，停下吧。求你了。我们不能谈一谈吗？"

石头狠狠地砸在他的肩上。

"滚出去！你这个浑蛋！这谈话怎么样！"基娅像泼妇一样尖叫着，疯狂找石头。

"基娅，听我说，我知道你现在和蔡斯在一起。我尊重这一点。我只是想和你谈谈。求你了，基娅。"

"我为什么要和你说话？我再也不想看见你！再也不！"她捡起一把小石子，冲着他的脸扔过去。

他闪到一边，弯下腰，在船猛地搁浅时抓住了船舷。

"我说了，滚出这里！"基娅仍然在尖叫，但声音轻了一点，"对，我现在和别人在一起了。"

船撞到岸边，一阵颠簸，泰特稳住自己，在船头坐下。"基娅，求你了，有些关于他的事情你必须知道。"泰特本没打算和基娅谈论蔡斯。这次意外拜访的走向跟他想象的全然不同。

"你在说什么？你没有资格和我谈我的私生活。"她走到离他不到五英尺的地方，骂道。

他坚定地说："我知道我没有，但我还是想告诉你。"

听到这里，基娅转身就走，但泰特在她身后提高声音说："你不住在镇上，不知道蔡斯和其他女人一起出去。就在不久前的一个晚上，我看见他在派对结束后载着一个金发美女离开。他对你来说不值得。"

她一下转过身来。"哦，是吗！你才是那个离开我的人，那个没有遵守承诺回来的人，那个再也没有回来的人。你才是那个从没写信来解释或告诉我你是死是活的人。你没有和我分手的勇气。你不够男人，甚至不敢面对我。赶紧消失。鸡屎玩意！这么多年过去了，你又出现了。你比他还不如。他或许不完美，但你比他差远了。"她突然停下了，看着他。

他摊开手掌，恳求道："你说得对，基娅，你说的所有都对。我就是鸡屎玩意。我也没有资格提起蔡斯。那不是我的事情。我再也不会打扰你了。我只是想道歉，解释一下。我已经愧疚很多年了，基娅，求你了。"

基娅看上去就像是风刚过去的帆。泰特远不止是初恋：他和她分享对湿地的热爱，教她认字，还是她和消失了的家人之间仅有的微弱联系。他是一段时光，是剪贴簿上的一张剪报，是她的所有。随着怒火消失，她的心开始怦怦狂跳。

"看看你，如此美丽。一个女人。你还好吗？还在卖贻贝吗？"他震惊于她身上发生的变化。她的脸更精致，同时也更摄人心魄，颧骨高耸，嘴唇饱满。

"嗯，嗯。"

"我给你带了点东西。"他递过来一个信封，里面装着一枚小小的红色颊羽，来自北扑翅䴕。她想把它扔到地上，但她从未找到过这样一枚羽毛。为什么不收下呢？她把羽毛塞进口袋，没有道谢。

他加快语速说："基娅，离开你不仅错了，也是我此生最大的错误。我已经后悔了很多年，还会继续后悔下去。我每天都会想你。余生我都将为离开你而愧疚。我真的曾经以为你没法离开湿地，活在外面的世界，所以我看不到未来。但其实不是这样的。我没有回来和你谈一谈这件事，这个行为简直糟透了。我知道有很多人离开了你。我不想知道我伤你有多深。我不够男人。就像你说的。"他说完了，看着她。

最后，她说："你现在想干吗呢，泰特？"

"只希望你，在某种程度上原谅我。"他深吸一口气，屏住了呼吸。

基娅看着自己的脚趾。为什么那个受伤的、仍在流血的人，要承担原谅的责任？她没有回答。

"我只是一定要告诉你，基娅。"

她还是一言不发。他继续道："我现在在研究院，学习动物学，主要是原生动物学。你会喜欢的。"

无法想象。她回头看向潟湖，看蔡斯是不是来了。泰特注意到了，他立刻猜到基娅是在这里等蔡斯。

就在上周，泰特看到蔡斯穿着他那身白色晚礼服，在圣诞舞会上和不同的女人跳舞。那个舞会和镇上其他大多数活动一样，在高中体育馆举行。音响放在篮球架下，声音太小，《毛茸茸的小野兽》[1]挣扎

---

[1] 一首摇滚风格的乐曲，由 Sam the Sham & the Pharaohs 乐队于 1965 年录制，曾被提名格莱美奖。

着流出。蔡斯伴着音乐和一位深褐色头发的女孩共舞。当《铃鼓先生》开始时，他离开舞池和那个女孩，同之前的一些运动员朋友们喝起了自带的野火鸡威士忌。泰特在和两个高中时的老师聊天，离得很近，听到他说："对，她和陷阱里的母狐狸一样狂野。就像你能想象到的湿地风骚女人那样。这汽油钱简直太值了。"

泰特不得不逼自己走开。

一阵寒风刮起，潟湖泛起涟漪。基娅跑出来等蔡斯时只穿了牛仔裤和薄毛衣，此时正用双臂紧紧地抱住自己。

"你快冻僵了。我们进去吧。"泰特指了指棚屋，有烟从生锈的烟囱里喷出来。

"泰特，我想你现在该走了。"她飞快地瞥了几眼水道。如果蔡斯来了泰特还在可怎么办？

"基娅，求你了，就几分钟。我真的很想再看看你的收藏品。"

作为回应，她转身跑向棚屋，泰特跟在后面。进了门廊，他一下子站住了。她的藏品已经从孩子气的爱好变成了整个湿地的自然博物馆。他拿起一个扇贝，上面标记着发现它的那片沙滩的水色，还有插图，显示扇贝如何捕食比自己小的海洋生物。成百，也许上千个标本都是如此。他还是个男孩时见过一些，而现在，身为一名动物学博士候选人，他开始用科学家的眼光看这些东西。

他转向她，依旧站在门廊里。"基娅，这些太美妙了，非常细致，非常美丽。你可以将它们出版。这里有一本书——很多书。"

"不，不要。它们只是我的。它们帮助我学习，仅此而已。"

"基娅，听我说，你比任何人都清楚，关于这个地区的参考书几乎没有。有了这些注释、技术资料和精美的图画，你的书一定是大众期待的。"这是事实。妈妈有一些旧书，介绍了贝壳、植物、鸟类和这里的哺乳动物。这是仅有的相关出版物。但它们不够精准，每个条目下只有简单的黑白图片和概略介绍。

"让我带走一些标本，我能给你找一个出版商，看看他们怎么说。"

她看着泰特，不知该怎么理解这件事。她需要去别的地方，见什么人吗？泰特看到了她眼里的疑问。

"你不需要离开家，可以通过邮件寄送标本给出版商。这样能挣到一些钱。可能不会太多，但或许你余生再也不用挖贻贝了。"

基娅还是一言不发。又一次，泰特推着她自己照顾自己，而不仅仅是主动提出照顾她，仿佛她的一生中，他都在。然后消失。

"试一试吧，基娅，又有什么坏处呢？"

她最终同意让他带走一些标本。他选择了浅水色贝壳系列和大蓝鹭系列。大蓝鹭系列里，她详细描绘了鸟儿每个季节的形态，用精美的颜料勾勒出它们弯曲的眉羽。

泰特拿起一幅羽毛作品——上百笔细致的笔画，丰富的色彩，汇聚成一种深黑色，如此鲜活，仿佛阳光洒在画布上。羽杆上的一处小裂口被描绘得如此清晰，两人都瞬间意识到这是他在树林里送给她的第一根羽毛。他们抬起头，看向对方。她转开身子。逼自己平复下来。她不会被拉回无法信任的人身边。

他走上前，手搭上她的肩膀，试图轻轻地把她转过来。"基娅，我离开了你，真的对不起。求你了，就不能原谅我吗？"

终于，她转过身看着他。"我不知道怎么原谅你，泰特。我再也没法相信你了。泰特，求你了，你该走了。"

"我知道。谢谢你听我说话，还给我道歉的机会。"他等了一会儿，但她没再说什么。至少他带走了一点东西。如果联系上出版商，他就有再次找她的理由了。

"再见，基娅。"她没有回答。他看着她，她也看向他的眼睛，然后移开了视线。他出门向自己的船走去。

她一直等到他离开，然后坐在潮湿冰冷的潟湖沙滩上等蔡斯。她大声重复着对泰特说过的话。"蔡斯或许不完美，但你更糟。"

但当她深深凝视着暗沉的水面时，泰特关于蔡斯的话萦绕在她心上，徘徊不去——"派对结束后载着一个金发美女离开。"

蔡斯直到圣诞节过后一周才来。他开船进了潟湖，说可以待一整晚，一起听新年的钟声敲响。他们挽手走向棚屋。屋顶上垂盖的雾似乎永远不变。欢爱后，他们一起依偎在火炉旁的毯子里。空气潮湿得难以再容纳一分湿气，所以，当水壶烧开时，雨点开始砸在冰凉的窗玻璃上。

蔡斯从口袋里拿出口琴，按在唇边，吹起了《莫莉·马隆》那充满怀念的曲调。"如今她的灵魂推着手推车穿过大大小小的街道，叫卖着鸟蛤和贻贝，还鲜着呢。"

在基娅看来，蔡斯吹奏这些曲调时，是他灵魂最鲜活的时刻。

28. 捕虾人

1969

啤酒时间，狗日啤酒屋的闲谈比小饭馆的更优质。治安官和乔走进狭长的、水泄不通的啤酒屋，挤到由一整棵长叶松做成的吧台。吧台沿着房间左侧延伸，直至看不清的昏暗之中。当地人——都是男人，因为女人禁止入内——聚在吧台前，或者坐在分散的桌子上。两个酒保做着热狗、炸虾、牡蛎、油炸玉米饼、拌玉米粉，给客人满上啤酒和波旁威士忌。各种啤酒招牌闪烁着，是店内唯一的光源，发出琥珀色的光，像篝火般舔舐着客人们留着胡须的脸。房间里面那头传来台球的撞击声。

埃德和乔加入一群聚在吧台中部的渔民。他们一点完啤酒和炸牡蛎，提问就开始了：有什么新消息吗？怎么会没有指纹，那部分是真的吗？你们觉得是老男人汉森吗？他真是够疯的，这像是他能干出来的事，爬上塔，把任何一个跟上来的人推下去。这事让你们挺困扰的，对吧？

乔朝向一侧，埃德朝向另一侧，驾驭着这喧哗。作答、聆听、点头。然后，在喧哗声中，治安官的耳朵捕捉到了一个平静的声音，语调平稳。他转身面向哈尔·米勒。他为蒂姆·奥尼尔捕虾。

"我能和你谈一下吗，治安官？就我们两人。"

埃德离开吧台。"当然了，哈尔，跟我来，"他带他到靠墙的一张小桌子旁坐下，"要不要再满上一杯啤酒？"

"不了，已经够了，谢谢。"

"你心里有事，哈尔？"

"对，没错。不吐不快，这事搞得我都有点郁闷了。"

"说吧。"

"哦，天哪，"哈尔摇了摇头，"我不知道。可能什么也不是。又或许我应该再早一点告诉你。我看见的那事一直压在心里。"

"告诉我就行，哈尔。我们一起来搞清楚这事重不重要。"

"是关于蔡斯·安德鲁斯的。就在他死的那晚，我给蒂姆捕虾，回来得很晚，午夜已过去挺久，我和艾伦·亨特看到了那个女人，被叫作湿地女孩的那个，开着船离开小湾。"

"是吗？午夜后多久？"

"凌晨一点四十五分左右。"

"她开船去哪里？"

"这就是问题所在，治安官，她就是朝着防火塔去的。如果她保持航行路线，那么最后就会在塔附近的小湾登陆。"

埃德吐出一口气。"好的，哈尔，这是重要信息，极为重要。你能确定是她吗？"

"艾伦和我当时讨论了一下，都很确定是她。我是说，我们都这么认为。当时还奇怪她那么晚在外面干吗，船也没开灯，还好我们看见了她，不然差点撞上。然后我们就忘了这事。再后来我把这两件事放一起想了想，意识到它们是同一天发生的。然后我觉得最好还是说出来。"

"船上还有人看见她吗？"

"这我不知道。其他人都在周围，当时我们正要入港，大家都举着手。但我从没和别人聊过这件事。你知道，那会儿没必要说这个，那之后我也没问过他们。"

"我理解。哈尔，告诉我是对的。你有责任说出来。什么都不用担心。你所能做的就是告诉我你看见了什么。我会让你和艾伦做个声明。现在可以给你买酒了吗？"

"不了，我还是直接回家吧。晚安。"

"晚安。再次感谢。"哈尔一站起来，埃德便向乔招手。乔刚才每隔几秒就会看过来，看他的脸色。他们给了哈尔一分钟和屋里的人道别，然后走到街上。

埃德告诉乔哈尔看到的事。

"天哪，"乔说，"这差不多就够了。你觉得呢？"

"我觉得法官可能会因为这个给一张搜查令。还不能确定，我想在申请前确定一下。有了搜查令，我们就能搜她的房子，找找有没有东西和蔡斯衣服上找到的红色纤维匹配。我们要找出那天晚上她身上发生的故事。"

29. 海草

整个冬天，蔡斯经常来基娅的棚屋，通常每个周末过一次夜。即使在寒冷、潮湿的日子里，他们也会驶过雾气迷蒙的灌木丛，她采集，他吹口琴。乐声和雾气一起飘浮，散入低地森林更昏暗的区域，似乎被湿地吸收、记住了，因为从此只要经过那些水道，基娅就能听到他的口琴声。

三月上旬的一个早晨，基娅独自开船经过大海去镇上。天空铺着单调的灰色云衣。蔡斯的生日就在两天后，她打算去杂货店买一些原材料，做一顿特别的晚餐——主打是她第一次尝试做的焦糖蛋糕。她早就幻想过把插着蜡烛的蛋糕放在他面前——自从妈妈离开后，厨房就再也没出现过类似的画面。最近有几次，他说他正在存钱建房子。她觉得自己最好学会烘焙。

系好船，她走过码头去那一溜店铺，看见蔡斯站在码头另一头，正在和朋友们聊天，胳膊搭在一个身材苗条的金发女孩肩上。基娅的心揪了起来，试图搞清楚情况，同时腿还在继续朝前移动。她还从未在镇上或者他和别人在一起的时候靠近他。但现在，她也没法跳进海里，避无可避。

蔡斯和他的朋友们立刻转过来看她，同时，他的胳膊松开了那个女孩。基娅穿着剪短的白色牛仔裤，衬出她的长腿，两肩各垂着一条黑辫子。那群人不说话了，都盯着她看。她知道自己不能跑向他，这种意识灼烧着她的心，她不明白为何事情会变成这样。

她走到码头那头，他们站着的地方。他说："哦，基娅，你好。"

看看他，又看看他的朋友们，她说："你好，蔡斯。"

她听到他说："基娅，你记得吧，布赖恩、蒂姆、珀尔和蒂娜。"他又报出几个名字，直到声音低不可闻。然后，他转向基娅，说："这位是基娅·克拉克。"

当然了，她不记得他们，她从没有被介绍给他们认识，只知道他们是瘦高金发之类的。她感到自己像是挂在绳上的海草，却还是挤出了微笑，打了招呼。这是她一直等待的机会。她想加入这些人，而现在，她正和他们站在一起。她挣扎着试图说点什么，一些机智有趣的话，让他们感兴趣的话。最后，那群人中的两个冷冰冰地跟她打了招呼，然后突兀地转身离开，其他人快速跟上，像是一群小鱼推挤着走下街道。

"好吧，你如愿以偿了。"蔡斯说。

"我没想妨碍你们。我只是来买点东西，然后回家。"

"你没有妨碍。我就是恰巧碰上他们了。我之前说了，周日去你那儿。"

蔡斯抬起脚，手指摩挲着贝壳项链。

"晚点见。"她说。但他已经转身去追其他人了。她快步走去杂货店，碰上了一群正从主街上蹒跚走过的野鸭子。它们的脚板在暗色路面的映衬下呈现出亮得惊人的橙色。走进杂货店，她努力把蔡斯和那个女孩的身影从脑海里驱逐出去。绕过面包架子时，她看到了学校里的训导员卡尔佩珀夫人，就在四英尺外。她们站在那里，就像是一只兔子和一头郊狼，一起被困在院子里。基娅如今比她还高，读过的书也比她多很多，虽然两人都没意识到这一点。在跑了那么多回以后，她还是想躲，但最终稳稳地站住了，和卡尔佩珀夫人对视，后者微微点头致意，然后走了。

基娅找到了野餐用的东西——奶酪、法式面包和蛋糕原料——花完了所有为蔡斯过生日存下的钱。但好像是其他什么人拿起这些东西，放进了她的小车，而她满脑子都是蔡斯搭在那个女孩肩膀上的胳膊。她买了一份当地的报纸，因为头条提到了附近的海岸将开设一个海洋实验室。

一走出杂货店，她立刻低下头，像海盗的前哨一般，快步跑去码头。回到棚屋，她坐到厨房餐桌旁读报纸上关于新实验室的文章。有一点很确定，巴克利小湾镇南边二十英里的地方，橡树海附近，正在建设一座高级的科学设施。科学家们将在那儿研究湿地生态。这片湿地直接或间接地养活了近乎半数的海洋生物。

基娅翻页继续看这篇报道，结果眼前出现了蔡斯和一个女孩的巨幅照片，就在一则订婚告示的上面：安德鲁斯和斯通。她飙出一些脏话，然后开始啜泣，甚至吐了出来。她站起来，远远地看着报纸，又拿起来看——这肯定是她幻想出来的。但他们就在那里，脸靠着脸，微笑着。那个女孩,珀尔·斯通,美丽、富态,戴着一条珍珠项链,穿着蕾丝衬衫。是那个他搂着的女孩。珍珠控。

基娅扶着墙,跟跄着走去门廊,倒在小床上,手捂着张开的嘴。突然,发动机的声响传来,她猛地坐起,看向潟湖,蔡斯正停船靠岸。

基娅快得像一只从无盖的盒子里逃跑的老鼠,在他看见她之前溜出门廊,跑进林子,离开潟湖。她蹲在蒲葵丛后面,看着他走进棚屋,呼喊她。他能看到桌上摊开的报纸。几分钟后,他出来了,走向沙滩,想着能在那里找到她。

她没动,即使他走回来,一直叫着她的名字。等他走了,基娅才从蒲葵丛后出来。她慢吞吞地挪着步子,拿了给海鸥的食物,跟着落山的太阳去沙滩。一阵强烈的海风从小路上刮过,这样也好,到了沙滩,她至少有风可以倚靠。她呼唤海鸥,把大块的法式面包撒向空中,然后开始咒骂,比风声更大、更凶狠。

30. 激流

离开沙滩，基娅跑去自己的小船，将油门加到最大，冲向大海，直奔激流而去。她仰着头，尖叫道："你这个恶劣的东西……婊子养的！"肮脏混乱的海浪从侧面撞击船头，抵制船舵的指挥。一如往常，大海比湿地更愤怒。怀抱着更深的水，它有更多话要说。

很久以前，基娅便学会了如何辨别普通海流和激流，以及如何安全渡过它们，或者通过垂直插入它们的流经路线挣脱出来。但她还从未直接进入更深的海流，其中一些是墨西哥湾流催生出来的，每秒涌出四十亿立方英尺的水，比地球上所有陆地河加起来都多——这些海流就在北卡罗来纳州伸展的双臂外流淌着。这些浪制造出残忍的逆流、拳状的漩涡，以及与海岸激流一起旋转的逆向循环，由此诞生了地球海洋中最可怕的蛇窟。基娅一生都在避开这些区域，但不是现在。今天，她直冲它们的要害而去，只要可以盖过疼痛，盖过愤怒。

翻滚的水流朝她压来，在船头下方攀升。猛地一拉右舷，小船发出粗重的喘息声，然后恢复平稳。基娅被带入一股愤怒的激流中，船速提高了四分之一。此时退出似乎太冒险了，所以她奋力顺应激流驾驶，同时注意避开沙洲。沙洲在海面下形成了飘忽不定的障碍，只要轻轻一碰，就可以使小船倾覆。

海浪漫过她的背，浸湿了她的头发。快速移动的乌云在她头顶涌动，遮蔽了日光，掩盖了漩涡和湍流的迹象，也吸走了热气。

恐惧还是绕开了，尽管她想要感受恐惧，想要任何可以拔出心头那把刀的东西。

突然，海流那深色的、涌动的潮水改变了方向，小船向右打转，倾向一侧。这股力量一下把基娅拍到船底，海水铺天盖地而来。她晕头晕脑地坐在海水里，强撑着等待下一波海浪。

当然，她离真正的墨西哥湾流很远。这只是一个训练营，进真正的大海前的试练场。但于她而言，她已经冒险进入这恶劣境地，并且想要逃出去。打败某些东西。消灭疼痛。

抛却所有图案和对称，灰蓝色的海浪从四面八方涌来。她爬回座位，抓住船舵，但不知该往哪边转。陆地悬在远方，像一条遥不可及的线，只时不时在白色的浪涌间露个头。每当她能瞥到坚实的土地，船就打转、倾斜，然后土地就不见了。她本来对驾驭海流信心满满，但它霸道了很多，将她更深地拖入愤怒黑暗的大海。云层聚集，沉沉地压下来，遮天蔽日。她浑身湿透，瑟瑟发抖，身体里的能量渐渐流失，控制船舵变得越来越难。船上没有应对恶劣天气的装备，也没有食物，没有淡水。

终于，恐惧降临了。来自比大海更深的地方。来自她知道自己又一次孑然一身。可能永远如此，无期徒刑。船身歪斜，颠簸摇摆。基娅的喉咙里逸出难听的喘息。每一个浪头打来，船都摇摇欲坠。

现在船底已经积了六英寸泛着泡沫的海水，冰冷刺骨，灼烧着她裸露的脚。大海和云如此迅速地击溃了春天的温暖气息。她一只手抱在胸前，试图温暖自己，另一只手虚弱地掌舵，不再和水流斗争，而是随波逐流。

最后，水流平息下来，虽然激流随心所欲地揉捏着她，所幸大海不再波涛汹涌。在前面，她看到了一个小小的、细长的沙洲，大约一百英尺长，覆着海水和潮湿的贝壳，闪闪发光。基娅对抗着强劲的潜流，找准时机，猛打船舵，把船开出了激流。她驶向沙洲背风面，在平静的水中靠岸，轻柔得像一个初吻。她走上沙洲，瘫倒在沙子里，感受着身下坚实的土地。

她知道自己难过并不是因为蔡斯，而是被定义为抛弃的一生。头顶的天空和云层互相搏斗着，她大声说："我只能一个人生活。我知道这点。我早就知道没有人会为我停留。"

蔡斯狡猾地提出结婚，以此为诱饵，立刻占有了她，然后又抛弃她选择了别人，这一切并非巧合。她通过学习得知，雄性会从一个雌性换到另一个雌性，她怎么会着了这个男人的道？他那时髦的游艇就相当于发情期雄鹿鼓起的脖子和过大的鹿角，附肢，用来吓走其他雄鹿并吸引一头接一头的雌鹿。她和妈妈中了同样的诡计：使用跳背法的狡猾的求爱者。爸爸对她撒了什么谎？还有钱时带她去某些昂贵的餐厅，最后却把她带回自己真正的领地——一栋湿地棚屋。也许爱情最好是像休耕地那样被弃置一旁。

她大声背诵了一首阿曼达·汉密尔顿的诗：

现在必须放手了。

让你离开。

爱情总是被作为

留下的理由。

很少成为

离开的原因。

我放下了线

看着你渐行渐远。

一直以来

你以为

是爱人胸膛的激流

拉你入深海。

但其实是我的心潮，

放你

共海草

一起漂远。

微弱的阳光在厚重的云层间找到空隙，洒在沙洲上。基娅环顾四周：激流、大海势不可挡的扫荡和这片沙洲，构成了一个精密的捕捉网——她周围布满了她从没见过的、令人惊艳的贝壳。这个沙洲的角度和柔和的水流在背风处聚集了很多贝壳，然后将它们温柔地散布在沙子上，完好无损。她发现了几个罕见的，还有很多她喜爱的种类，都很完整，泛着珍珠色，闪闪发光。

她在贝壳间走动，挑了一些最为珍贵的堆在一起。她将船翻过来，控干水，把贝壳沿着船底的接缝仔细排列好，然后站起来研究水流，规划回家的路线。她阅读大海这本书，结合从贝壳那儿学到的，打算从背风面出发，直接去往陆地，彻底避开最强的激流。

离开的时候，她意识到，再也不会有人看到这片沙洲。大自然用沙子创造出一个短暂而变化的微笑，角度刚刚好。下一个浪，下一股潮流，将会设计出另一个沙洲，再一个，但永远不会是这一个。不会是接住了她的那个。教会了她一些东西的那个。

后来，漫步在自己的沙滩上，她背诵了一首最爱的阿曼达·汉密尔顿的诗。

变弯的月啊，跟上
我的脚步
穿过未被地上的影子
打断的光，
分享我感知的
沉默冰凉的肩头。

只有你知

某时刻的一侧是如何

被寂寞拉长

几英里

到另一侧，

一次呼吸里

又有多少天空，

当时间倒退

自沙滩上。

如果有谁懂得这份寂寥，便是那弯月亮。

基娅漂回蝌蚪可预测的演变和萤火虫的芭蕾舞中，更深地潜入沉默的荒野。自然似乎是那块唯一不会逃离河流的石头。

31. 一本书

爸爸削的一根棍子上支着一个生锈的邮箱，立在一条无名之路的终点。基娅唯一的邮件是发给所有居民的订购目录。她没有要付的账单，没有女友或老阿姨寄来的幼稚甜蜜的字条。除了多年前妈妈寄来的那封信，她的信箱就是个空壳，有时候她接连几周不去查看。

但在她二十二岁那年，蔡斯和珀尔宣布订婚一年多后，她每天都会走上沙路去查看邮箱。太阳晒得人身上要起泡。终于，一天早上，她看到一个很大的马尼拉纸信封，里面的东西滑出来，躺在她手上的是一本新样书——《东海岸贝类》，作者是凯瑟琳·丹妮尔·克拉克。她深吸一口气，没有可以分享这消息的人。

坐在自己的沙滩上，她翻看着每一页。在泰特初次接洽后，基娅给出版商写了信，提交了更多图片。出版商寄来了合同。因为所有贝壳标本的图和文本在几年前就已经完成了，她的编辑罗伯特·福斯特先生写信说这本书可以在规定时间内出版，而第二本关于鸟类的书也将很快出版。他随信附上五千美元预付款。爸爸看到这么多钱，估计会被自己的瘸腿绊倒，把那根拐杖甩出去。

现在，最终版就在她手里——画中的每一笔，每一种深思熟虑的颜色，每一个关乎自然历史的词，都印在这本书里。还有关于生活在贝壳里的生物的图——它们如何进食、移动、交配——因为人们忘却了那些生物。

她抚摸着书页，想起每一个贝壳和如何找到它们的故事。它躺在哪一片海滩上，当时的季节，日出。这是一本家庭影集。

接下来几个月，北卡罗来纳州、南卡罗来纳州、佐治亚州、弗吉尼亚州、佛罗里达州及新英格兰各州沿岸的礼品店、书店都在橱窗里或者展示台上摆了基娅的书。版税支票每六个月寄来一次，他们说，可能每次都有几千美元。

她坐在厨房的桌子旁，起草了一封给泰特的感谢信，但通读完，她心里顿了一下：一个便笺似乎不够。因他的善意，她对湿地的爱才能够成为她一生的事业。这是她的生命。她收集的每一支羽毛、每一个贝壳、每一只昆虫都可以与人分享，而且再也不用从泥里刨食，也不用每天吃粗玉米粉。

老跳告诉她，泰特在橡树海附近的新实验室里做生态学家，有一条漂亮的新实验船。她不时远远地看到他，但每次都避开了。

她在便笺末尾附了两句话："下次你来我家附近的时候进来坐一坐吧。我想送你一本我的书。"收件地址写了他的实验室。

接下来一周，她雇了一名装修工杰瑞，在屋里装了自来水、热水器，还在卧室后面装了完整的浴室，里面有一个爪形底座的浴盆。一个贴了瓷砖的小房间里装了水槽和抽水马桶。屋里也通了电。杰瑞接好电线，装了一台新冰箱。基娅坚持留下旧的烧木头的炉子，柴火堆在旁边，可以用来取暖。但主要是因为妈妈在这个炉子上用心烤了不计其数的饼干。万一妈妈回来了，炉子却不见了，怎么办？杰瑞用松木给基娅打了一套新橱柜，装了新的前门和门廊纱门，还有放标本的书架，从地板一直到天花板。基娅还从西尔斯 – 罗巴克百货订购了沙发、椅子、床、床垫、地毯，但留下了厨房的旧桌子。现在，她有了一个真正的密室来放一些纪念品——她那四散的家人留下的小衣柜。

如从前一样，棚屋外面没有刷漆，风化的松木板和铁皮屋顶覆满了灰色和锈色，用垂在屋顶的橡树上长的西班牙苔藓刷了一遍。棚屋不再那么摇摇晃晃，但还是和湿地的景观融为一体。基娅继续睡在门廊上，除了冬天最冷的那几天。但现在她有自己的床了。

一天早上，老跳告诉基娅，开发商来了这里，计划抽干这片"黑暗沼泽"，兴建一些酒店。去年一整年，她不时看到有大型机器在一周内砍光整片橡树林，然后挖出水道，抽干湿地。结束后又去新的地方，留下干涸、变硬的土层。显然，他们没有读过奥尔多·利奥波德的书。

阿曼达·汉密尔顿有一首诗写得很明白：

从孩子到孩子

眼睛到眼睛

我们一体成长，

分享灵魂。

翅膀挨着翅膀，

叶子连着叶子

你离开了这个世界，

你在孩子面前死去。

我的朋友，荒地。

基娅不知道自己家是拥有这片土地，还是只是占了它，就像四个世纪以来大多数湿地居民干的那样。几年来，她为了寻找关于妈妈的行踪线索，读遍了屋里每一片纸头，但从没见过类似地契的东西。

从老跳那儿一回到家，她就把旧《圣经》拿布包起来，带着它去了巴克利小湾镇政府。书记员一头白发，宽额头，窄肩膀，拿出一卷巨大的用皮革包着的记录本、一些地图和航拍图片，摊开在桌案上。手指滑过地图，基娅指出了自己的棚屋并大致勾出了她认为属于自己的那块地的边界。书记员查了检索号，然后到一个旧木头文件柜里找地契。

"好了，就是这个，"他说，"这块地经合法调查于一八九七年被纳比尔·克拉克先生买下。"

"那是我爷爷。"基娅说。她翻开《圣经》薄薄的书页，在生日和忌日页中找到了纳比尔·墨菲·克拉克。如此宏大的名字。和她哥哥的一样。她告诉书记员她爷爷去世了——这很可能是事实。

"这块地没有被卖出，所以，孩子，我想它现在属于你了。不过我很遗憾地告诉你，有一些税款要补缴。克拉克小姐，为了保住这块地，你必须补缴。事实上，小姐，按法律规定，任何人来缴了这笔税款都能得到这块土地，即使他没有地契。"

"多少？"基娅还没开银行户头，重新装修棚屋后剩下的钱都装在背包里，大约三千美元。但现在面临的是四十年的税款——成千上万美元。

"看看这里，它被列在荒地类里，所以大部分年限的税金是五美元左右。我来算算。"他走到一台臃肿笨重的加法机旁，输进一些数字，每次输完都拉一下曲柄，发出搅拌的声音，仿佛真的在叠加什么东西。

"看来一共是八百美元——然后这块地就清清爽爽归你了。"

基娅走出政府，拿着完整的地契，上面写着她名字，共计三百一十英亩[1]，有苍翠的潟湖、闪亮的湿地、橡树林和北卡罗来纳州海岸线上一处长长的私人沙滩。"荒地类。黑暗沼泽。"

黄昏时分，她开船回自己的潟湖，和苍鹭聊天。"好啦，那儿就是你的地盘了。"

第二天下午，信箱里有一张来自泰特的便笺，这有点奇怪，有点正式，因为他之前只在羽毛树桩上给她留下过信息。他感谢了她的邀请和赠书，还说当天下午就来。

她拿着一本自己的新书——出版商送了她六本，在他们以前阅读时常坐的那根原木前等他。大约二十分钟后，她听到了泰特的船开进

---

[1]　1英亩等于4046.86平方米。

水道的声音，站起身来。他渐渐从树下灌木丛中浮现。他们互相挥手，微笑。两人都有点拘谨。上一次他来这儿，还被她往脸上扔了石头。

系好船，泰特走向基娅。"基娅，你的书是一个奇迹。"他微微前倾，似乎想拥抱她，但心脏坚硬的外壳让她后退了。

她把书递过去："给你，泰特，这本送给你。"

"谢谢，基娅。"他说，打开书，一页页翻过去。他没提自己早已经在橡树海书店买了一本，每一页的内容都令他震惊。"从没有人出版过类似的东西。我敢肯定这对你来说仅仅是一个开始。"

她只是低下头，微笑着。

翻到书名页，他说："哦，你还没签名呢。你得给我写点什么，求你了。"

她猛地抬头看向他，之前没想到这一点。她能给泰特写什么呢？

他从牛仔裤口袋里拿出一支笔，递给她。

她接过笔，几秒钟后，写道：

致羽毛男孩

谢谢你

来自湿地女孩

泰特读着这些文字，转过身去，远远地看着湿地，因为此刻，他没法拥抱她。最后，他抓起她的手，握紧。

"谢谢你，基娅。"

"我应该谢谢你，泰特。"她说，然后想到，一直都是你。她的心，一半在火里，一半在水里。

他站了一会儿，看她没什么别的话要说，便准备转身离开。但上了船后，他说："基娅，下次你在湿地里看到我，请不要躲到草丛里，跟一只被发现的小鹿似的。和我打个招呼，我们可以一起探索，好吗？"

"好的。"

"再次感谢你的书。"

"再见，泰特。"她看着他消失在灌木丛中，"我至少可以留他喝个茶。这没什么不好的。我可以做他的朋友。"然后她想到了自己的书，带着罕见的骄傲自言自语道："我能做他的同事。"

泰特离开一小时后，基娅开船去老跳的码头，背包里放着另一本自己的书。码头越来越近，她看到老跳靠在他那风吹日晒的店铺墙边。他站直身子，朝她招手，但她没有回应。意识到有什么地方不太一样，他安静地等她上岸。她走向他，抬起他的手，放上自己的书。一开始他没明白。基娅指着书上自己的名字说："我现在能自立了，老跳。谢谢你，谢谢玛贝尔。感谢你们为我做的一切。"

他看着她。在另一个时间和地点，一个老黑人和一个白人女孩本可以互相拥抱。但不是这里，不是现在。她的手覆在他的手上，然后转身离开。这是她第一次看到他不说话。她继续在老跳那里买汽油和补给，但再也没有从他们那儿接受施舍。每次她来这儿，都能看到自己的书立在小窗里，每个人都能看到，就像一个父亲在炫耀自己的女儿。

32. 不在场证明

1969

低垂的乌云飘过铁灰色的大海，压向巴克利小湾镇。风先抵达，肆意拍打窗户，在码头抛下海浪。系在船坞里的船如同玩具般在水里摇摆沉浮，穿着黄雨衣的男人们忙着将各处的缆绳系好，加固船只。而后，雨水劈头盖脸斜扑向小镇，模糊了一切，只能看见那些突兀的黄色身影在一片灰色中移动。

风呼啸着钻入治安官办公室的窗户，他提高了声音，说："所以，乔，你有事要告诉我？"

"对啊。我发现了克拉克小姐会宣称自己在蔡斯死亡那晚身在何处。"

"什么？你终于碰上她了？"

"开玩笑吗？她狡猾得跟鹿一样。每次我一靠近，人早就不见了。所以今早我开车去了老跳那儿，看看他知不知道她下次什么时候来。跟其他人一样，她得去加油，所以我想着迟早能逮到她。你都不会相信我发现了什么。"

"说来听听。"

"我得到两个可靠的消息来源，说她那天晚上出镇子了。"

"什么？谁？她从来没有离开过镇子，而且，即使她真的走了，谁会知道呢？"

"你记得泰特·沃克吗？现在是沃克博士了。在新的生态学实验室工作。"

"是的，我知道他。他爸爸是一个捕虾人，'老排'沃克。"

"泰特说他很了解基娅——他叫她基娅——在他们小一点的时候。"

"哦？"

"不是那样的。那会儿都还只是孩子。显然是他教她读书的。"

"这是他自己告诉你的？"

"对，他在老跳那儿。我正在问老跳知不知道在哪里或者怎么做我才能问湿地女孩几个问题。他说不知道什么时候能见到她。"

"老跳一直都对她很好。我怀疑他不会告诉我们很多。"

"然后我问他，是否碰巧知道蔡斯死亡那晚她在做什么。他说，事实上他还真知道。蔡斯死后第二天早上，她就去了老跳那儿，还是他告诉了她这个消息。他说她在格林维尔待了两个晚上，包括蔡斯死亡那晚。"

"格林维尔？"

"他是这么说的。接着，一直在边上站着的泰特插进来说，她确实去格林维尔了，还是他告诉她怎么买的汽车票。"

"好吧，这可是新闻了，"治安官杰克逊说，"很凑巧两人都在那里，讲着相同的故事。她去格林维尔干吗？"

"泰特说，有个出版公司——你知道，她写了一本关于贝壳的书，还有一本关于海鸟的——付了路费让她去那儿见面。"

"很难想象高级的出版商居然想和她见面。我猜很容易就能查出真假。关于教她认字，泰特说了什么？"

"我问他们是怎么认识的。他说以前常去她家附近钓鱼，后来发现她不认字，就开始教她。"

"嗯……就这样？"

乔说："不管怎么说，这改变了一切。她确实有了不在场证明。很好的证明。我不得不说去了格林维尔真是个极好的不在场证明。"

"是啊。从表面来看。你也知道一般是怎么看待完美不在场证明的。而且，我们还有一个捕虾人说看见她在蔡斯从塔上摔下来那晚开船往防火塔方向去了。"

"他可能看错了。天很黑，凌晨两点前没有月亮。可能她在格林维尔，而他看到的是别人，只是看上去像。"

"好吧，就像我刚才说的，这个据说的格林维尔之行，很容易就能查出来。"

暴风雨渐弱，成了斜风细雨。不过，两个执法人员并没有走去小饭馆吃饭，而是派人去打包了鸡肉、饺子、黄油豆、夏日南瓜砂锅菜、甘蔗汁和饼干。

午饭后，治安官的门上响起敲门声，潘茜·普赖斯小姐打开门走了进来。乔和埃德站起身。她的无檐帽闪着玫瑰色光泽。

"下午好，潘茜小姐。"两人点头致意。

"下午好，埃德，乔。我能坐下吗？不会花很长时间的。我觉得我有关于本案的重要消息。"

"当然，请坐。"潘茜小姐坐在椅子上，仿佛一只体形匀称的母鸡，归拢好各处的羽毛。大腿上放着的皮夹像一颗珍贵的蛋。两位男士也紧跟着坐下。治安官迫不及待地问道："潘茜小姐，你说的是哪个案子？"

"哦，我的天哪，埃德，你知道是哪个案子。蔡斯·安德鲁斯谋杀案。那个案子。"

"我们不知道是不是谋杀，潘茜小姐。好吗？好了，来说说你的消息。"

"你知道，我受雇于克雷斯。"她从不说出店铺全名，克雷斯五分一角店，否则等于自降身份。她等着治安官点头认可她的话——虽然他们都知道她在那里工作，从他孩童时代开始，她就卖士兵玩具给他了——然后接着说："我听说湿地女孩是嫌疑人，对吗？"

"谁告诉你的？"

"哦，很多人都信了，不过帕蒂·洛夫是主要散布人。"

"知道了。"

"在克雷斯，我和其他几位雇员都看到湿地女孩上下大巴车，看时间，蔡斯死的那晚，她不在镇上。我可以为那些日期和时间做证。"

"是吗？"乔和埃德交换了眼神，"哪天，几点？"

潘茜小姐在椅子上挺直了腰身。"她坐十月二十八日下午两点半的车离开，三十日下午一点十六分回来。"

"你说其他人也看见她了？"

"是的。我可以给你列个单子，如果你想看。"

"那倒没必要。如果需要声明，我们会去一趟五分一角店。谢谢你，潘茜小姐。"治安官站起来，潘茜小姐和埃德跟着起身。

她一边走向门，一边说："谢谢你们的招待。正如你所说，你知道去哪里找我。"

他们道了再见。

乔坐回自己的位置。"好吧，事情变成这样了。验证了泰特和老跳说的。那晚她在格林维尔，或者至少她上了大巴，去了什么地方。"

治安官吐出长长一口气。"看起来是这样。但是我想，如果有人可以白天坐车到格林维尔，那么也可以晚上坐车回来，做完他的事情，再回格林维尔。不会有人知道。"

"或许吧。似乎有点勉强。"

"去拿汽车时刻表，我们来看看时间上是否可行，当天晚上能不能回来。"

乔出门前，埃德接着说："有可能她是想在白天被看到上下车。仔细想想，她得做一些和往常不同的事情来制造一个不在场证明。如果她声称自己在蔡斯死亡当晚独自一人在棚屋里，像往常一样，那就没法成为不在场证明了。唰。所以她做了个计划，让很多人看到自己做的事，在主街所有人面前制造了一个完美的不在场证明。精彩得很。"

"好吧，这个观点很好。不管怎么说，我们不用再偷偷摸摸调查了。我们可以就坐在这里喝咖啡，让镇上的女士们进进出出，带来消息。我去拿汽车时刻表。"

十五分钟后，乔回来了。

"好吧，你是对的，"他说，"看这里，坐车从格林维尔到巴克利小湾镇，然后再当晚返回是有可能的。很简单。"

"对啊，这两趟车之间，有充分的时间把一个人从防火塔顶上推下去。我觉得咱们可以申请搜查令了。"

33. 伤疤

1968

一九六八年冬天，一个早晨，基娅坐在厨房餐桌旁，在纸上涂抹橘色和粉红色水彩，画出一个丰满的蘑菇。她已经完成了海鸟的书，正在创作有关蘑菇的书。已经计划好，接下来的书将是关于蝴蝶和飞蛾的。

黑眼豌豆、红洋葱和腌制火腿在燃木炉上的旧罐子里煮着。她还是不喜欢新灶台，特别是在冬天。细雨打在铁皮屋顶上，叮咚作响。突然，她的小径上传来卡车在沙地里行驶的声音，比屋顶的音乐声更大。她恐慌起来，走到窗边，看到一辆红色小卡车碾过泥泞的车辙。

基娅的第一反应是跑，但卡车已经停在了门廊外面。她躲在窗台下，看到一个穿着灰绿色军队制服的男人下了车。他就那么站着，开着车门，视线穿过林子，沿着小路，一直到潟湖。然后，他轻轻关上车门，在小雨中慢跑到门口，敲响了门。

她咒骂了几句。他大概是迷路了，可能会问一下方向，然后继续上路，但她不想面对他。她可以躲在厨房里，等着他离开，但她听见他喊道：“喂！有人在家吗？喂！”

又烦躁，又好奇，她穿过最近刚装修的客厅走到门廊上。这个陌生人，很高，黑发，站在台阶上，扶着打开的纱门，离她五英尺远。他的制服看上去硬挺到可以自己立住，好像是这件制服把他收拢在一起。胸口挂满五颜六色的矩形勋章。但最惹眼的还是他脸上那一道狰狞的红色伤疤，从左耳一直到上嘴唇，把脸劈成两半。基娅的呼吸加重了。

一瞬间，她回到了妈妈离开前约六个月那个复活节周末。她和妈妈唱着《摇滚年代》，手挽手走过客厅去厨房，把昨晚画好的色彩斑斓的鸡蛋收集起来。其他孩子都出去捕鱼了，她和妈妈有时间藏起鸡蛋，然后把鸡和饼干放进烤箱。哥哥姐姐们早过了寻宝的年纪，不过他们还是会四处搜寻，假装找不到，每找到一个就高举到空中，哈哈大笑。

妈妈和基娅拎着鸡蛋篮和从五分一角店买的巧克力小兔子，正要离开厨房，爸爸转过客厅的拐角出现了。

他一把扯下基娅头上的复活节帽子甩到一边，冲着妈妈大喊：“你从哪儿弄来的钱买这些好东西？帽子和发亮的皮鞋？鸡蛋和巧克力兔子？说！哪儿来的？”

“杰克，别这样，请小声一点。今天是复活节，这些是给孩子们的。”

他推了妈妈一把。“你去卖了吧，一定是这样。是这么弄到钱的吧？现在就告诉我。”他抓住妈妈的手臂使劲晃，她的脸几乎在眼眶周围咯吱作响，而她的眼睛睁得大大的，安安静静。鸡蛋从篮子里掉了出来，歪歪斜斜地滚过地板。

"爸爸，求你了，停下！"基娅尖叫着，哭了起来。

他抬起手，狠狠地打了她一巴掌。"闭嘴，你这个神经质的爱哭鬼！把那条傻不啦唧的裙子脱了！还有那双时髦的鞋！都是卖淫换来的。"

她蹲下，捂着自己的脸，追妈妈一个个画出来的鸡蛋。

"我跟你说话呢，女人！你从哪儿弄来的钱？"他从角落里拿起铁火钳，走向妈妈。

火钳狠狠地甩向妈妈胸口，血喷出来，溅在妈妈的花背心裙上，就像红色的圆点花纹。基娅用尽全力大叫，抓住爸爸的胳膊。一个高大的身影走进客厅，基娅抬头，看到乔迪从背后锁住了爸爸，两人一同滚倒在地板上。她的哥哥挡在妈妈前面，大喊着让基娅和妈妈快跑。她们跑了。但在基娅转身前，她看见爸爸举起火钳，劈头盖脸打向乔迪，他下巴扭曲，鲜血喷涌而出。这幅景象现在又在她脑海里闪现。她的哥哥在地板上蠕动，倒在紫粉色的鸡蛋和巧克力兔子中间。她和妈妈跑过蒲葵丛，躲在灌木里。穿着血淋淋的裙子，妈妈不停地说，没事的，鸡蛋不会坏，她们还能烤鸡。基娅不明白她们为什么躲在那里——她确定哥哥快被打死了，他需要帮助，但她怕得不敢动弹。她们等了很久才悄悄回去，透过窗子看爸爸是不是已经走了。

乔迪躺在地上，浑身冰凉，周围积了一摊血。基娅大哭起来，以为他死了。但妈妈扶起他，移到沙发上，用针线缝补他的脸。一切都安静下来，基娅抓起地板上的帽子，一路跑过林子，用尽全力把它扔进锯齿草丛里。

她看着门廊上陌生人的眼睛，说："乔迪。"

他笑了，伤疤扭动起来，回道："基娅，我觉得你应该在这儿。"他们看着对方，用长大了的眼睛互相打量。乔迪不会知道，这么多年来，他一直陪着她，无数次指引她穿越湿地，教给她关于苍鹭和萤火虫的小知识。她最想见的人就是乔迪和妈妈。她的心已经抹去了那道疤痕和所有相关的痛苦。难怪她的心埋葬了那段过往。难怪妈妈走了。如同火钳打在胸口，基娅看到，花背心裙上那些被洗淡的印记又变回了血迹。

他想要抱住她，拥她在怀里，但当他向前挪动时，基娅很害羞地低下头，侧开身，后退了一步。所以他只是站上了门廊。

"进来吧。"她说，带他进了小小的客厅，里面堆满了她的标本。

"哦，"他说，"我看到了你的书，基娅。我不敢确定是你，但是现在我明白了，就是你。这太神奇了。"他四处走动，看她的收藏，同时也看看房子和新家具，从客厅到房间。不是想窥探，而是想完整地看一下。

"来杯咖啡吗，还是茶？"她不知道他是来拜访，还是要留下。这么多年过去了，他想要什么呢？

"咖啡就好。谢谢。"

在厨房里，他认出了新灶台和冰箱旁的老燃木炉。他摸着老餐桌，基娅将它原样保留下来，连带漆皮剥落的痕迹。她把咖啡倒进马克杯，两人坐了下来。

"那么，你现在是一名士兵。"

"去了两趟越南。我还要在军队里待几个月。他们对我不错。出钱让我读了大学——机械工程，佐治亚理工大学。我至少能待几天。"

佐治亚州没有那么远，他本可以更早一点来访。但他现在才来。

"你们所有人都走了，"她说，"爸爸在你走之后留了一段时间，然后也走了。不知道去了哪里，也不知道是死是活。"

"从那之后你就一个人住在这里？"

"是的。"

"基娅，我不该把你留给那个怪物。这么多年来我一直为此感到心痛。我是一个懦夫，一个愚蠢的懦夫。这些该死的勋章什么都不是。"他捶打着自己的胸口，"我让你，一个小女孩，独自在沼泽里求生，跟着一个疯男人。今生今世，我都不指望你能原谅我。"

"乔迪，没事的。当时你自己也只是一个孩子。你能做什么呢？"

"我可以在长大后回来。一开始，我在亚特兰大的街头讨生活，活一天是一天，"他嗤笑着说，"我离开的时候兜里揣着七十五美分，是从爸爸留在厨房的钱里偷来的。我知道这会让你不够用，但还是拿走了。我打临时工混日子，直到加入军队，受训后便直接上了战场。再回家时，已经过去很久了，我猜你早已离开，跑了，这就是我为什么没有写信。我把申请回来当作一种自我惩罚，我抛下了你，这是我应受的。从佐治亚理工大学毕业后，几个月前，我在商店里看到了你的书。凯瑟琳·丹妮尔·克拉克。我的心碎了，瞬间充满了喜悦。我必须找到你——我想应该从这里开始，追踪到底。"

"好吧，你找到了。"她笑了，见面后第一次。他的眼睛还和以前一样。生活的折磨改变了他的脸，但眼睛还是通往过去那个他的窗户，她能从中看到他。"乔迪，我很难过，你为离开我而揪心。我从来没有怪过你。我们都是受害者，不是有罪的那个。"

他笑了。"谢谢你，基娅。"眼泪涌了出来，两人都转开了视线。

她犹豫了一下，说："可能你很难相信，但有一段时间，爸爸对我很好。他喝得少了，还教我钓鱼，我们经常一起坐船出去，满湿地跑。但是后来，当然了，他又开始酗酒，留我一个人养活自己。"

乔迪点点头。"是的，我也见过几次他的那一面，但最后总是掉回酒桶。他有一次告诉我，这和战争有关。我自己也去了战场，看到了那些让一个男人离不开酒的事情。但他实在不该将其发泄在自己的妻儿身上。"

"妈妈和其他人怎么样了？"她问，"你收到过信吗，知道他们去了哪里吗？"

"我完全不知道默夫、曼迪和米西的情况，即使在路上见到了也认不出来。我想他们都随风散去了。但是关于妈妈，基娅，这是另一个我要找到你的原因。我有一些关于她的消息。"

"一些消息？什么？告诉我。"阵阵寒意从基娅的手臂传到指尖。

"基娅，不是好消息。我也是上周才知道的。妈妈两年前去世了。"

她弯下腰，双手捂住脸，低低的呻吟声自喉咙溢出。乔迪试图抱住她，但她躲开了。

乔迪继续说："妈妈有一个妹妹，叫罗斯玛丽，妈妈去世的时候，她想通过红十字会找到我们，但没找到。几个月前，他们通过军队找到了我，帮我联系上了罗斯玛丽。"

基娅声音嘶哑，含糊地说："妈妈直到两年前还活着。我等了这么多年，等她走过那条小径。"她站起来，扶着水槽，"她为什么不回来？为什么没有人告诉我她在哪里？现在，一切都太迟了。"

乔迪走过去，她还是想躲开，但他伸出胳膊抱住了她。"对不起，基娅，过来坐下。我来告诉你罗斯玛丽说了什么。"

他等她坐好，然后说道："离开我们去她长大的新奥尔良时，妈妈病了，精神崩溃。她身心都病了。我还记得一点新奥尔良，我们离开那儿的时候，我大概五岁，只记得一栋漂亮的房子，有能俯瞰花园的大窗户。但一搬到这里，爸爸就再也不让我们提新奥尔良，我们的外祖父母或者其他任何相关的事。所以，新奥尔良就被整个抹杀了。"

基娅点点头："我从来都不知道这些。"

乔迪继续说道："罗斯玛丽说，他们的父母从一开始就反对爸爸妈妈的婚事，但妈妈跟着爸爸来了北卡罗来纳州，名下一分钱也没有。最终，妈妈开始写信告诉罗斯玛丽自己的境况——住在沼泽棚屋里，丈夫酗酒家暴。几年后的某一天，妈妈出现了，穿着她珍藏的仿鳄鱼皮高跟鞋，好几天没洗澡也没梳头。

"连着几个月，妈妈都不说话，一个字也不说。她住在父母家她以前的房间里，几乎不吃东西。当然了，他们请了医生，但没人能帮上忙。妈妈的父亲联系了巴克利小湾镇的治安官，问她的孩子们怎么样了，但他手下的人说，他们甚至没有尝试记录湿地的人口。"

基娅不时吸一吸鼻子。

"最后，差不多一年以后，妈妈变得歇斯底里，告诉罗斯玛丽说她想起来了，她抛弃了自己的孩子。罗斯玛丽帮她写了一封信给爸爸，问能不能来接走我们，带着我们一起在新奥尔良生活。他回信说如果她敢回来，或者联系我们中的任何一个，他就把我们打得谁也认不出来。她知道他能做出这种事。"

是那封装在蓝色信封里的信。妈妈想要接走她，接走所有孩子。妈妈想要见她。但是那封信导致的结果却和它的初衷大相径庭。那些话惹恼了爸爸，让他又开始酗酒，然后永远离开了基娅。她没有向乔迪提起，那封信的余烬至今仍被她收在一个小瓶子里。

"罗斯玛丽说妈妈再没交过朋友，再没和家人一起吃过饭或和任何人互动。她不允许自己有生活，有快乐。过了一段时间，她话多了起来，但都是关于自己的孩子。罗斯玛丽说妈妈一生都爱着我们，但却被夹在一个进退维谷的可怕境地——如果她回来找我们，我们就会受到伤害；如果她不回来，就是抛弃了我们。她不是为了享乐而离开我们，她当时已经快被逼疯了，几乎不知道自己离开了。"

基娅问："她是怎么死的？"

"她得了白血病。罗斯玛丽说本来有可能治愈，但她拒绝一切治疗，一天天变得虚弱，两年前彻底离开了。罗斯玛丽说她活着跟死了没多大分别。暗无天日，悄无声息。"

乔迪和基娅安静地坐着。基娅想起了高尔韦·金耐尔的一首诗，妈妈在书里给它下面画了线：

我不得不说结束让我释然：
对更多生机的渴望
最终我只感到遗憾。
……再见。

乔迪站起来。"跟我来，基娅，我想让你看点东西。"他带她到门外自己的小卡车前，一起爬进车斗。他小心翼翼地移开一块油布，打开一个很大的硬纸板箱，然后一张一张拿出油画，拆开。他把这些画靠着车斗壁立了一圈。其中一张是三个小女孩——基娅和她的姐姐们——蹲在潟湖边，看着蜻蜓。另一张是乔迪和他们的哥哥提着一串鱼。

"我带来了这些，想着万一你还在这儿呢。都是罗斯玛丽寄给我的。她说，有好几年时间，妈妈日夜都在画我们。"

有一张画上画了所有孩子，五个，画中人仿佛在看着创作者。基娅看着兄弟姐妹们的眼睛，他们也在看着她。

她悄声问："他们谁是谁？"

"什么？"

"从来没有过照片，我不认识他们。谁是谁？"

"哦，"他感到难以呼吸，最后说，"好吧，这是米西，年纪最大的。默夫、曼迪。当然了，这个小可爱是我。那是你。"

他给她时间消化，然后说："看看这个。"

他面前是一张色彩格外绚烂的油画，画中两个孩子蹲在绿草和鲜花丛中。那个女孩还只是幼儿，大概三岁，直直的黑发落在肩上。那个男孩，稍大一点，金色鬓发，正指着一只帝王蝶。蝴蝶黑黄色的翅膀在一朵雏菊上展开。他的手放在女孩胳膊上。

"我想那是泰特·沃克，"乔迪说，"和你。"

"我觉得你是对的，看起来是他。为什么妈妈要画泰特？"

"他过去常常来这附近，和我一起钓鱼。他总带你去看昆虫和其他东西。"

"为什么我一点也不记得了?"

"你还太小。有天下午,泰特开船来潟湖,爸爸正挂着棍子,喝得醉醺醺的。你在水里玩,爸爸本来应该照看你,但是突然间,莫名其妙地,他抓起你的胳膊狠狠摇晃,晃得你脑袋朝后仰。然后又把你扔进泥地里,自己哈哈大笑。泰特跳下船跑向你。当时他只有七八岁,冲着爸爸大声呵斥。当然了,爸爸扇了他,吼叫着让他滚出自己的地盘,再也别出现,否则就开枪打死他。那会儿我们都已经跑出来了,看到了发生的一切。即使爸爸咆哮吼叫,泰特还是抱起你,交给妈妈,确认你安然无恙后才离开。那次之后,我们依旧不时一起去钓鱼,但他再也没有来过这里。"

直到我第一次开船进湿地,迷了路,他带我回家,基娅心想。她看着画——如此温柔,如此平静。不知何故,妈妈的心灵从错乱中理出了美好。任何看着这些画的人都会以为它们描绘的是个最幸福的家庭——在海边居住,在太阳下嬉闹。

他继续说:"妈妈是孤独的。在那种情况下,人会行为失常。"

基娅发出一声轻轻的呻吟。"求你了,不要和我讲孤独。我不需要别人告诉我孤独会怎么改变一个人。我经历了孤独。我就是孤独,"基娅轻声说,带着些许锋利,"我原谅妈妈的离开,但我不理解她为什么不回来——为什么要抛弃我。你可能不记得了。在她走之后,你告诉我,母狐狸如果碰上挨饿或其他极端情况,有时候会离开自己的幼崽。这些幼崽会死——总之有这种可能。但在条件好转,她能够抚养一窝新幼崽长大的时候,母狐狸会再次生育。

"从那以后，我读了很多相关的东西。在自然界——蝲蛄吟唱的地方——这些看似无情的行为事实上增加了一个母亲一生中孩子的数量，因此在困难时期抛弃后代的基因就传给了下一代。一代又一代。人类中间也有这样的现象。一些在我们看来很残酷的行为在当时保证了早期人类在任何严峻的自然环境中都能生存。没有他们，就不会有现在的我们。我们的基因里保留了那些本能，某些条件占上风时，它们会自我表达。我们的某些部分将永远这样，为了生存不惜一切，如同很久之前。

"或许一些原始冲动，一些古老的、不再适用于今天的基因，让妈妈因为和爸爸一起生活要承受的压力、恐惧以及实实在在的危险离开了我们，但这仍然是不对的，她应该选择留下。不过，知道这些冲动根植于人类的生物蓝图，也许可以帮助我们去宽恕一位失败的母亲。这或许也可以解释她为什么离开，但我还是不懂她为什么不回来。她为什么连信都不写。她本可以一封接一封，年复一年地写，直到我收到。"

"我想有些东西是无法解释的，只能原谅或不原谅。我不知道答案。或许本就没有答案。给你带来了这样的坏消息，对不起。"

"我生命中大部分时光，没有家人，没有家人的消息。如今几分钟内，我的哥哥回来了，我的妈妈去世了。"

"我很难过，基娅。"

"别难过。事实上，我许多年前就失去妈妈了，而现在你回来了，乔迪。我简直太想再见到你了。今天是我生命里最快乐也是最难过的日子。"她用手指碰了他的胳膊。这个小动作很难得，他知道，他足够了解她。

他们走回棚屋。他看着那些新东西，新刷的墙，还有手工做的厨柜。

"你是怎么过日子的呢，基娅？在写书前，你怎么弄到钱和食物？"

"哦，那是个又长又无聊的故事。大部分时候我卖贻贝、牡蛎和熏鱼给老跳。"

乔迪仰起头，哈哈大笑。"老跳！我好几年没想起他了。他还在这儿吗？"

基娅没有笑。"老跳是我最好的朋友，有好几年是我唯一的朋友。我唯一的家人，除非你把银鸥也算上。"

乔迪严肃起来。"学校里没有朋友吗？"

"我只去过一天学校，"她咯咯地笑起来，"其他孩子嘲笑我，所以我再也没去过。花了好几周时间跟学校训导员斗智。并不难，我有你教我的窍门。"

他看上去很震惊。"那你是怎么学会认字的？还写了书？"

"事实上，是泰特·沃克教我的。"

"你后来还见过他？"

"有时。"她站起身，面向灶台，"再来点咖啡？"

乔迪感到寂寞在她的厨房里阴魂不散。它停在蔬菜篮里那一小堆洋葱上，覆在沥水架上孤零零的盘子上，以及被仔细地包在茶巾里的玉米面包上——老寡妇也许习惯这么做。

"我够了，谢谢。那你怎么在湿地里活动？"他问道。

"你肯定不会相信，我买了一艘新船，但还在开以前那艘旧的。"

阳光破开云层，这是个明亮而温暖的冬日。她开着船，穿过窄窄的水道和玻璃一般反光的河口。看到记忆中的障碍物，乔迪大叫，它还和以前一样，还有那个海狸巢穴，也堆在和之前一模一样的位置。到了过去妈妈、基娅和姐姐们把船陷在泥里的那个潟湖，他们笑了起来。

　　回到棚屋，她收拾出一个野餐盒，带到沙滩上吃，和海鸥们一道。

　　"他们走的时候我还太小，"她说，"告诉我一些其他人的事情吧。"乔迪开始讲哥哥默夫的故事，他曾把她架在肩上走过林子。

　　"那会儿你一直笑。他会慢慢地跑，带着你在那里转圈。有一次你笑得太厉害，直接尿湿了裤子，弄了他一脖子。"

　　"天哪，不会吧！我没有。"基娅笑得前仰后合。

　　"不，你有。他尖叫了几声，然后继续跑，直接跳进了潟湖，沉到水里，而你还在他肩上。我们都看着呢——妈妈、米西、曼迪、我，笑得眼泪都出来了。妈妈不得不坐到地上，笑得实在太厉害了。"

　　她的脑海里浮现出相应的画面。家人之间的小故事，她从未想过自己也曾有过。

　　乔迪继续说："最开始喂海鸥的是米西。"

　　"什么？真的吗？我以为是我开始的，在所有人离开后。"

　　"不，但凡能去，每一天她都会去喂海鸥，还给它们起了名字。有一只叫大红，我还记得。你知道，因为它们喙上的红点。"

　　"这当然不是那只——我自己都已经经历了好几代大红。那里，左边那只，是如今的大红。"她试图联想起那个给了她这些海鸥的姐姐，但只能想到画里的那张脸。不过，这已经比之前她所拥有的多多了。

基娅知道，银鸥鸟喙上的红点并不只是装饰。幼崽们只有在用喙啄父母的那个红点时，才会被喂食。如果红点被遮挡，幼崽们无法啄到，父母就不会投食，它们就会饿死。在自然界，亲情甚至比我们想象的还要稀薄。

他们坐了一会儿，基娅说："我就是不太记得了。"

"你很幸运，那么，就忘了吧。"

他们就那么安静地坐着，不去回忆。

她做了一顿南方晚餐，就像妈妈曾经做的：黑眼豌豆配洋葱、煎火腿、玉米面包配猪油渣、黄油牛奶煮豆子，还有黑莓脆皮水果派配冰激凌，和乔迪带来的波旁威士忌。吃着饭，他告诉她，如果可以，他想待几天。她说，待几天都行。

"这是你的土地了现在，基娅，你挣到了它。我驻扎在本宁堡，所以不能待太久。那边结束以后，我大概会回到亚特兰大工作，我们可以保持联系。我想尽可能多见见你。知道你安然无恙可以说是我一生所求。"

"我也希望如此，乔迪。无论何时，能来的时候就来吧。"

第二天晚上，坐在沙滩上，浪尖挠着他们裸露的脚趾。基娅用一种不同以往的方式聊着天，而泰特几乎出现在每一段谈话里。他曾带她回家，那会儿她还是个小女孩，在湿地里迷了路。还有泰特读给她的第一首诗。她谈论着羽毛游戏以及他如何教她认字，如何成为一名实验室里的科学家。他是她的初恋，但在去读大学后抛弃了她，留她在潟湖边苦苦等候。他们就这么结束了。

"多久前的事？"乔迪问。

"大概七年吧，我猜。他刚去教堂山那会儿。"

"后来见过他吗？"

"他回来道歉了，说他还爱我。就是他建议我出版参考书的。偶尔在湿地里碰到他挺好，但我不想再和他在一起了。他不能信任。"

"基娅，那是七年前的事了。那时他还只是个孩子，第一次离开家，周围有几百个漂亮姑娘。如果他回来道歉，说还爱你，或许你应该再给他一个机会。"

"大多数男人会从一个女人换到下一个女人。那些不值得的人趾高气扬地四处转悠，用虚情假意欺骗你。这大概就是妈妈嫁给爸爸这样一个男人的原因。泰特不是唯一一个离开我的男人。蔡斯·安德鲁斯甚至和我谈到了结婚，但最后娶了别人。他甚至没有告诉我，我是从报纸上看到的。"

"我真的很难过，真的。但是，基娅，不是只有男人不忠，我自己也曾被愚弄、抛弃了好几次。让我们正视这个问题，很多时候爱情并不会善终。但就算失败了，它把你和其他人联系起来，最终，这就是你所拥有的一切，那些联系。看看我们。你和我现在拥有彼此，然后再想想，如果我有了孩子，你也有了孩子，就会生成全新的联系，并不断继续下去。基娅，如果你爱泰特，就抓住机会吧。"

基娅想起了妈妈画中儿时的泰特和她，他们的脑袋挨在一起，周围用蜡笔画满了花和蝴蝶。这说不定是妈妈最后想说的话。

乔迪来访的第三天早上，他们拆开了妈妈的画——所有的，除了乔迪收着的那张——挂了一些到墙上。棚屋里的光线都不同了，好像开了更多窗户似的。她向后退，看着那些画——能找回一些妈妈的画挂到墙上简直就是奇迹。没有被大火吞噬。

基娅送乔迪出门到卡车那儿，给了他一个自己做的午餐包，让他路上吃。他们看向树林，看向小径，看向任何地方，除了对方的眼睛。

最后，他说："我得走了。这是我的地址和电话。"然后拿出一张便笺。她屏住呼吸，左手扶在卡车上稳住自己，右手接过便笺。如此简单的一个东西：一张写着哥哥地址的小纸片。如此令人惊异：一个能找到的家人。一个可以拨打并且有人会接的电话号码。当他把她拉近时，她的喉咙哽住了，终于，过了一生那么久，她在他怀里软下来，放声大哭。

"我从来没想过还能再见到你。我以为你永远消失了。"

"我会一直都在，我保证。无论什么时候搬家，我都会告诉你新地址。如果你需要我，就给我写信或打电话，听见了吗？"

"我会的。任何时候，只要你能来，就回来看看我。"

"基娅，去找泰特吧。他是个好男人。"

他在车窗里不停地挥手。她看着，哭着，笑着。当他拐上大路，她从树林的缝隙间看到红色卡车，在同样的位置，曾经有一块白色的围巾渐渐消失。乔迪的手臂一直挥舞着，直到看不见。

34. 搜查棚屋

1969

"好吧，她又不在这里。"乔说，敲着基娅的纱门门框。埃德站在砖木台阶上，手拢在网眼上，试图看清里面的情况。长长的西班牙苔藓挂满了橡树巨大的枝干，在老旧的墙板和棚屋尖顶上投下阴影。十一月下旬的早晨，只有一小块一小块的灰色天空在头顶闪烁。

"她当然不在。不过没关系，我们有搜查令。直接进吧，肯定没锁。"

乔打开门，大喊："家里有人吗？治安官来了。"进了屋，他们盯着她的动物展架看。

"埃德，看看这些东西，一直到隔壁屋，客厅里还有呢。看起来她的脑子不太正常啊，疯得跟三眼老鼠一样。"

"或许吧。不过显然她是一个湿地专家。你也知道，她出版了那些书。咱们动起来吧。好了，这是要找的东西，"治安官大声读出单子上的内容，"可能跟在蔡斯夹克上找到的红色纤维吻合的红色羊毛材质物品。日记、日历或者笔记，一些可能提到她何时去了何地的东西。贝壳项链，或者夜间巴士的票根。不要弄乱她的东西，没理由这么做。我们可以翻找所有东西，但没必要弄坏。"

"嗯，我明白，这里简直就像个圣殿。既让我印象深刻，又让我起鸡皮疙瘩。"

"这事会冗长乏味，这是肯定的，"治安官说，一边小心查看一排鸟巢后面，"我从她的卧室开始。"

两人安静地工作，寻找证据，把抽屉里的衣服推到一边，戳戳衣柜的角落，挪动装了蛇皮和鲨鱼牙齿的瓶子。

十分钟后，乔喊道："来看看这个。"

埃德走进门廊，乔说："你知道雌鸟只有一个卵巢吗？"

"你在说什么？"

"看，这些画和笔记显示，雌鸟只有一个卵巢。"

"搞什么啊，乔。我们不是来这儿上生物课的。赶紧工作。"

"等会儿，看这里。这是一根雄孔雀的羽毛，笔记上说，发情的时候，雄鸟羽毛会变得越来越大以吸引雌鸟，直到雄鸟几乎无法飞离地面。几乎不再能飞了。"

"你说完了吗？我们还有活要干。"

"好吧，这很有意思。"

埃德离开房间。"赶紧干活。"

十分钟后，乔又喊了起来。埃德出了小卧室，朝客厅走去，说："我来猜猜。你找到了一只三眼老鼠标本。"

没有回应。埃德走进房间时，乔拿起了一顶红色的羊毛帽子。

"你在哪里找到的？"

"就在这里，和这些衣服、其他帽子什么的一起挂在钩子上。"

"就这么挂着？"

"我说了，就在这里。"

埃德从口袋里拿出一个塑料袋，里面装着从蔡斯死亡当晚穿的牛仔外套上取下的红色纤维。他拿着袋子靠近红帽子。

"它们看起来完全一样。同样的颜色、长度和粗细。"乔说。两人一起比对着帽子和样本。

"确实如此。两者都在红毛中混杂着米黄色羊绒。"

"天哪，这个可能就是了。"

"我们得把帽子送去实验室，当然了，如果这些纤维吻合，我们就可以带她去审讯。把帽子装起来，标记好。"

搜查了四小时后，两人在厨房碰头。

埃德伸展着后背，说："我想，如果还有别的东西，这会儿也该找到了。我们还可以再来。今天到此为止吧。"

循着车辙开回镇上，乔说："按理说，如果她在这件事情上确实有罪，她应该会把红帽子藏起来啊。不该就这么挂在外面。"

"她可能完全不知道帽子上的纤维会掉到蔡斯的外套上。或者不知道实验室可以鉴定。她无从得知这些。"

"好吧，她可能不知道那些，但我打赌她知道很多。雄孔雀趾高气扬地四处溜达，为了交配互相竞争，以至于几乎飞不起来。我不太清楚这意味着什么，但合在一起肯定有点意思。"

35. 指南针

一九六九年六月的一个下午，自乔迪来访已经过去了七个多月。《东海岸鸟类》，作者凯瑟琳·丹妮尔·克拉克——这是她的第二本书，充满细节和美，出现在基娅的邮箱里。她的手指抚过炫目的书皮——上面是她画的一只银鸥。她微笑着说："嘿，大红，你成封面人物啦。"

带着新书，基娅安静地走到棚屋旁阴凉的橡树空地上，寻找蘑菇。她走近一丛明黄色的毒蘑菇，脚上潮湿的一团带来凉凉的触感。脚抬到一半，她猛地停住了，在以前那个羽毛树桩上，放着一个小小的牛奶盒，红白色，和很久之前那个一模一样。她感到很意外，大笑起来。

牛奶盒里放着一个用纸巾包裹的旧军用指南针，壳子是黄铜的，由于年深日久，生了些灰绿色的铜锈。看到的瞬间，她吸了一口气。她从来不用指南针，因为方向对她来说往往显而易见。但在多云的日子里，太阳难以捉摸，指南针可以为她指路。

一张折叠的便笺上写道：最亲爱的基娅，这个指南针是我爷爷在

"一战"时使用的。他在我小时候给了我，但我从来没用过。我想或许你能好好利用它。爱你，泰特。另，我很高兴你读到了这张字条！

基娅又读了一次"最亲爱的"和"爱你"。泰特，那个船上的金发男孩，在暴风雨来临前带她回家，在一个旧树桩上送她羽毛，教她读书。那个温柔的少年陪她度过了少女变女人的第一次月经，挑起了她作为女人的第一次性欲。那个年轻的科学家鼓励她出版了自己的书。

除了送贝壳书那次，每次在湿地看到他，基娅都会躲进灌木丛，悄悄离开。她所知道的爱，是萤火虫的欺骗信号。

虽然乔迪说，应该再给泰特一次机会，但每次想起他或看到他，她的心便在旧日之爱和抛弃之痛间跳跃。她希望它可以在某一侧安定下来。

几天后，在晨雾中，她驶过河口。指南针塞在背包里，虽然不大可能用到。她计划去一片树木繁茂、如舌头般伸入大海的沙滩上寻找几种罕见的野花，同时分神扫视水路，寻找泰特的船。

雾气胶着，徘徊不去，在树的断枝和低层枝丫上缠绕自己的卷须。她在水道里行驶。空气似乎静止不动，连鸟都沉默了。附近传来叮当声，听起来像是一支缓慢摇动的桨正击打着船舷。而后，薄雾之中浮现出一艘船来，如僵尸一般。

昏暗中，颜色都模糊了，但一旦进到光亮中，它们又鲜活起来。红帽子下的金发。仿若破梦而来，泰特站在他那艘旧船的船尾，撑着杆过水道。基娅关了发动机，划船退进灌木丛，看着他经过。她总是退后，看他经过。

日落时分，她平静下来，心回归原位。她站在沙滩上，背诵道：

落日从不简单。
暮光是反射和折射，
从不真实。
甚至潮汐也是伪装，
掩盖踪迹，
掩盖谎言。

我们不在乎
黄昏的欺骗。
我们看到明亮的颜色，
却从不知道
太阳早已落到
地面下，
就在我们看到它燃烧的时刻。

落日是伪装，
掩盖真相，掩盖谎言。

A. H.

36. 诱捕狐狸

1969

乔穿过开着的门，走进治安官办公室。"好了，拿到报告了。"

"一起看看。"

两人很快翻到最后一页。埃德说："就是这个。完美符合。她帽子上的纤维出现在蔡斯死亡时穿的外套上。"治安官把报告在手腕上拍了拍，接着说，"咱们来回顾一下已有的信息。第一，捕虾人做证说他看见克拉克小姐开船去了防火塔，就在蔡斯摔死前不久。他的同事可以为他做证。第二，帕蒂·洛夫说克拉克小姐为蔡斯做了那条贝壳项链，而项链在他死亡当晚失踪了。第三，她帽子上的纤维出现在他的外套上。第四，动机：她自觉受到了不公正的对待。她的不在场证明我们能驳倒。这就行了。"

"或许得有一个更好的动机，"乔说，"被抛弃好像还不够。"

"并不是说我们已经结束调查了，但我们已有足够的证据带她来审讯。可能已经够起诉了。先把她弄到这里再说。"

"好吧，这是个问题，对吧？怎么办？这些年来，她跑得比谁都

245

快。训导员、人口普查员，凡是你能说出来的，她比他们都聪明，包括我们。去湿地草丛里追她，就是让我们自己出丑。"

"我不担心这个。其他人抓不到并不意味着我们也不能。但这不是最聪明的办法。让我说，咱们来设个陷阱。"

"哦。嗯，"副手说，"我倒知道一点跟陷阱有关的事。去诱捕狐狸的时候，常常反而会着了狐狸的道。没法攻其不备。我们已经去敲了很多次门，都够吓跑一头棕熊了。猎狗怎么样？那个肯定行。"

治安官沉默了几秒。"我不知道。或许是我老了，心软了。我都五十一岁了。用猎狗追捕一个女人，只是为了审问，感觉不太对。猎狗可以用来对付逃跑的罪犯，那些已经定了罪的人。但是，和其他所有人一样，在被证明有罪之前，她是无辜的。我觉得不应该放猎狗追女嫌犯。或许可以作为最后的法子，但现在还不是时候。"

"好吧。什么样的陷阱？"

"这正是我们要解决的。"

十二月十五日，埃德和乔正在讨论有哪些办法可以抓住基娅，有人敲门。凝霜的玻璃后面出现了一个块头很大的男人。

"进来吧。"治安官大声说。

那人进了屋，埃德说："你好，罗德尼。有什么能为你做的？"

罗德尼·霍恩，一位退休的机修工，大部分时间用来和老伙计丹尼·史密斯一起钓鱼。在小镇居民眼中，他安静，沉稳，总是穿着工装裤。他每周必去教堂，还是穿着工装裤，不过衬衫干净挺括——他的妻子埃尔茜把它浆洗熨烫得跟木板一样硬。

罗德尼摘下帽子，放在肚子前。埃德请他坐下，但他摇了摇头。"不会很久，"他说，"就是一些可能和蔡斯·安德鲁斯案有关的事情。"

"你有什么消息？"乔问。

"那个，过去有一段时间了。今年的八月三十号，我和丹尼在外面捕鱼，在柏树湾看到了一些事情。我想你们可能会有兴趣了解一下。"

"接着说，"治安官说，"还是坐下吧，罗德尼。你坐下说大家都舒服一点。"

罗德尼坐下了，接下来的五分钟，他说出了自己的故事。他离开后，埃德和乔看着对方。

乔说："好吧，现在我们有动机了。"

"去把她弄到这里来吧。"

37. 灰鲨鱼

1969

就在圣诞节前几天，比平日更早一点，基娅慢慢地开着船，安静地去往老跳那儿。自从治安官和他的副手偷偷摸摸去了她家，试图在那儿抓住她——他们失败了，她躲在蒲葵丛里看得分明——她就开始在天亮前去买汽油和补给，那时周围只有渔民。这会儿，海面激荡，低垂的云快速移动，而在东边，风暴紧紧地扭在一起，如鞭子一般，在地平线上蠢蠢欲动。她得赶快到老跳那儿买完东西，在风暴来临前回到家里。在四分之一英里外，她看到老跳的码头在迷雾中起伏。她减速看向四周，确认这潮湿的寂静中没有其他船只。

最后，在四十码外，她看到了老跳的身影，坐在椅子上，靠着墙。她挥挥手，他没有回应，也没有站起来，只微微摇头，轻声说了句什么。她松开了油门。

她又挥了挥手。老跳看着她，依旧没动。

她猛转舵柄，突然掉头回海里。但雾中出现了一艘大船，治安官就站在船舵旁。另外还有几艘船在两侧护航。他们身后是风暴。

基娅加大油门，驾着船在来势汹汹的船队里见缝插针，试图冲进外海。她的船不断击碎浪尖，发出沉闷的声响。她想退回湿地，但治安官离得太近了，等不及到湿地就会被抓住。

　　海浪不再对称，而是混乱地起伏涌动。风暴边缘渐渐包围了她，海水变得越来越凶猛，几秒内便成了激流。她全身湿透，长发散乱地贴在脸上。为了避免翻船，她撞入风中，但大海还是纠缠着船头。

　　知道他们的船更快，她弯下腰，冲进肆虐的风里。也许她可以加足马力甩开他们，或者跳进海里游回去。她脑子里飞快地过了一遍跳海的细节，这似乎是她最好的选择。这里离岸很近，会有逆流或激流，可以在水下帮她一把，这样她就可以游得比他们料想的快很多。不时冒出来呼吸，上岸后挑个长满灌木的地方溜走。

　　在她身后，船队发出比风暴更大的声响。靠得越来越近了。她怎么能就此停下？她从未放弃过。现在必须得跳了。但是突然，他们包围了她，就像灰鲨鱼那样，不断收紧包围圈。其中一艘船冲到她面前，她猛地撞向它一侧，被弹到船尾，扭到了脖子。治安官伸出手，抓住她的船舷，所有人都在翻搅的尾迹里沉浮。两个男人跳上基娅的船，治安官副手说："凯瑟琳·克拉克小姐，你因涉嫌谋杀蔡斯·安德鲁斯先生被逮捕。你有权保持沉默……"

　　她没有听到余下的部分。没有人听到。

38. 周日正义

1970

刺眼的光线从头顶的灯泡和几乎有天花板那么高的窗户倾泻下来，基娅眨着眼睛，难以睁开。两个月来，她待在昏暗中，而现在，再次睁开眼睛，她看到了外面湿地柔软的边缘。圆圆的橡树荫蔽着灌木大小的蕨类植物和冬青。她想再多看一会儿那生命的绿色，但一双坚定的手将她带到一张长桌和几把椅子旁，她的辩护律师汤姆·米尔顿坐在那儿。基娅的手腕被铐在身前，迫使她的手扭成一个奇怪的祈祷姿势。她穿着黑色长裤和简单的白衬衫，一条辫子垂在肩头。她没有转头看旁听席，但能感受到聚集在法庭里的人们散发的热量和喧闹，他们都是来看她的谋杀审判的。她能感受到，人们摇头晃脑，就为了能看她一眼，看她戴着手铐。一股汗水、烟和廉价香水的混合味道加剧了她的恶心。随着她靠近自己的位置，咳嗽声停了下来，但骚动有增无减——于她而言都是遥远的声音，因为她几乎只能听到自己忽快忽慢的、病态的喘息声。她看着地板——仔细抛光过的松心木。手铐被解开，她重重地坐到椅子上。此刻是一九七〇年二月二十五日上午九点半。

汤姆靠近她，轻声说，一切都会好的。她什么都没说，但试图在他的眼睛里找到真诚，或任何可以依靠的东西。她并不相信他，但人生第一次，她不得不把自己放到别人手中。汤姆七十一岁了，在同龄人中长得算高的，戴着厚厚的白色假发，穿着过时的亚麻西装，偶尔流露出乡村政治家有些老套的优雅。他动作轻柔，说话轻声细语，脸上总是带着令人愉快的微笑。

法官西姆斯一开始替克拉克小姐指定了一位年轻律师，因为她自己没有采取任何行动。但汤姆·米尔顿听说这件事后，中断了退休生活，请求为她无偿辩护。就像其他人一样，他听说过湿地女孩的故事，过去也偶尔见到她。有时是在水道里平滑地行驶，如同水流的一部分；有时是从杂货店里疾跑出来，像从垃圾桶里蹿出的浣熊。

两个月前，他第一次去监狱里探访基娅，被引进了一间小黑屋。基娅坐在桌旁，没有抬头看他。汤姆做了自我介绍，说自己将为她辩护，但她没有说话，也没有抬眼。他有一种强烈的冲动，想伸出手拍拍她的手，但有些东西——可能是她笔直的坐姿，也可能是她看人的方式，那空洞的眼神——阻止了他的动作。为了和她对视，他不断调整视线，向她解释了庭审流程和可能发生的事，然后问了一些问题。但她始终没开口，一动不动，都没看他一眼。后来，他们将她带出房间时，她转过头，看着小窗外，从那儿能看到天空。海鸟在海湾上空鸣叫，基娅好像在看它们的歌声。

第二次来访时，汤姆从一个棕色纸袋里拿出一本亮面的咖啡桌摆设书，书名为《世界上最罕见的贝壳》，里面收录了许多来自世界上最遥远海岸的实物大小的贝壳油画。她因为吃惊嘴微微张开，慢慢翻着书页，看到某些特殊的标本时会点点头。他留给她足够的时间，然后，再次尝试和她说话。这次，她回应了他的视线。他温和而耐心地解释了庭审流程，还画了一张法庭示意图，告诉她陪审团席、法官席，以及律师和她的座位。接着，他简单描画了法警、法官、书记员的外形特点以及各自的角色。

和第一次见面时一样，他试图解释对她不利的证据，询问蔡斯死亡当晚她的去向，但每每提及细节，她都缩回到贝壳世界中。后来，当他站起身准备离开时，她把桌上的书推了回去，但他说："不，这是我带来给你的。是你的了。"

她咬住嘴唇，眨了眨眼。

现在，第一次开庭。汤姆通过图画向她指出法庭的特点，试图分散她的注意力，让她忽略身后的喧闹，但没什么效果。到了上午九点四十五分，涌进法庭的镇上居民已经填满了旁听席上的每一个空座，大家都在高声谈论证据和死刑。法庭后面的一个小阳台上也坐了二十几个人。虽然没有明确说明，不过所有人都知道黑人只能待在小阳台上。今天，这里大部分是白人，只有几个黑人，这个案子完完全全是个白人的案子。前排隔离区坐着几个《亚特兰大宪法报》和《罗利先驱报》的记者。找不到座位的人聚集在后墙根和高高的窗户边。到处都在躁动、嘀咕、闲话。湿地女孩杀人了，没有比这更精彩的了。周日正义，那只法庭里的猫——黑色的背，白色的脸，绿色的眼睛周围有一圈黑色面具——舒展身体，躺在一个很宽的窗台上晒太阳。它已经成为法院的一部分，凭借清理地下室和法庭里的老鼠奠定了自己的地位。

因为巴克利小湾镇是北卡罗来纳海岸这片破败湿地的第一个定居点，一七五四年，王权宣布这里为县政府驻地，并建立了最早的法院。后来，虽然其他镇子，比如橡树海，人口更多，发展更好，但巴克利小湾镇仍是县政府正式驻地。

一九一二年，最早的法院遭遇雷击，大部分木结构都烧成了灰烬，于是第二年在同一位置即主街尽头重建。新法院是一座二层的砖建筑，花岗岩镶边的窗户足有十二英尺高。到了二十世纪六十年代，野草和蒲葵，甚至还有一些香蒲，从湿地蔓延过来，占领了曾经平整的地面。一个满是睡莲的潟湖会在春天涨水，这么多年过去，已然吞噬了一部分人行道。

相反，法庭本身倒是威风凛凛，其设计复制了最初的形态。架高的法官席由深色红木制作而成，镶嵌着彩色的州徽，背后是一排旗子，包括联邦旗。陪审团席的半墙也是红木的，红色雪松木包边。房间一侧是一排窗户，朝向大海。

工作人员进入法庭。汤姆指着自己的简笔画，向基娅解释他们都是谁。"那是法警，汉克·琼斯。"他说。一个六十岁上下、身材瘦长的男人走向法庭前面，他的发际线已经退到了耳朵下，脑袋看上去正好秃了一半。他穿着灰色制服，系一条很宽的皮带，上面挂着收音机、手电筒、一大串钥匙和一把装在皮套里的六发式柯尔特左轮手枪。

琼斯先生大声对着人群说："抱歉，各位，但你们也都知道消防局局长的规定，没有座位的人得离开。"

"那是亨丽埃塔·琼斯小姐，法警的女儿，是书记员。"一位年轻的女士，和她的父亲一样又高又瘦，安静地走进房间，坐在法官席附近的一张桌子旁。公诉人埃里克·查斯顿已经坐定，从手提包里拿出笔记本。宽胸膛，红头发，身高接近六英尺，穿着蓝色西装，配了在阿什维尔的西尔斯-罗巴克百货买的亮色宽领带。

法警琼斯大声说："所有人起立。现在开庭。尊敬的哈罗德·西姆斯法官入场。"法庭里顿时安静下来。门开了，西姆斯法官进屋，点头示意大家坐下，然后请公诉人和辩护律师都靠近法官席。法官是一个大块头的男人，圆脸，两鬓银白。他住在橡树海，但审理巴克利小湾镇的案子已有九年，大家都认为他是一个严肃、冷静、公平的仲裁者。他的声音响彻法庭。

"米尔顿先生，你提议此案另移他县审理，因为考虑到克拉克小姐会因在此地受到的歧视而无法得到公正的审判。动议未通过。我承认她生活在不同寻常的环境里，受到一定程度的歧视，但我认为没有足够的证据证明，她比全国范围内其他许多小镇上的受审人承受了更多歧视。就这点而言，也包括一些大的镇子。我们将在此地此刻开始审理。"房间里的人互相点头表示同意。两位律师回到各自的座位。

法官继续说道："北卡罗来纳州巴克利县的凯瑟琳·丹妮尔·克拉克，你被指控杀害巴克利小湾镇的蔡斯·劳伦斯·安德鲁斯，犯一级谋杀罪。一级谋杀被界定为有预谋的行为，在此类案件中，本州允许判处死刑。公诉人已宣布，如果证实你有罪，他们将申请死刑。"
房间里发出嗡嗡声。

汤姆似乎靠近了基娅一点，她没有拒绝这份安慰。

"我们将开始挑选陪审团。"西姆斯法官转向前两排人，他们都是潜在的陪审员。他开始宣读一系列规则与条件，周日正义从窗台上跳下来，发出砰的一声，然后麻利地跳上了法官席。法官大人心不在焉地挠了挠它的头，继续念。

"在死刑案件中，北卡罗来纳州允许一名陪审员退出，如果他或她反对死刑。如果你无法在有罪判定后施加死刑，请举手。"没人举手。

基娅只听到了"死刑"。

法官继续念道："另一个从陪审团退出的合法理由是，你现在或过去与克拉克小姐或安德鲁斯先生关系非常密切，以致无法在本案中保持客观。如有此情况，请告知。"

坐在第二排中间位置的萨莉·卡尔佩珀夫人举起手，报了自己的名字。她灰色的头发一丝不苟地向后梳成一个小髻，而帽子、套装和鞋子都是同样无趣的棕色。

"好的，萨莉，说说你的情况。"法官说。

"正如您所知，我做巴克利县的训导员大概有二十五年了。克拉克小姐是我经手的一个案子，所以我和她有些来往，或者说试图有来往。"

基娅看不见旁听席里的卡尔佩珀夫人或其他人，除非她转身，但毫无疑问，她绝不会这么做。不过，她还清楚地记得，卡尔佩珀夫人最后一次去找她时，坐在车里，那个戴着灰色呢帽的男人则在外面追踪她。基娅戏弄着那个老男人，穿过荆棘丛时发出声音，给他留下线索，然后再绕回来躲在车附近的灌木丛里。但呢帽先生朝着沙滩跑，去了完全相反的方向。

基娅蹲在那里，把一根冬青枝条晃到了车门上，卡尔佩珀夫人看向窗外，与她的视线直接对上了。当时，她觉得这位训导员露出了浅浅的微笑。不管怎么说，呢帽先生一路骂骂咧咧回来时，她没有试图出卖她，他们就这么开车走了，再没来过。

现在，卡尔佩珀夫人对法官说："好吧，因为我和她有来往，我不知道这是否意味着我应该退出。"

西姆斯法官说："谢谢，萨莉。你们中的一些人可能和克拉克小姐在商店里或者某些官方事宜上打过交道，正如训导员卡尔佩珀夫人这种情况。关键是：你能否听取本庭证词，然后根据证据决定嫌疑人是否有罪，而不受过去经历和感情的影响？"

"是的先生，我确定可以做到，法官大人。"

"谢谢，萨莉，你可以留下。"

十一点半，七个女人和五个男人坐到了陪审团席。基娅能看到他们，偷偷观察他们的脸色。她认出其中大部分是镇上的人，虽然她叫不出几个名字。卡尔佩珀夫人端坐在中间，这给了基娅一点安慰。但她旁边坐着特蕾莎·怀特，卫理公会牧师的金发妻子。很多年前，她曾经从鞋店里冲出来，把自己的女儿从基娅身边拉开，基娅当时和爸爸一起在小饭馆吃完午饭，正站在路边——那是他们唯一一次一起在外面吃饭。怀特夫人告诉女儿，基娅很肮脏，而如今她坐在陪审团席。

西姆斯法官要求休庭至下午一点。小饭馆会给陪审员们送来金枪鱼、鸡肉沙拉和火腿三明治。他们将在审议室里用餐。为了公平起见，镇上两家餐饮店中的另一家——狗日啤酒屋，隔天会送来热狗、辣椒和虾肉三明治。他们也常给那只猫带点食物。周日正义更喜欢三明治。

39. 偶遇蔡斯

一九六九年八月的一个早晨，雾气正渐渐升起，基娅开船去一个偏远的半岛，当地人称之为柏树湾——她曾在那里见过罕见的毒蘑菇。对蘑菇来说，八月有点晚了，不过柏树湾既凉爽又潮湿，所以或许能再次找到罕见品种。距离泰特在羽毛树桩上留下指南针过去快一个月了，虽然在湿地里能碰见他，但她还是没有攒足勇气向他道谢。她也没有用过指南针，尽管它一直被好好地塞在背包的一个小袋里。

岸边都是覆满了青苔的树，它们低垂的枝丫形成了一个靠近海岸的洞穴。小船滑行穿过这个洞穴，她在树丛中寻找长在细瘦茎干上的橘黄色小蘑菇。终于，她看到了——色泽大胆明亮，附着在一个旧树桩侧面。她把船在沙滩上停好，盘腿坐在小湾里，画起了这些蘑菇。

突然，她听到了脚步声，一个声音说：“好嘛，看看谁在这里。我的湿地女孩。”她迅速转身，同时站了起来，发现蔡斯就站在面前。

“你好，基娅。”他说。她环顾四周。他是怎么来这里的？她没有听见船经过的声音。他看出了她的疑惑。“我正在捕鱼，看到你经过，所以从另一侧上岸了。"

"请你走开。"她说，把铅笔和画板塞进包里。

但他却把手放到了她胳膊上。"别这样，基娅。对不起，事情变成了那样。"他靠近，嘴里喷出早餐的波旁威士忌的味道。

"别碰我！"

"嘿，我都说对不起了。你知道我们不能结婚。你永远没法在镇子附近生活。但我一直关心你，陪着你。"

"陪着我！什么意思？别打扰我。"基娅把背包夹在胳膊下，向船走去，但蔡斯抓住了她的胳膊，紧紧握住。

"基娅，永远不会再有像你一样的人了。我知道你爱我。"她从他手里挣脱出来。

"你错了！我都不确定自己有没有爱过你。但你和我提起过结婚的事，记得吗？你说要为我们建一座房子。结果，我却在报纸上看到了你和别人订婚的消息。你为什么要这么做？为什么，蔡斯！"

"得了吧，基娅，那是不可能的。你肯定早就知道那事成不了。以前那样有什么不好？咱们回到以前吧。"他把手放到她肩上，将她拉近。

"放开我！"她扭动身体，想要挣脱，但被他用双手抓住，弄疼了双臂。他的嘴压向她的，亲了她。她抬起胳膊，拍开他的手，头往后仰，发出咝咝声。"你敢！"

"这就是我的山猫，比以前还要狂野。"他再次抓住她的肩膀，用一条腿击中她的膝盖后方，迫使她倒在地上。她的头撞在泥地上。"我知道你想要我。"他说，色眯眯地看着她。

"不，停下！"她尖叫着。他跪下来，一边用膝盖顶住基娅的腹部，让她无法呼吸，一边拉开拉链，褪下牛仔裤。

她猛地跳起，双手用力推蔡斯。突然，蔡斯挥出右拳，打向她的脸，她脑子里响起可怕的爆裂声，脖子后仰，身体向后倒在地上。就像爸爸打妈妈那样。重击导致的疼痛让她的脑海空白了几秒，然后她扭动身体，试图从他身下挣脱。但他太强壮了，单手便把她的两只胳膊同时固定在头顶。他解开她的短裤，然后扯下她的内裤。基娅不停地踢他，尖叫，但没有人听见。她用腿蹬地，挣扎着想脱身，但他抓住了她的腰，把她翻了个面，腹部朝下。基娅感到脸上火辣辣的，接着就被摁进了泥里。他伸手到她腹部下方，抬高她的骨盆，在她身后跪下。

"这次不会让你跑了。不管你喜不喜欢，你都是我的。"

基娅在某个原始之所找到了力量，她用双膝和手臂撑地，猛地跳起，同时胳膊肘向后击中了蔡斯的下巴，他的头偏到一边，基娅趁机用拳头疯狂打他，直到他失去平衡，向后瘫倒。然后，她瞄准他的腹股沟，又狠又准地踹了一脚。

他疼得缩成一团，握住自己的睾丸，满地打滚。她算好位置，又踹向他的背部，对准肾脏，狠狠地踹了好几脚。

她拉起短裤，抓起背包，跑向自己的小船。急匆匆解开绳子，回头看到蔡斯用手和膝盖撑地站了起来，不断发出呻吟。她咒骂着，直到发动机启动。他站起来了，考虑到他随时可能追上来，基娅猛转船舵，加速离开岸边。她的手还在发抖，拉好裤子拉链，单手紧紧抱住自己。她眼神狂乱地看向大海，看到附近还有一艘捕鱼船，船上有两个男人正看着她。

40. 柏树湾

1970

午饭后，西姆斯法官问公诉人："埃里克，你准备好传唤第一位证人了吗？"

"准备好了，大人。"在此前的案子中，埃里克通常先传唤法医，因为他的证词介绍了物质性证据，包括凶器、死亡时间和地点、犯罪现场照片，这些会给陪审团留下鲜明印象。但在本案中，没有凶器，也没有指纹和脚印，所以埃里克打算从谋杀动机开始。

"大人，请传唤罗德尼·霍恩。"

罗德尼·霍恩走上证人席，起誓所言皆为真话。法庭上所有人都看着他。虽然只见过几秒，基娅还是认出了他的脸。她转过身去。他是一个退休的机修工，整日钓鱼捕猎，要么就在沼泽几内亚打牌，端得起接雨的桶那么大的酒杯。和往常一样，他今天也穿了牛仔工装裤，配上干净的格子衬衫——浆得很硬，领子挺得引人注目。用右手起誓时，他左手拿着渔夫帽，落座证人席后，把帽子放在膝头。

埃里克轻松地走到证人席旁。"早上好，罗德尼。"

"早，埃里克。"

"罗德尼，我得知一九六九年八月的一个早上，你和一个朋友在柏树湾附近钓鱼，对吗？"

"完全正确。我和丹尼在那儿钓鱼。天亮的时候就在那儿了。"

"为准确记录在案，是丹尼·史密斯吗？"

"是的，我和丹尼。"

"好的。我希望你告诉法庭那天早上看见了什么。"

"我刚才说了，天亮时我们就在那儿了，我估计快十一点的时候，因为很长一段时间什么都没钓到，所以我们打算收线走人，结果听到了一阵骚动。就在树林里。"

"什么样的骚动？"

"有声音，一开始比较模糊，后来变大了。一个男人和一个女人。但我们看不见，只能听见，两人好像在争吵。"

"然后怎么样？"

"那个女人开始尖叫，所以我们靠近一点想看个清楚，看她是不是有什么麻烦。"

"你看见了什么？"

"我们靠近的时候，看到那个女人站在男人身边，正在踢他的……"罗德尼看向法官。

西姆斯法官说："她踢他哪里？你可以说。"

"她直接踹他的蛋蛋。他疼得滚来滚去，不断呻吟。然后她又在他背上踢了两脚，疯得像一头嚼了大黄蜂的骡子。"

"你当时认出那个女人了吗？她今天在法庭上吗？"

"是的，我们认出来了。就是她，被告人。人们管她叫湿地女孩。"

西姆斯法官身体前倾，靠近证人。"霍恩先生，被告人的名字是克拉克小姐。不要用其他名字叫她。"

"那好吧。我们看见的是克拉克小姐。"

埃里克继续说道："你认出那个被踢的男人了吗？"

"起先我们没认出来，因为他一直在地上蠕动、翻滚。但几分钟后，他站了起来，是蔡斯·安德鲁斯，几年前的四分卫。"

"接着发生了什么？"

"她跌跌撞撞跑回自己的船，衣衫不整，短裤掉在脚踝上，内裤落在膝盖附近。她试图一边跑一边穿裤子，一路都在冲蔡斯大声嚷嚷。然后她跳上自己的船，飞快地开走了，还提着裤子。经过我们的时候，她直直地看向我们，因此我清楚地知道她是谁。"

"你说她朝船跑去的时候一直在大声嚷嚷。你清楚地听到她说了什么吗？"

"是的，当时我们听得一清二楚，因为离得很近。"

"请告诉法庭你听到了什么。"

"她尖叫着说：'别跟着我，你这浑蛋！再来打扰我，我就杀了你！'"

法庭上爆发出一阵嗡嗡声，停不下来。西姆斯法官用力敲了几下木槌。"好了。可以了。"

埃里克对自己的证人说："可以了，谢谢你，罗德尼。没有别的问题了，证人先生。"

汤姆擦着埃里克走过，走上证人席。

"罗德尼，你一开始做证说，听到了大而模糊的声音，但看不见克拉克小姐和安德鲁斯先生之间发生了什么，对吗？"

"对，靠近后才看到。"

"然后你说那个女人，也就是后来被认出来的克拉克小姐，一直在尖叫，似乎有什么麻烦。对吗？"

"对。"

"你没有看到两个情投意合的成年人互相亲吻或者发生性行为。你听到了一个女人的尖叫，像是遇上了麻烦。是这样吧？"

"对。"

"所以，有没有可能克拉克小姐踢安德鲁斯先生是在自卫，一个女人孤身在林子里，对抗一个强壮的、运动员体格的男人？一个攻击了她的前四分卫？"

"是的，我想这是有可能的。"

"没有其他问题了。"

"再直接询问吗？"

"是的，法官大人。"埃里克说，站在公诉人席上。

"所以，罗德尼，不管有些行为是否属于双方自愿，被告克拉克小姐对于死者蔡斯·安德鲁斯极度愤怒，这样说是否准确？"

"是的，非常愤怒。"

"愤怒到大喊，如果再去打扰她，就杀了他，对吗？"

"是的，是这样。"

"没有其他问题了，法官大人。"

41. 鹿群

1969

基娅的双手在船舵上笨拙地移动，同时回头看蔡斯有没有从柏树湾追上来。她快速开回自己的潟湖，膝盖肿了，跛着脚跑回棚屋。跑到厨房，她瘫倒在地板上，大哭起来，摸着自己肿起来的眼睛，吐出嘴里的沙子，听他有没有追来。

她看见了那条贝壳项链。他还戴着。怎么会这样？

"你是我的。"他说。他肯定气疯了，因为她踢了他。他肯定会追来。可能今天。也可能等到晚上。

她没法告诉任何人。老跳肯定坚持去告诉治安官，但法律永远不会相信湿地女孩，去制裁蔡斯·安德鲁斯。她不确定那两个渔民看见了什么，但他们绝不会为她辩护。他们会说，这都是她自找的，因为在蔡斯离开她之前，他们在一起好几年了，一点都不矜持。跟个妓女似的，他们会说。

门外，风从海上呼啸而来。她担心自己听不到他的发动机声，所以塞了饼干、奶酪和坚果在背包里。伤口的疼痛导致她动作缓慢。她顶着大风，低头沿着水道快速穿过大米草丛，去阅读小屋。她走了四十五分钟，一听到什么声音，疼痛而僵硬的身体便会瑟缩一下，猛地转头，扫视树下的灌木丛。终于，那个老旧的木头建筑静悄悄地出现在眼前，陷在齐膝的杂草里，紧靠着小溪。在这里，风小了。温柔的草地寂静无声。她从没告诉过蔡斯这个藏身之处，但他可能知道。她不确定。

老鼠的气味消失了。泰特开始生态实验室的工作后，和老排整修了这间老木屋，方便他在做一些考察的时候在此过夜。他们加固了墙，修好了屋顶，带来了基本的家具——一张小床，上面放了被子，还有一个炉子、一张桌子和一把椅子。梁上挂着锅和罐。此外，折叠桌上还不合时宜地放了一架显微镜，盖着塑料布。角落里有一个旧的金属箱，储存着烤豆子和沙丁鱼罐头。没有吸引熊的东西。

但在小屋里，她感到自己被困住了，无法判断蔡斯是不是来了。所以，她坐到小溪边，用右眼搜寻多草的水域。她的左眼已经肿得睁不开了。

下游有五只母鹿，它们对她视而不见，自顾自徜徉在水边，悠闲地吃着草。她多么想加入它们，属于它们。基娅知道，对鹿群来说，少一个成员并不会影响它的完整性，但对每只鹿来说，脱离了鹿群就会不完整。其中一只鹿抬起头，黑色的眼睛看向北边的树林，跺了跺右前足，然后是左前足。其他鹿也抬起头，发出了警觉的啸声。基娅立刻行动起来，用完好的那只眼睛扫视树林，寻找蔡斯或其他捕猎者的踪迹。但一切都静悄悄的。或许是微风惊动了鹿群。它们不再跺脚，慢慢向高高的草丛移动，留下基娅孤身一人，惴惴不安。

她再次扫视草地，留意入侵者，但不间断的探听和搜寻耗尽了她的能量。她回了小屋，从包里挖出汗湿的奶酪，瘫坐在地上，心不在焉地吃着，摸了摸自己肿胀的脸颊。她的脸、胳膊和腿都沾上了染血的沙子，到处是割伤。膝盖上有刮痕，一跳一跳地疼。她哭了，与自己的羞耻感做斗争，突然吐出了嘴里的奶酪，混着又浓又湿的口水。

这都是她自找的。在没有监护人陪同的情况下出行。受到自然欲望的驱使，在未婚的情况下去了一家便宜的汽车旅馆，事后还不知满足。闪烁的霓虹灯下的性爱，只留下床单上的斑斑血迹，如同野兽的踪迹。

蔡斯大概向所有人吹嘘了他们的事。怪不得人们都躲着她——她是不洁的，恶心的。

云快速飘动，半圆的月亮露出脸来。基娅透过小窗，搜寻猫着腰、鬼鬼祟祟移动的男人的身影。最终，她爬上泰特的小床，睡在他的被子下。她几番惊醒，支起耳朵捕捉脚步声，然后把被子拉上来紧紧蒙住脸。

早饭还是碎奶酪。她的脸变成了绿紫色，眼睛肿得像煮熟的鸡蛋，脖子上火烧火燎。一部分上唇诡异地扭曲着。就像妈妈一样，外形怪异，不敢回家。突然一切都明了了，她明白了妈妈曾经忍受了什么，她为什么要离开。"妈妈，妈妈，"她喃喃自语，"我懂了。我终于明白你为什么不得不离开，再也没回来。对不起，我以前不知道这些，也没有帮你。"她低下头，啜泣着。然后，她猛地抬头，说："我永远都不会这样生活——担忧着下一拳何时何地会落下。"

那天下午，她徒步回家。虽然肚子很饿，也需要补给，但她没去老跳那儿。蔡斯可能在那里看到她。另外，她不想让任何人，特别是老跳，看到她被打的脸。

简单吃了点硬面包和熏鱼，她坐在门廊小床的床沿上，看着纱门外。这时，她注意到一只雌螳螂在靠近她脸的一根树枝上昂首阔步。她正在用自己关节清晰的前腿捕捉蛾子，然后用嘴嚼食，蛾子的翅膀还在她嘴里扑腾。一只雄螳螂，高昂着头，骄傲得像一匹马，陪伴左右，试图追求它。雌螳螂看上去有点兴趣，两根触须像指挥棒似的乱舞。雄螳螂的拥抱或许紧实，或许温柔，基娅不知道，但当它探出自己的生殖器去交配时，雌螳螂转过它那颀长优雅的脖子，咬掉了雄螳螂的脑袋，而后者正忙着交配，甚至没有意识到。它残留的脖子随着交配动作晃动。雌螳螂一点点咬下雄螳螂的胸膛，然后是翅膀。最后，雄螳螂仅剩的一条前腿也进了雌螳螂的嘴，而它无头无心的尾部仍在有节奏地交配。

雌萤火虫用假信号吸引陌生雄性，然后吃掉；雌螳螂吞食自己的伴侣。雌性昆虫，基娅想，知道如何对付自己的爱慕者。

几天后，她开船进湿地，探索蔡斯不知道的区域，但总是神经紧绷，非常警惕，以致无法绘图。她的眼睛还肿着，只能睁开一条缝，脸上的淤伤扩散至半张脸，颜色可怖。身上大部分地方都一跳一跳地疼。伴着花栗鼠的吱吱声，她转了弯，竖起耳朵听乌鸦的叫声——一种先于文字出现的语言，那时的交流还很简单明了。每到一地，她都在脑海里规划好逃跑路线。

42. 囚室

朦胧的光束透过小窗照进基娅的囚室。她盯着那些尘粒，看它们在某个方向上安静舞动，仿佛追随着一位梦幻的领舞。进入阴影后，它们消失了。没有阳光，它们什么都不是。

她把板条箱拉到窗下——这是她唯一的桌子。窗子离地七英尺。基娅穿着灰色连身衣，背后印着"县囚"。她站上板条箱，恰好能透过厚厚的玻璃和栅栏看到大海。白浪翻腾着，吐出白沫；鹈鹕贴着浪低飞，转动脑袋觅食。如果她向右伸长脖子，就能看到湿地厚重的边缘。昨天，她看到一只鹰，俯冲、盘旋，想要抓住一条鱼。

这个监狱是一座单层水泥建筑，有六间囚室，都是边长为十二英尺的正方形，位于治安官办公室后面，小镇边缘。囚室排成一行——都在同一侧，这样囚犯们就看不见彼此。其中三面墙是潮湿的水泥墙，剩下一面是栅栏，还有上锁的门。每个囚室都有一张木床，铺着凹凸不平的棉床垫，一个羽毛枕头、床单、一条灰色羊毛毯子、一个水槽、一张板条箱桌子，以及一个马桶。水槽上方不是镜子，而是一张由浸礼会妇女志愿队挂上去的耶稣画像。她唯一的优待是一块灰色的塑料帘子，拉上可以遮挡水槽和马桶。她是多年来第一个女囚犯——除了那些隔天就释放的。

庭审前两个月，她一直被关在这个囚室里，无法保释，因为她当初驾船逃脱未遂。基娅想着，是谁最先开始用囚室这个词代替笼子的。一定是在某个时刻，人道主义要求做出这样的改变。她的胳膊上布满了自己抓出来的红痕。不知过了多久，她坐在床上，研究自己的发丝，像拔羽毛似的拔下来。就和海鸥一样。

站在板条箱上，她抻着脖子看湿地，想起了一首阿曼达·汉密尔顿的诗：

布兰登沙滩上受伤的海鸥

> 带翅膀的灵魂啊，你在天空舞蹈，
> 你的尖叫唤醒黎明。
> 你追帆驾海，
> 又乘风归来。
>
> 你弄伤了翅膀；它拖拽在地
> 于沙上刻下你的印记。
> 羽毛破损，飞翔无望，
> 谁来决定死亡之时？
> ············

你消失无踪，不知去了哪里。

翅膀的印记却依然清晰。

受伤的心无法飞翔，

谁来决定死亡之时？

　　虽然囚犯看不见彼此，但除基娅之外仅剩的犯人——两个男人，在另一头的囚室里，不分昼夜，大部分时间都喋喋不休。两人因为斗殴打碎了酒吧的镜子和几根骨头，被拘留三十天，起因是他们在狗日啤酒屋里打赌谁吐口水吐得最远。多数时候，他们躺在各自囚室的床上——两个囚室相连——大声聊天，听上去像是在打鼓。大部分内容是他们从各自探访者那里听到的关于基娅的案子的传闻。尤其是她被判死刑的概率。县里已经有二十年没判过死刑了，且从来没有判过女人死刑。

　　基娅听见了每一个字。死亡并不可怕。终结这浅薄的人生不能恐吓到她。但是被他人杀死的过程，一个经过规划和设计的过程，简直难以想象。想到这个过程，她就呼吸困难。

　　睡眠不再降临，每每只在边缘游移，然后逃离。她的精神有时陷入突然的沉睡——短暂的赐福——但身体却总是颤抖着把她唤醒。

　　她从板条箱上下来，坐到床上，曲膝抵住下巴。庭审后他们把她带回了这里，所以现在应该差不多六点了。只过去了一小时。可能还不到一小时。

43. 一台显微镜

1969

　　九月初，距离她被打过去了一周多。她走在自己的沙滩上。风吹着她手里的一封信，她把信护到胸口。她的编辑邀请她去格林维尔见面，说他明白她不太去镇上，但他想见见她，出版社会支付所有费用。

　　天气晴朗而炎热，她开船进了湿地。在窄窄的河口末端，她拐过一个长满草的弯，看到泰特蹲在一个宽阔的沙洲上，往小瓶里装水样。他的实验船系在木桩上，漂浮在水道里，把路堵住了。她扶着船舵，呼吸不稳。脸上部分肿胀已经消失了，但眼睛周围还有丑陋的紫绿色斑点。她感到惊慌失措。不能让泰特看到自己被打的脸。她尽力迅速掉转船头。

　　但他已经抬起头，挥了挥手。"基娅，停住，我有个新的显微镜想让你看看。"

　　这句话的效果类似于训导员用鸡肉派诱惑她，她慢了下来，但没有说话。

　　"来吧，你肯定难以相信它的放大效果。能看到变形虫身上的伪足。"

她还从来没见过变形虫，更别说它的身体部件了。看到泰特让她感觉平静、安宁，想着可以把淤青的脸转开，她把船停好，蹚过浅水向他走去。她穿着裁短的牛仔裤和白 T 恤，散着头发。泰特站在船尾梯子的顶端，伸手扶她。她握住了他的手，但眼睛看向别处。

游艇柔和的米黄色融入了湿地。基娅从没见过如此高级的柚木甲板和黄铜舵柄。"下来吧。"他说，然后走下甲板进入船舱。她看了一眼仪表盘，舱里的小厨房比她家厨房装备更完善，生活区被改装成了一个随船实验室，配备了多台显微镜和多架试管。其他仪器闪烁着，发出嗡嗡声。

泰特摆弄着最大的那台显微镜，调整载玻片。

"稍等一下。"他在载玻片上滴了一滴湿地水样，再盖上另一片，目镜调焦。他站起身，说："来看看。"

基娅轻轻靠过去，仿佛要亲吻一个婴儿。显微镜的光倒映在她深色的瞳孔里。眼前所见让她倒吸了一口气。一群狂欢节上盛装出场的演员脚尖旋转着、倾斜着进入视野。难以想象的华美头饰修饰着令人惊叹的身体，充满了对生的渴望，它们仿佛是在马戏团帐篷里嬉戏，而不是在一滴水中。

她把手放在胸口。"我不知道水里有这么多、这么美丽的生命。"她说，目不转睛地看着。

他指出其中一些特殊物种，然后退回去，看着她。她能感受到生命的律动，他想，因为在她和她的星球之间没有隔膜。

他展示了更多载玻片。

她轻声说："感觉像是从没见过星空，然后突然看见了。"

"喝点咖啡吗？"他轻声问。

她抬起头。"不，不了，谢谢你。"然后，她从显微镜旁退开，走向小厨房。脑袋怪异地扭着，棕绿色的眼睛看着别处。

泰特习惯了基娅保持警惕的状态，但她今天的行为比往常更冷淡、奇怪。头时刻保持偏转一定角度。

"来吧，基娅，只是一杯咖啡。"他已经进了厨房，在一个机器里倒上水，冲出带泡的咖啡。她站在通向甲板的梯子旁。他递过去一个马克杯，示意她往上走。他邀请她坐到带垫子的长凳上，但她站在了船尾。她机敏得像一只猫，知道所有出口。橡树荫下，美丽的白色沙洲向远处蜿蜒而去。

"基娅……"他开口了，但当她转过来，他看到了她脸上快消失的淤青。

"你的脸怎么了？"他走近她，伸手摸她的脸。她避开了。

"没事。半夜撞上了门。"他知道这是假话，因为她用手护脸的方式不对。有人打她了。是蔡斯吗？即使他结婚了，她还在见他吗？泰特的下巴绷紧了。基娅放下自己的杯子，好像打算走了。

他逼自己冷静下来。"你开始写新书了吗？"

"有一本关于蘑菇的，已经快写完了。我的编辑十月末要来格林维尔，希望我去那里见他。但我还没决定。"

"你应该去。见见他有好处。镇上每天有两趟大巴，白天晚上各一趟。路程不远。大概一小时二十分钟，差不多这样。"

"我不知道上哪里买票。"

"司机知道所有事。只要去主街上的车站，他会告诉你该做什么。我想老跳那儿有汽车时刻表。"他差点说出他坐过很多次那趟车，从教堂山回来，但又想到最好还是不要让她想起那些日子，她在七月的沙滩上苦苦守候的日子。

他们沉默了一会儿，啜饮着咖啡，听一对鹰沿着高高的云墙啸鸣。

他犹豫着要不要加点咖啡。他知道，如果他这么做了，她就会走。所以，他问她蘑菇书的情况，介绍自己研究的原生动物，抛出任何能让她留下的诱饵。

下午的光线柔和下来，吹来一阵凉风。她再次放下杯子，说："我得走了。"

"我正想着开一瓶红酒，你要不要来点？"

"不了，谢谢。"

"你走之前再等一秒钟，"泰特说，从甲板下到小厨房里，回来的时候手里拿着一袋剩下的面包和饼干，"请替我转达对海鸥的问候。"

"谢谢。"她爬下梯子。

她走向自己的船，他在身后大声说："基娅，天气变凉了，你需要一件外套之类的吗？"

"不。我很好。"

"给你，至少拿上我的帽子。"他把自己的红色滑雪帽扔给她。她接住了，又扔回去。他再扔过去，扔得更远了一点。她跑过沙洲，弯腰捡起，大笑着，跳进自己的船，启动引擎。船经过泰特时，她又把帽子扔回他的船上。他咧着嘴笑了，她也咯咯地笑。笑声落下，他们对视着，来回扔帽子，直到基娅转过弯去。她一屁股坐到船尾，手捂着嘴。"不，"她大声说，"我不可以再爱上他。我不要再受伤了。"

泰特留在船尾。想到有人打她的画面，他握紧了拳头。

她贴近海浪，沿着海岸线一路往南。按这条路线，她会先经过自己的沙滩，然后到达穿过湿地通向棚屋的水道。通常，她不会在沙滩停留，而是开过迷宫般的水网到达她的潟湖，然后再走回海边。

她经过沙滩时，海鸥们发现了她，涌向她的小船。大红停在船头，摆动着脑袋。她笑了。"好吧，你赢了。"破浪靠岸，她把船停在高高的海燕麦后面，站在海边投喂泰特给她的面包屑。

太阳在水面上洒下金粉色的光芒。她坐在沙滩上，海鸥们落在她身旁。突然，她听到了发动机声，看见蔡斯的游艇朝着她的水道开去。他看不见她停在海燕麦后面的船，但她在开阔的沙滩上能清楚地看到他。她立刻躺倒，把头转向一侧，这样她就能看到他。他站在船舵旁，头发被风吹到脑后，脸色阴沉。但他没有看向她的方向，而是直接拐进水道，开去她的棚屋。

等他不见了，她坐起来。如果不是停在这里喂海鸥，他就会在家里抓住她。她从爸爸那里无数次学到：男人一定要打最后一拳。基娅曾经打得蔡斯在沙土里蠕动。那两个老渔民可能看见了那一幕。正如爸爸会说的那样，基娅必须被好好教训一下。

他一旦发现她不在棚屋，就会走来沙滩上。她跑到船上，加大马力，回去找泰特。但她不想告诉泰特蔡斯对她做了什么。羞耻感盖过了理智。她慢下来，漂浮在翻涌的浪潮上，太阳渐渐消失了。她不得不躲起来等蔡斯离开。没看着他离开，她不知道什么时候能安全回家。

她进入水道，提心吊胆，每一秒他都有可能朝她冲过来。她的发动机只比空转高一挡，这样她就能听到他的船驶来的声音。她缓缓躲进一片死水丛林，里面到处是悬垂的树枝和低矮的灌木。她往灌木深处钻，推开枝丫，直到层层叠叠的树叶和降临的夜幕将她掩藏。

她呼吸沉重，侧耳倾听。终于，他的发动机叫嚣着驶过温柔的夜色。随着他的靠近，她压低了身形，突然开始担心船艄可能被看见。声音很近了，几秒后他的船过去了。她在那里坐了大概三十分钟，直到天完全黑下来，才披着星光回家。

她把自己的寝具搬到沙滩上，与海鸥为伴。它们对她毫不在意，展开翅膀整理羽毛，然后在沙滩上安顿下来，像长了羽毛的石头。它们发出轻柔的咕咕声，埋下脑袋准备入眠，而她尽可能靠近它们。然而，即使在它们温柔的咕咕声和振翅声中，她还是无法入睡。大多数时候，她辗转反侧，每次风发出类似脚步的声响，她就会一下子坐起来。

凌晨，狂风肆虐，拍打着她的脸颊，海浪随风咆哮。海鸟在她周围漫步，舒展身体，用爪子抓挠。她坐起来。大红睁大眼睛，脖子歪着，似乎在它的后翅里找到了什么有趣的东西，这动作往常都能逗笑基娅，但今天，海鸟们也不能给她带来快乐。

她走到水边。蔡斯不会善罢甘休。孤单是一回事；活在恐惧中则完全是另一回事。

她想象着自己一步步走入汹涌的大海，沉入浪潮下的宁静，在苍蓝色的海水里，发丝漂浮如黑色水彩。修长的手指和胳膊浮起，指向水面背光的火焰。逃离的梦想——即使通过死亡——常常浮现于脑海。安宁如同一个高悬着的闪亮奖品，近在眼前却难以触及，直到她的身体最终沉入海底，安息在昏暗的沉寂里。心安之所。

谁来决定死亡之时？

44. 狱友

1970

基娅站在囚室正中。她被关进了监狱。如果那些她爱的人，包括乔迪和泰特，没有离开，她不会沦落至此。有人依靠可以让你待在地面之上。

被逮捕前，她瞥见了一条回到泰特身边的路。打开的心门。爱情在表面之下徘徊。但他几次到监狱来探访，她都拒绝了。不知为何，监狱关上了她的心门。为什么她没接受他在此时此地可以给予她的安慰。基娅似乎比以往更脆弱，更难以信任别人。处在人生中最脆弱的时刻，她转向了她所知的唯一依靠——她自己。

关在监狱里，没有保释，这证明了她有多么孤单。治安官提出，她可以打一个电话，这毫不掩饰地提醒了她：她没有可以打电话的人。她唯一知道的号码是乔迪的，但她怎么可能打电话告诉哥哥，自己被指控谋杀，关在牢里。这么多年过去了，她怎么能用自己的问题去烦扰他？可能羞耻感也起了一定作用。

他们抛弃了她，留她独自生存，独自挣扎。所以，如今她也要靠自己。

她又一次拿起了汤姆·米尔顿给她的精彩的贝壳书，这是目前她最珍爱的一册。地板上堆着一些生物教材，看守说都是泰特带来的，但她看不进去。书页上的句子向各个方向逃逸，最后又回到第一句。贝壳图片更简单一些。

廉价的瓷砖地板上响起脚步声，一个小个子黑人出现在她门前，拿着一个很大的、包着牛皮纸的包裹。他是看守。"不好意思，打扰一下，克拉克小姐，你有一位访客。你得跟我来一趟。"

"是谁？"

"你的律师，米尔顿先生。"雅各布打开她的房门，金属撞击的声音响起，他递过来一个包裹，"这是老跳给你的。"她把包裹放在床上，跟着雅各布走去大厅，进了一间屋子——比她的囚室还小。看到她进屋，汤姆·米尔顿站起身来，基娅朝他点点头，然后看向窗外，一朵巨大的、沾染了桃粉色的积云正慢慢膨胀起来。

"晚上好，基娅。"

"米尔顿先生。"

"基娅，请叫我汤姆。你的胳膊怎么了？你弄伤自己了吗？"

她迅速抬起手，盖住胳膊上的抓痕。"就是蚊子咬的包，我想。"

"我会跟治安官谈一下。你的房间里不应该有蚊子。"

她低下头，说："请不要，我没事，我不害怕昆虫。"

"好吧，当然了，我不会做任何你反对的事情，基娅。我来是想和你谈谈你的选择。"

"什么选择？"

"我来解释一下。现在很难判断陪审团的倾向。对检方来说，这是个有利的案子。虽然并没有什么确凿的证据，但考虑到镇上的人都心存偏见，你得做好准备，要赢不容易。有一个选择是做诉讼交易。你知道我说的是什么吗？"

"不太清楚。"

"你申诉说自己没有犯一级谋杀。如果我们败诉了，你会输得很惨：终身监禁，或者，如你所知，他们可能会判你死刑。你的另一个选择是承认有罪，申请从轻判罪，比如过失杀人。如果你愿意承认自己当晚去了防火塔，确实在那里见了蔡斯，你们吵了起来，然后发生了可怕的意外，他后退踩到了那个格栅，审判可能会立刻结束，你就不需要再经历这些了，我们可以和公诉人协商量刑。你此前没有任何犯罪记录，所以很可能被判十年有期徒刑，六年左右就能出来。我知道这听起来不怎么样，但总好过终身监禁，或者死刑。"

"不，我决不会说任何暗示自己有罪的话。我也不蹲监狱。"

"基娅，我理解你，但好好想想这个选择吧。你不会想一辈子待在监狱里，也不会想——那个。"

基娅又看向窗外。"我不需要想。我不会待在监狱里。"

"好吧，我们不需要现在决定。还有时间。咱们再看看。我走之前，你还有什么要跟我讨论的吗？"

"请让我离开这里。用某种办法，或者——以那个方式。"

"我会尽全力让你出去，基娅，但不要放弃。请协助我。就像我先前提到的，你需要融入进来，不时看看陪审员……"

但是基娅已经转身离开了。

雅各布带她回囚室。在囚室里，她拿起老跳给的包裹——被狱警打开过，又草草包了回去。她打开包裹，将牛皮纸叠好收起来。里面有一篮小瓶的油彩、一支画笔、纸，还有玛贝尔做的玉米小松饼。篮子里垫着松树枝、一些橡树叶、几个贝壳和长长的香蒲茎。基娅深深地嗅着，抿紧了嘴唇。老跳。玛贝尔。

太阳下山了，没有尘粒可看了。

晚些时候，雅各布清走了她的晚餐盘。"我说，克拉克小姐，你没吃多少。他们做的排骨和蔬菜很不错。"她对他微笑，然后听他踩着重重的步子走向大厅尽头。她等着厚重的金属门最终关上。

有东西在大厅的地板上移动，就在栅栏外。她的眼睛瞟过去。周日正义正蹲坐着，绿色眼睛与她的深色眼眸对视着。

她的心跳加速了。这么多天来被独自关在这里，而现在，这个生物可以像魔法师一样穿过栅栏，和她在一起。周日正义移开了视线，看向另外两个正在交谈的囚犯。基娅很害怕它会离开去找他们。但它又回头看向她，无聊地眨了眨眼睛，然后轻松地从栅栏中间挤过去，进了屋。

基娅呼出一口气，轻声道："请留下吧。"

它不紧不慢地沿着囚室嗅了一圈，研究潮湿的水泥墙、裸露的水管以及水槽，全程刻意忽略基娅。墙上的一道小裂缝让它兴致盎然。她知道这点是因为它摇尾巴的方式透露了它的想法。游览的终点是小床旁边。然后，很自然地，它跳上她的膝头，盘起身子，白色的大爪子在她的大腿上寻找柔软之处。基娅一动不动，胳膊微微抬起，不想妨碍它的探索。终于，它安顿下来，仿佛一生中每天晚上都栖息在这里。它看着她。她温柔地抚摸它的头，然后挠挠它的脖子。一阵响亮的咕噜声像泉水一样涌出。如此轻易就被接纳，她闭上了眼睛。这是漫长渴望中一次沉沉的歇息。

她僵硬地坐着，不敢乱动，直到腿开始发麻，于是轻轻移动，放松肌肉。周日正义闭着眼睛从她膝头滑下，盘坐到她旁边。她和衣躺下，同它依偎在一起。她看着它入睡，自己也坠入了梦乡。没有惊醒，而是坠入了一种由和缓到空洞的安宁之中。

夜里有一次，她睁开眼，看到它仰躺着，前后爪各伸向一头。但当她在黎明时分醒来，它已经走了。她的喉咙里压抑着一声呜咽。

过了一会儿，雅各布来到她的囚室外，一只手端着早餐托盘，另一只手打开门锁。"给你带了燕麦粥，克拉克小姐。"

她接过托盘，说："雅各布，那只睡在法庭里的黑白猫，昨晚在这里。"

"哦，对不起。那是周日正义。它有时候会跟着我溜进来，我端着晚餐托盘看不见它，结果就把它和你们关在一起了。"他很善良地没用"锁"这个词。

"没事，我喜欢它在这儿。求你了，如果晚饭后看到它，让它进来吧？或者其他任何时候。"

他眼神温柔地看着她。"没问题，我会这么做的，克拉克小姐。我当然会的。看来它是个很好的伴儿。"

"谢谢你，雅各布。"

那天晚上，雅各布又来了。"这是你的晚饭，克拉克小姐。炸鸡，肉汁土豆泥，小饭馆送来的。希望你今晚能吃一点。"

基娅站起来，看着他脚周围，接过餐盘。"谢谢你，雅各布。你看见猫了吗？"

"没有，完全没有。但我会留意的。"

基娅点点头。她坐到床上，这是唯一可以坐的地方，看着盘子。监狱里的食物是她长这么大见过的最好的食物。她戳了戳鸡肉，推开黄油豆子。她找到了食物，却失去了胃口。

这时传来开锁的声音，厚重的金属门被打开了。

她听到雅各布在大厅尽头说："去吧，周日正义先生。"

基娅屏住呼吸，看着牢房外的地板，几秒钟后周日正义出现了。它身上的花纹既鲜明又柔和，令人惊叹。这次，它毫不犹豫地进了囚室，走向她。她在地板上放下盘子，它吃了鸡肉——直接把鸡腿拖到地板上——然后舔干净肉汁，没碰黄油豆子。她笑着看它吃完，用纸擦干净地板。

它跳上床。甜蜜的睡意包裹住了他们。

第二天，雅各布站在门外。"克拉克小姐，你有访客。"

"是谁？"

"还是泰特先生。他来了好几次了，克拉克小姐，不是带东西来，就是要见你。今天不见他吗，克拉克小姐？今天是周六，不开庭，在这里也无事可做。"

"好吧，雅各布。"

雅各布领她去了上次见汤姆·米尔顿的那个昏暗的房间。她走进门，泰特站起来，快步走向她。他微笑着，但眼睛里流露出看到她身陷牢狱的哀伤。

"基娅，你看上去很不错。我很担心。谢谢你见我。坐吧。"他们面对面坐下，雅各布体贴地站在角落里，专心看着报纸。

"你好，泰特。谢谢你带来的书。"她表现得很镇定，但心已经碎裂。

"我还能为你做什么？"

"你不来的时候可以喂一喂海鸥。"

他笑了。"好的，我一直在喂它们。差不多两天一次。"他说得很轻松，但实际上每天清晨黄昏，他都开车或开船去她家喂海鸥。

"谢谢。"

"我在法庭上，基娅，就坐在你身后。你从没转过身，但我知道你知道。我每天都会在那里。"

她看向窗外。

"汤姆·米尔顿很优秀，基娅，可能是这个地区最优秀的律师。他会让你出去的。只要坚持下去。"

她依旧沉默。他继续说道："你一出去，我们就像以前那样继续探索潟湖。"

"泰特，求你了，你必须忘了我。"

"我从未，也永远不会忘了你，基娅。"

"你知道我是不一样的。我无法融入人群。我无法成为你世界里的一部分。求你了，你不明白吗，我害怕靠近任何人。我做不到。"

"这不怪你，基娅，但是……"

"泰特，听我说。多年来我渴望和其他人在一起。我真的相信有人可以和我一起，相信我确实可以有朋友和家人，成为群体的一部分。但是没有人留下。你没有，我的家人也没有。现在，我终于学会了如何自处，如何保护自己。但我现在没法谈这个。谢谢你来这里看我，真的。或许某一天，我们可以成为朋友，但我没法去想以后的事情。在这儿不行。"

"好的。我理解。真的，我明白。"

短暂的沉默后，他继续说道："大角鸮已经在呼唤你了。"

她点点头，几乎笑了。

"哦，昨天我去了你家，简直难以置信，一只雄库珀鹰就停在你家台阶上。"

想到那只库珀鹰，她脸上终于露出了笑容。那是她众多私人记忆中的一段。"是的，我相信。"

十分钟后，雅各布说他们的时间到了，泰特得走了。基娅再次感谢他来访。

"我会继续喂海鸥的，基娅。到时再给你带点书。"

她摇了摇头，跟着雅各布走了。

45. 红帽子

泰特来访后的那个周一早晨，基娅被法警带进法庭。和之前一样，她的视线避开观众席，专注于窗外朦胧的树木。但她听到了一个熟悉的声音，或许是轻声的咳嗽。她转过头去。和泰特一起坐在第一排的是老跳和玛贝尔。玛贝尔戴着她的教堂帽子，上面装饰着丝绸玫瑰。当他们和泰特一起进来，坐在楼下"白人区"时，人群中掠过一阵骚动。法警向西姆斯法官报告了此事，还在庭后小房间里的法官请法警出去宣布，在他的法庭上，任何肤色、任何信仰的人都可以坐在他们想坐的位置，如果有人不认同，他们可以离开。事实上，他会确保他们离开。

看到老跳和玛贝尔，基娅感受到了一点力量，微微挺了挺背。

公诉人的下一个证人是斯图尔德·科恩医生。他是法医，灰白的头发剪得很短，眼镜滑到鼻尖，这个习惯导致他需要头向后仰才能看清。在他回答埃里克的问题时，基娅的思绪又飘到了海鸥那儿。在监狱这漫长的几个月里，她一直担心着它们，而这么长时间以来，泰特都在喂它们。它们没有被抛弃。她想起了大红，每次她投喂面包屑时，它都会在她脚趾上走来走去。

法医脑袋向后仰，以调整眼镜。这个动作把基娅拉回了法庭。

"所以，简要地说，你做证，蔡斯·安德鲁斯死于一九六九年十月二十九日午夜或三十日凌晨，十二点至两点之间。死因是脑部和脊髓大面积损伤。因其从高度为六十三英尺的防火塔上一个敞开的格栅摔下，并在摔下的过程中，后脑勺撞到了一根支撑梁。根据你的专业意见，这些是否属实？"

"是的。"

"那么，科恩博士，为什么一个像蔡斯·安德鲁斯那样聪明健康的年轻男人会踩上一个敞开的格栅并因此摔死？为了缩小范围，他的血液里是否检测出了能影响他判断力的东西，比如酒精或其他物质？"

"不，没有。"

"此前出具的证据表明，蔡斯·安德鲁斯在支撑梁上撞到了自己的后脑勺，而不是前额，"埃里克站在陪审团前，跨了一大步，"但如果我向前走，我的脑袋会比身体更靠前一点。如果我要踏进前面的洞里，身体的冲力和脑袋的重量会让我向前跌倒，对吗？蔡斯·安德鲁斯如果向前走，就会在梁上撞到自己的前额，而不是后脑勺。所以，科恩医生，证据显示蔡斯是背对洞口跌落的，对吗？"

"是的，证据支持这一结论。"

"所以，我们可以得出结论，如果蔡斯背对那个敞开的格栅站立，然后被别人推了一把，他会向后摔倒，而不是向前？"汤姆还没来得及反对，埃里克极快地说道，"我不是要求你声明，这是个决定性的证据，证明蔡斯是被人向后推下去摔死的。我只是想说明，如果有人向后推蔡斯，让他摔进洞里，他脑袋撞在梁上留下的伤痕将和实际发现的伤痕吻合，对吗？"

"是的。"

"好的。科恩医生，当你在实验室检查蔡斯·安德鲁斯时，也就是十月三十日早上，他是否戴着贝壳项链？"

"没有。"

为了压住越来越强烈的恶心感，基娅专注于周日正义，它正在窗台上清理自己，身子扭成一个不可思议的姿势。它一条腿直直地伸向空中，正舔着尾巴根部。它似乎全身心投入，享受着这场沐浴。

几分钟后，公诉人问："蔡斯·安德鲁斯死亡当晚穿着一件牛仔外套，对吗？"

"是的。"

"根据你的官方报告，科恩医生，你是否在他的外套上找到了红色羊毛纤维？并且这纤维不属于他穿着的任何一件衣物？"

"是的。"

埃里克举起一个透明的塑料袋，里面装着一点红色羊毛。"这些是不是在蔡斯·安德鲁斯外套上找到的红色纤维？"

"是的。"

埃里克从桌上拿起一个更大的袋子。"蔡斯外套上找到的红色羊毛纤维和这顶红色帽子上的纤维吻合，这是否属实？"他把袋子递给证人。

"是的。这些是我做了标记的样本，帽子上的纤维和衣服上的完全吻合。"

"这顶帽子是在哪里找到的?"

"治安官在克拉克小姐的住所找到了帽子。"这个证据没有多少人知道,人群中响起了嗡嗡声。

"是否有证据证明她曾戴过这顶帽子?"

"是的。在帽子上找到了克拉克小姐的头发。"

看着法庭里的周日正义,基娅想,为什么她的家人从来不养宠物。没有狗也没有猫。唯一类似宠物的动物是一只住在棚屋下面的雌臭鼬——油滑、鬼鬼祟祟、厚脸皮。妈妈叫它香奈儿。

几次抓捕失败后,他们互相都认识了,香奈儿变得非常有礼貌,只有当孩子们很吵闹时才亮出它的武器。它来来去去,有时就混在上下台阶的腿脚间。

每年春天,它都要护着自己的幼崽进橡树林,沿着滑流前进。幼崽们紧随其后,黑白相间,撞成一团。

爸爸,当然了,总是威胁说要清理它。但是乔迪,表现出了远超自己父亲的成熟,面无表情地说:"另一只会搬进来。我总觉得认识的臭鼬比不认识的好。"想到乔迪,她笑了,然后回过神来。

"所以,科恩医生,蔡斯·安德鲁斯死亡当晚,他向后摔进敞开的格栅那晚——那个姿势符合他被人推下去的特征——他衣服上沾的纤维和在克拉克小姐住处找到的红帽子上的纤维吻合。帽子上还有克拉克小姐的头发。"

"是的。"

"谢谢,科恩医生。我没有问题了。"

汤姆·米尔顿看了一眼基娅，她正看着天空。整个法庭的人身体都倾向公诉人，仿佛地板倾斜了。而基娅僵硬、漠然地坐着，冰雕一般，完全帮不上忙。他拂开额前的白发，走近法医，做交叉询问。

"早上好，科恩医生。"

"早上好。"

"科恩医生，你做证说蔡斯·安德鲁斯脑后的伤符合他背对敞开的洞口摔下去的情况。如果他自己往后退，意外从洞里摔下，也有可能在他脑后留下完全一样的伤，对吗？"

"是的。"

"他胸口或胳膊上有没有符合他被推挤这种情况的淤伤？"

"没有。当然了，他全身都有坠落导致的淤伤。大部分在背上和腿上。没有可以明确鉴定为由推挤导致的伤痕。"

"事实上，没有证据证明蔡斯是被推进了洞里，对吗？"

"是的。没有证据证明蔡斯·安德鲁斯是被推下去的。"

"所以，科恩医生，根据你对蔡斯·安德鲁斯尸体的专业检验，没有证据证明这是一起谋杀案，而不是意外。"

"是的，没有。"

汤姆不紧不慢地等这个回答渗入陪审员心里，然后继续说道："那么，让我们来谈谈蔡斯外套上找到的红色羊毛纤维。是否有办法确定那些纤维沾在外套上多久了？"

"没有。可以判断从哪里来，但没法断定是什么时候沾上去的。"

"换而言之，那些纤维可能在外套上一年了，甚至四年了？"

"是的。"

"即使这件外套被洗过？"

"是的。"

"所以，没有证据证明那些纤维是蔡斯死亡当晚沾到他衣服上的。"

"是的。"

"有证人说，被告在死者死前已经与其相识四年。所以你的意思是，在那四年中的任何时间，当他们穿戴着那些衣物见面，帽子上的纤维就有可能沾到外套上。"

"据我所知，是的。"

"所以，红色纤维无法证明蔡斯·安德鲁斯死亡当晚，克拉克小姐与他在一起。是否有任何证据证明那晚克拉克小姐与蔡斯·安德鲁斯举止亲密？比如，他身上、指甲下有她的皮肤组织，或者他外套的扣子上有她的指纹？衣服上、身上有她的头发？"

"没有。"

"所以，事实上，因为红色纤维有可能沾在蔡斯的外套上长达四年，所以根本没有证据证明凯瑟琳·克拉克小姐在蔡斯·安德鲁斯死亡当晚和他在一起。"

"据我的检查，是的。"

"谢谢你，没有问题了。"

西姆斯法官提前宣布休庭，开始午餐。

汤姆轻轻碰了碰基娅的手肘，低声说，这个交叉询问很不错。她微微点头。人们开始站起来，舒展身体。几乎所有人都等着看完基娅被戴上手铐带走才离开。

雅各布离开了她的囚室，脚步声回响在大厅里。基娅僵硬地坐在床上。她刚被捕时，不让带背包进来，但允许她带了一些包里的东西，装在一个牛皮纸袋里。她手伸进袋子里，拿出一小片纸，上面写着乔迪的电话号码和地址。自从来了这里，她每天都看着这片纸，想打电话给哥哥，让他来陪她。她知道他会来，而且雅各布说她可以打电话给他。但她没有。她怎么能说出这样的话：请来一趟，我在监狱里，被指控谋杀。

她小心翼翼地把纸片放回袋子，拿起泰特给她的一战时期的指南针。她把指针拨到北方，然后看着它指回正南。她把它放到心口。还有什么地方比这里更需要指南针？

然后，她低声念起艾米莉·狄金森的诗句：

　　　滌荡心灵，

　　　收起爱情

　　　我们将不再使用

　　　直到永远。

46. 世界之王

　　九月的天空和大海在柔和的日光下闪烁着淡蓝色。基娅开着小船去老跳那儿看汽车时刻表。想到要和陌生人一起坐车去一个陌生的小镇，她感到焦躁不安，但她想见见自己的编辑罗伯特·福斯特。两年多来，他们交换简短的信件——也有一些长信，大多是在讨论如何调整她书里的散文和绘画。这些通常用生物学术语结合诗意的描述写就的信件，以自成一体的语言风格，成了他们之间的纽带。她想见见书信另一端的那个人。他知道蜂鸟羽毛是如何像微小的棱镜般将普通光线打散，使其金红色的喉部呈现出彩虹色。他还知道如何用与那色彩同样绚丽的语言来描述它。

　　她走上码头，老跳向她问好，问她是不是需要汽油。

　　"不，谢谢，今天不用。我需要抄一下汽车时刻表。你这里有一份吧？"

　　"当然了。就钉在墙上呢，可以拿走。你随意。"

　　她从店里出来，手里拿着时刻表。老跳问："你要去哪里吗，基娅小姐？”

"可能去。我的编辑邀请我去格林维尔见面。还没确定。"

"好吧，这很好啊。虽然有点远，但肯定对你很有好处。"

基娅转身朝自己的小船走去，老跳靠近她，仔细看了看。"基娅小姐，你的眼睛和脸怎么了？看起来像被打了，基娅小姐。"她迅速转开脸。蔡斯打出来的那片淤青一个月后褪成了淡淡的黄色，基娅以为没人能看出来。

"没有，我就是撞上了门——"

"基娅小姐，你不要给我编故事。我不是毛头傻小子。是谁把你打成这样的？"

她站着，不说话。

"是蔡斯先生干的吗？你知道你可以告诉我的。事实上，我们就这么站着，直到你告诉我为止。"

"是的，是蔡斯。"基娅几乎不敢相信她真的说出来了。她从没想过有人可以倾诉。她再次背过身，强忍着眼泪。

老跳整张脸都皱了起来，停顿了几秒钟，说："他还做了什么？"

"没有，我发誓。他想做，老跳，但我把他打跑了。"

"那个男人应该被用马鞭抽一顿，然后被赶出小镇。"

"求你了，老跳，不要告诉任何人。你知道的，不能告诉治安官或其他任何人。他们会把我拖进治安官办公室，逼我向一堆男人描述发生了什么。我熬不过去的。"基娅把脸埋到手心里。

"一定要做点什么。他不能做了那种事后还能开着他那高级的游艇四处乱晃。世界之王吗？"

"老跳，你知道事情会变成什么样。他们会站在他那边。他们会说我就是在挑事，想从他父母那里弄点钱之类的。想想看，如果一个黑人小镇的女孩起诉蔡斯·安德鲁斯袭击和强奸未遂，会怎么样。他们什么都不会做的。什么都不会。"基娅的声音越来越尖厉，"最后那个女孩会陷入大麻烦。报纸会把她的事炒得沸沸扬扬。人们会指责她卖淫。对我也会是一样，你知道的。求你了，千万不要告诉任何人。"说到最后，她啜泣起来。

"是的，基娅小姐。我知道你是对的。你不用担心我会做些什么让事情变得更糟。但你怎么知道他会不会再来呢？而且你还总一个人在家？"

"以前我也总是自己保护自己。这次是我大意了，没有听见他来。我会保障自己的安全，老跳。如果我决定去格林维尔，回来以后，我可能去阅读小屋住一段时间。我想蔡斯不知道那个地方。"

"那好吧。但是我希望你多来这里，告诉我你的情况。你知道，我和玛贝尔总是欢迎你过来和我们一起住，你知道的。"

"谢谢你，老跳。我知道。"

"你什么时候去格林维尔？"

"我还不确定。编辑在信里说十月下旬。我还没做安排，甚至还没接受他的邀请。"现在她知道，除非脸上的淤青完全消失，不然她没法去。

"好的，让我知道你什么时候去什么时候回。听见了吗？我得知道你是不是走了。如果一两天没见你，我就去你家里看看。有必要的话，带上一队民兵。"

"我会的。谢谢你，老跳。"

47. 专家

1970

公诉人埃里克·查斯顿就十月三十日在防火塔底下发现蔡斯·安德鲁斯尸体的那两个男孩、医生的检查结果以及初期的调查情况向治安官提问。

埃里克继续道:"治安官,请告诉我们,是什么让你认为蔡斯·安德鲁斯并非意外从塔上摔下。是什么让你认为这是一起刑事犯罪?"

"嗯,我注意到的第一件事情是,蔡斯的尸体周围没有脚印,甚至他自己的也没有。除了那两个发现他的男孩留下的。所以,我认为有人抹去了脚印以掩盖犯罪。"

"治安官,现场没有指纹和车辙,对吗?"

"是的。实验室报告说塔上没有新鲜的指纹。甚至格栅上也没有。那个格栅得有人打开。我的副手和我试图找出车辙,但是也没有。所有这些都说明有人故意破坏了证据。"

"所以,当实验室报告证明,克拉克小姐帽子上的红色羊毛纤维出现在蔡斯死亡当晚穿的外套上,你……"

"反对，法官大人，"汤姆说，"引导证人。此外，我们已有证词证明红色纤维可以在十月二十九日至三十日那晚之前，从克拉克小姐的衣物上转移到安德鲁斯先生的衣物上。"

"反对成立。"法官威严地说。

"没有问题了。证人先生。"埃里克早知道治安官的证词对于检方来说有点弱——没有凶器，没有指纹、脚印、车辙，能证明什么——但还是有足够的饵料让陪审员相信有人谋杀了蔡斯，而考虑到红色纤维，那个人就是克拉克小姐。

汤姆·米尔顿走向证人席。"治安官，你或者其他人有没有请专业人士寻找脚印，或寻找破坏脚印的证据？"

"没有必要。我就是专家。脚印检查是我接受的训练的一部分。我不需要别的专家。"

"我明白了。那么是否有脚印被抹掉的证据？我的意思是说，比如，是否有用来掩盖踪迹的刷子或树枝留下的痕迹？或者是否有泥块被移动盖在另一块泥地上？任何证据，这些情形的任何照片？"

"没有。我来这里，就是以专家身份证明塔下没有脚印，除了我们的和两个男孩的。所以肯定有人抹掉了。"

"好的。但是，治安官，湿地的一个物理特征就是，随着潮涨潮落，地下水——甚至在远离潮水的地方——起起伏伏。土地变干一段时间，几小时后水又漫了上来。在很多地方，水上涨后浸泡土地，抹去泥里的一切痕迹，比如脚印。一干二净。是这样吗？"

"嗯，是的，可能出现那种情况。但没有证据证明它发生了。"

"我有十月二十九日晚上和十月三十日早上的潮汐表，请看，治安官，表上说午夜时分是低潮。所以，蔡斯走到防火塔、走向台阶的时候，他可能在湿泥上留下了痕迹。然后涨潮了，地下水漫了上来，他的痕迹就被清除了。这就是为什么你和两个男孩留下了很深的脚印，而蔡斯的却不见了。你是否同意这是有可能的？"

基娅微微点头——这是审判开始后她的第一个反应。她见过很多次湿地水吞噬昨日的故事：溪边鹿的足迹，或一只死去的小鹿旁山猫的踪迹，都消失了。

治安官回答："好吧，我从没见过它如此彻底地抹去什么东西，所以我不知道。"

"但是，治安官，如你所说，你是专家，接受了脚印检查训练。而现在你却说不知道那晚是否发生了这一普遍现象。"

"好吧，要用别的方法证明也不难，是吧？只要在低潮的时候去那里，弄出脚印，看看涨潮时有没有被清除。"

"是的，要证明不难，所以为什么没有去做呢？现在，我们在法庭上，而你没有任何证据证明有一个人为了掩饰犯罪清除了足迹。更有可能，蔡斯·安德鲁斯确实在塔下留下了足迹，然后被上涨的地下水冲走了。如果有朋友和他一起爬上防火塔玩，他们的脚印应该也已经被冲走了。在这些很有可能的情况下，没有任何犯罪的迹象。不是吗，治安官？"

埃德的眼神左右游移，好像答案就在墙上。人们在长凳上动来动去。

"治安官？"汤姆重复道。

"据我的专业观点，一轮正常的地下水上涨不会将脚印清除到像本案这样完全消失的程度。然而，因为没有掩盖的痕迹，所以，失踪的脚印本身无法证明发生了犯罪。但是——"

"谢谢。"汤姆转向陪审员，重复治安官的话，"脚印失踪无法证明发生了犯罪。现在，让我们继续，治安官，防火塔地板上敞开的格栅是怎么回事？你有没有在上面检查克拉克小姐的指纹？"

"是的，我们当然检查了。"

"你在格栅上或者防火塔的任何地方找到克拉克小姐的指纹了吗？"

"没有。我们也没找到任何其他指纹，所以……"

法官身体前倾。"只回答问题，埃德。"

"头发呢？克拉克小姐的头发又黑又长——如果她一路爬上了塔顶，在平台上忙忙碌碌，打开格栅什么的，我想应该会落下她的头发吧。你找到了吗？"

"没有。"治安官的眉毛皱了起来。

"法医做证说，检查了蔡斯的尸体，没有证据证明克拉克小姐当晚和他有过亲密接触。哦，衣服上有那些纤维，但有可能已经沾了四年了。而现在，你告诉我们，你连证明克拉克小姐当晚在防火塔上的证据都没有。这个说法对吗？"

"是的。"

"所以，我们没有证据证明克拉克小姐在蔡斯摔死那晚在防火塔上。对吗？"

"我就是这么说的。"

"所以那是肯定的意思。"

"对，是肯定。"

"治安官，塔上那些格栅经常被上去玩的孩子打开，对吗？

"是的，有时候会开着。但是正如我之前所说，通常是那个必须打开人才能爬上去的格栅，不是其他格栅。"

"但梯子那儿的格栅，有时还有其他格栅，经常被打开，非常危险，以至于你们向美国林务局提交了书面申请来补救这个事情，对吗？"汤姆对着治安官拿出一个文件，"这个是不是去年七月十八日你们向林务局提交的官方申请？"治安官看了看那张纸。

"是的。就是它。"

"具体是谁写了这份申请？"

"我自己写的。"

"所以，就在蔡斯·安德鲁斯从防火塔上敞开的格栅摔下去之前三个月，你向林务局递交了书面申请，请他们关闭防火塔，或者把守格栅，以防有人受伤。对吗？"

"是的。"

"治安官，能否请你在法庭上读出写给林务局的申请书的最后一句？就最后一句，这里。"他把文件递给治安官，指着最后一行。

治安官大声读了出来："我必须重申，这些格栅非常危险，如果不采取措施，将发生严重的伤害事故，甚至死亡。"

"我没有其他问题了。"

48. 一趟旅行

1969

　　一九六九年十月二十八日，基娅停靠在老跳的码头，遵守承诺，跟他道别，然后开船去小镇码头。那儿的渔民和捕虾人都停下手头的活儿看着她。基娅不理会他们，系好船，提着一个褪色的硬纸板箱——是从妈妈的旧衣柜后面翻出来的——上了主街。她没有钱包，背着自己的背包，里面装满了书、一些火腿和饼干，还有一点现金，其余大部分版税都被她装进锡罐里，埋在潟湖旁。这一次，她看上去很正常，穿着从西尔斯－罗巴克百货公司买的裙子、白衬衫和平底鞋。店员们都在忙碌，照顾顾客，打扫人行道，但每个人都看着她。

　　她站在车站站牌下的角落里等着，直到大巴停下，挡住大海，气刹发出嗞嗞声。基娅走上前，从司机手里买了一张去格林维尔的票。没有其他人上下车。当她询问回程的日期和时间时，司机递给她一张印刷的时刻表，然后安置了她的行李。她紧紧抓着自己的背包上了车。她还来不及仔细思考，这看起来和小镇一样长的大巴已经开出了小镇。

　　两天后，下午一点十六分，基娅走下从格林维尔开来的大巴。这次，甚至有更多人在周围窃窃私语，看着她理了理肩上的头发，从司机手里接过行李。她穿过街道去码头，走上自己的小船，直接开回家。她本想去老跳那儿一趟，告诉他自己回来了，之前向他保证过的。但很多船在他的码头那儿排队加油，所以她想自己可以第二天再来。另外，这样一来她也能早点见到海鸟们。

第二天早上，十月三十一日，基娅停靠在老跳的码头，大声叫他。老跳从小店里走了出来。

"嘿，老跳，我就是过来告诉你一声我回来了。昨天回来的。"他走过，什么都没说。

她一踏上码头，他就说："基娅小姐，我……"

她歪了歪头："什么？怎么了？"

他站着，看着她。"基娅，你听说蔡斯先生的事了吗？"

"没有。什么事？"

他摇了摇头。"蔡斯·安德鲁斯死了。死在你去格林维尔那天半夜。"

"什么？"基娅和老跳互相凝视着对方的眼睛。

"昨天早上在防火塔底下找到了他的尸体……他们说他的脖子断了，头盖骨碎了。推测是从塔顶直接摔下来的。"

基娅的嘴还张着。

老跳继续说道："整个小镇都沸腾了。有人说是意外，但有传言说治安官对此有点怀疑。蔡斯的妈妈被完全激怒了，说这是谋杀。现在是一团乱麻。"

基娅问："为什么他们认为可能是谋杀？"

"防火塔上有一个格栅大开着，他直直地掉了下去，他们觉得这很可疑。有人说，那些格栅开着是因为总有孩子上去玩，蔡斯先生可能是意外摔下来的。但有些人嚷嚷着这是谋杀。"

基娅沉默着，老跳继续说道："有一个原因是，蔡斯先生被找到时，没有戴那条他戴了好几年的贝壳项链。他的妻子说，那晚他离开家时还戴着项链，当时他去找朋友吃晚饭。她说，他一直都戴着。"

听到项链，她的嘴巴一阵发干。

"然后，那两个找到了蔡斯的年轻人听到治安官说，现场没有脚印，一个也没有。就像是有人清除了所有证据。那两个男孩在镇上到处说。"

老跳告诉了基娅葬礼的时间，但他知道她不会去。如果她去了，缝纫小组和《圣经》学习小组的那些人都得大惊小怪。当然了，人们的推测和风言风语里提到了基娅。幸亏他死的时候她在格林维尔，不然他们就该把这件事算在她头上了，老跳想。

基娅朝老跳点点头，开船回家。她站在潟湖泥泞的岸边，轻声念着阿曼达·汉密尔顿的一首诗：

> 永远不要低估
>
> 这颗心，
>
> 她能做出
>
> 大脑难以想象的事情。
>
> 心不但指挥，而且感知。
>
> 否则你如何解释
>
> 我选择的路，
>
> 以及你所走过的这漫漫长途？

49. 伪装

1970

那个男人一头白色鬃发，剪得很短，身上穿的蓝色西装看上去很廉价，他说自己叫拉里·普赖斯，在北卡罗来纳州的这个地区开各种路线的特莱维斯大巴。他是下一个证人。埃里克向他提问，普赖斯先生证实，当晚往返于格林维尔和巴克利小湾镇两地是有可能的。他还说，蔡斯死亡当晚，他从格林维尔开大巴到巴克利小湾镇，车上没有乘客看上去像是克拉克小姐。

埃里克说："那么，普赖斯先生，在调查中，你告诉治安官，车上有一位很瘦的乘客，可能是一个高个子女人伪装成的男人。是吗？请描述一下这位乘客。"

"是的。一个年轻白人，估计差不多五英尺十英寸高，裤子挂在身上，就像床单挂在栅栏柱上，戴着一顶巨大的蓝帽子，低着头，不看任何人。"

"现在你见到了克拉克小姐，你是否认为车上那个很瘦的男人就是伪装的克拉克小姐？她的长发有没有可能藏在帽子里？"

"是的，我是这么认为的。"

埃里克请求法官让基娅站起来。基娅站了起来，汤姆·米尔顿陪在她身边。

"你可以坐回去了，克拉克小姐。"埃里克说完，转向证人，"你是否认为车上的年轻男人和克拉克小姐身形相仿？"

"要我说，完全一样。"普赖斯先生说。

"所以，综合考虑所有事情，你是否认为，去年十月二十九日晚十一点五十分从格林维尔到巴克利小湾镇的大巴上，那个很瘦的男人事实上可能就是被告克拉克小姐？"

"是的，我认为极有可能。"

"谢谢你，普赖斯先生。没有其他问题了。证人先生。"

汤姆站在证人席前，对普赖斯先生询问了五分钟，然后总结道："你告诉了我们以下情况：第一，一九六九年十月二十九日晚从格林维尔到巴克利小湾镇的大巴上没有像被告的女人；第二，车上有一个高瘦的男人，但当时，即使你近距离看到了他的脸，你也不认为他是女人伪装的；第三，只有当治安官如此暗示时，伪装这个想法才出现。"

在证人回应之前，汤姆接着说："普赖斯先生，请告诉我们，你如何确定那个很瘦的男人上了十月二十九日晚上十一点五十分出发的大巴？你记了笔记，写下来了？也可能是前一晚或后一晚。你百分之百确定是十月二十九日吗？"

"好吧，我明白你想说什么。治安官带着我回忆的时候，那个男人好像是在大巴上，但是现在，我觉得没法百分之百确定。"

"而且，普赖斯先生，那晚的大巴来迟了吧？事实上，它晚点了二十五分钟，直到一点四十分才到达巴克利小湾镇。对吗？"

"是的。"普赖斯先生看向埃里克，"我只是想帮忙，做对的事。"

汤姆向他保证："你帮了很大的忙，普赖斯先生。非常感谢你。没有其他问题了。"

埃里克传唤了下一个证人，十月三十日凌晨两点半从巴克利小湾镇到格林维尔的大巴司机约翰·金先生。他做证说，被告克拉克小姐当时不在车上，但是有一位年纪比较大的女士。"……像克拉克小姐那么高，灰色鬈发，像是电烫的。"

"看看被告，金先生，如果克拉克小姐乔装成年纪比较大的女士，她是否有可能看上去像车上那位？"

"好吧，很难想象。可能吧。"

"所以是有可能的？"

"是的，我猜。"

在交叉询问时，汤姆说："我们无法在谋杀审判中接受'猜'这个词。你是否于一九六九年十月三十日在凌晨两点半那趟从巴克利小湾镇到格林维尔的大巴上看见了被告克拉克小姐？"

"不，我没有。"

"那晚是否有另一趟从巴克利小湾镇到格林维尔的车？"

"没有。"

50. 日记

1970

第二天被带进法庭时，基娅看向泰特、老跳和玛贝尔。然后，她看到了一身军装，那人带着疤痕的脸上露出浅笑。她屏住了呼吸。是乔迪。她微微点头，好奇他是如何知道这场审判的。可能是通过亚特兰大的报纸。她羞愧地垂下头。

埃里克站起身来。"法官大人，我请求法庭允许传唤安德鲁斯夫人。"帕蒂·洛夫，死者那悲伤的母亲，走向证人席，房间里一片呼气声。现在，看着这个她曾希望成为自己婆婆的女人，基娅意识到，那个想法有多么可笑。即使是在这样压抑的环境中，帕蒂·洛夫还是穿着最好的黑色丝绸，似乎专注于自己的仪表和重要性。她笔直地坐下，泛着光泽的皮包放在腿上，深色头发梳成一个完美的圆髻，戴的帽子恰到好处地歪着，帽子上夸张的黑丝网遮住了眼睛。她永远不可能接受一个赤脚的湿地居民做自己的儿媳妇。

"安德鲁斯夫人，我知道这对你来说很困难，所以我会尽量简短。你的儿子蔡斯·安德鲁斯曾戴过一串穿着贝壳的生牛皮项链，这是否属实?"

"是的,属实。"

"从何时开始,戴了多久?"

"一直。他从不摘下。四年了,我从没见过他不戴那条项链。

埃里克递给安德鲁斯夫人一本皮革封面的日记。"你能否在法庭上辨认出这本书?"

公诉人向整个法庭展示那本日记——那是基娅的,她看向地板,咬住嘴唇,对自己被侵犯隐私感到愤怒。见面后没多久,她就为蔡斯做了那本书。一生中大部分时候,她都被剥夺了赠送礼物的喜悦,很少有人懂得这种剥夺造成的痛苦。她花了几天几夜做它,然后用牛皮纸包好,装饰上耀眼的绿色蕨类植物和雪雁的白色羽毛。蔡斯从船上下来到潟湖边时,她拿出了这本书。

"这是什么?"

"我送你的一点东西。"她笑着说。

这是一本关于他们一起度过的时光的手绘故事书。第一幅是墨水简笔画,他们坐在浮木边,蔡斯吹着口琴。海燕麦和散落在地上的贝壳的拉丁名写在基娅手上。一片旋涡状的水彩表现了蔡斯的船漂在月光下。第二幅抽象地画出了好奇的海豚绕船随行的情景,云上飘着"迈克尔划船靠岸"几个字。另一幅画里,她在银色沙滩上的银色海鸥中间旋转。

蔡斯惊奇地翻着,手指轻轻抚过其中一些画,有时大笑,但大部分时候都安安静静,不时点点头。

"我从未拥有过这样的东西,"他靠过去抱住基娅,说,"谢谢你,基娅。”他们在沙滩上坐了一会儿，裹着毯子，手牵着手交谈。

基娅还记得自己的心如何在给予的快乐中怦怦跳动，她从未想过会有其他人看到这本日记。自然也想不到这会成为她谋杀审判中的证据。

她回答埃里克的提问时没有看帕蒂·洛夫。"这是克拉克小姐为蔡斯绘制的一系列图画。她当作礼物送给了他。"帕蒂·洛夫记得自己在整理蔡斯房间时，在一堆唱片下找到了这本日记。显然儿子不想让她看到。她坐在蔡斯床上，打开厚厚的封皮。日记中详尽地描述了她的儿子和那个女孩一起躺在浮木旁。湿地女孩。她的蔡斯和垃圾在一起。她几乎无法呼吸。如果人们发现了怎么办？她先是浑身发冷，然后出汗，感到天旋地转。

"安德鲁斯夫人，能否请你解释一下，你在被告克拉克小姐画的这幅画里看到了什么？"

"蔡斯和克拉克小姐在防火塔顶上。"屋里响起一阵嗡嗡声。

"还有什么？"

"在他们手上，她正送给他一串贝壳项链。"

而他再也没有摘下，帕蒂·洛夫想。我以为他会告诉我一切。我以为我和儿子的感情比其他母子深。我这么告诉自己。但其实我一无所知。

"所以，因为他告诉了你，也因为这本日记，你得知自己的儿子和克拉克小姐约会过，而且还知道她送了这串项链。"

"是的。"

"十月二十九日晚上，蔡斯去你家吃饭的时候，是否戴着项链？"

"戴着。他待到十一点才走，一直戴着项链。"

"第二天你去诊所认尸的时候，他还戴着项链吗？"

"不，他没戴。"

"除了克拉克小姐，你能想到蔡斯的朋友或者其他任何人，有任何理由想拿走那串项链吗？"

"没有。"

"反对，法官大人，"汤姆在座位上迅速回应道，"谣言。引导推测。她无法为其他人的动机代言。"

"反对成立。诸位陪审员，你们必须无视最后一个问题及其回答，"然后，他低下头，威严地看着公诉人，说，"埃里克，你要小心点。不要乱嚷嚷！你知道不该如此。"

埃里克镇静地继续说道："好吧，我们从她自己的画中得知，被告人克拉克小姐至少和蔡斯一起爬上过防火塔一次。我们还知道她送了贝壳项链给他。此后，他一直戴着项链直到死的那晚。也就是在那晚项链失踪了。这是否属实？"

"是的。"

"谢谢你。没有其他问题了。"

"没有问题。"汤姆说。

51. 月亏

1970

法庭语言自然没有湿地语言那么诗意，然而基娅看到了它们本质上的相似之处。法官显然是雄性首领，地位不可撼动，所以姿态威风凛凛，同时又像在自己领地里的野猪那般放松，不具威胁性。汤姆·米尔顿举止从容，散发出自信和高贵，可以说是一头强壮的公鹿。而另一方面，公诉人需要靠明亮的宽领带和宽肩西装来提升地位。他通过甩胳膊或者提高声音来强调自己的重要性。地位较低的男性需要通过大吼大叫来获取注意。法警代表了底层雄性，依靠在皮带上挂发亮的手枪、叮当作响的钥匙和笨重的对讲机来彰显地位。等级序列提高了自然界种群的稳定性，不那么自然的人类社会也一样，基娅想。

公诉人打着猩红色领带，十分惹眼地走向前，传唤下一个证人，哈尔·米勒。他骨瘦如柴，二十八岁，有一头乱蓬蓬的棕色头发。

"米勒先生，请告诉我们十月二十九日至三十日凌晨一点四十五分左右，你在哪里，看到了什么。"

"我和艾伦·亨特都在蒂姆·奥尼尔的捕虾船上工作。当时很晚了，我们正往回走，回巴克利小湾镇，然后看见了她，克拉克小姐。她在自己的船里，大概一英里外，海湾东边，朝着北、西北方向走。"

"沿那个方向能到哪儿？"

"能直接到防火塔旁边的小湾。"

法庭里一阵喧哗，持续了整整一分钟，西姆斯法官敲响了他的锤子。

"她是否有可能去了别的地方？"

"嗯，有可能，但那条路上除了数英里的沼泽树木，什么都没有。除了防火塔，我不知道还有什么其他目的地。"

房间里热了起来，一阵骚动，女士们不停地摇着手中的扇子。睡在窗沿上的周日正义跳到地板上，走向基娅。在法庭上，它第一次蹭了她的腿，然后跳上膝头卧下。埃里克停了下来，看着法官，可能在考虑对如此明显的站队行为提出反对，但似乎并没有法律先例。

"你如何确定那是克拉克小姐？"

"哦，我们都知道她的船。她开着自己的船来来去去很多年了。"

"她的船上有灯吗？"

"没有灯。如果不是我们看见了她，可能会撞上。"

"但是天黑之后没有灯开船是违法的吧？"

"是的，她应该开灯。但她没有。"

"所以，蔡斯·安德鲁斯从防火塔上摔下来那晚，克拉克小姐驾船朝着那个方向而去，就在他死前没多久。对吗？"

"是的，那就是我们看到的情况。"

埃里克坐下。

汤姆走向证人。"早上好，米勒先生。"

"早上好。"

"米勒先生，你在蒂姆·奥尼尔的捕虾船上工作多久了？"

"有三年了。"

"那么，请告诉我，十月二十九日至三十日那晚，月亮什么时候升起？"

"那天是月亏，直到我们在小镇停靠时才升起。我想是凌晨两点后的某个时间。"

"我知道了。所以，那晚你看到小船在巴克利小湾镇附近行驶时，天空中没有月亮。一定很黑吧。"

"是的，很黑。有一些星光，不过，嗯，很黑。"

"能否请你告诉法庭，那晚克拉克小姐开着船经过的时候穿着什么衣服？"

"嗯，我们没有近到能看见她穿了什么。"

"哦？你没有近到能看见她穿的衣服。"汤姆看着陪审团，说，"那么，你们相隔多远？"

"我想我们之间至少有六十码。"

"六十码。"汤姆又看向陪审团，"要在黑暗中辨认出一艘小船，这可够远的了。告诉我，米勒先生，船上那人的什么特征让你如此确定她就是克拉克小姐。"

"好吧，就像我说的，几乎镇上所有人都知道她的船，知道它远看近看什么样子。我们知道船的轮廓和她坐在船尾的样子，就像那样又高又瘦。很独特的轮廓。"

"很独特的轮廓。所以任何体形相似的人，任何又高又瘦开着这种船的人看上去都像克拉克小姐。对吗？"

"我猜可能会有其他人看上去像她，但是我们对船和船主很了解，你知道，一直在海上。"

"但是，米勒先生，请允许我提醒你，这是一起谋杀审判。没有比这更严肃的事情了，在这样的情况下，必须百分之百确定。我们不能根据黑暗中六十码外看到的轮廓下结论。所以，能否请你告诉法庭，你确定一九六九年十月二十九日至十月三十日那晚你看到的人是克拉克小姐吗？"

"好吧，不，我没法完全确定。我从没说过完全确定是她。但是我很——"

"可以了，米勒先生。谢谢你。"

西姆斯法官问："再直接询问吗，埃里克？"

埃里克在自己的座位上问道："哈尔，你做证说，至少有三年时间，你一直看到并认出船上的克拉克小姐。告诉我，是否曾有过你以为自己看到了远处船上的克拉克小姐，但靠近后发现并不是她这种情况？是否发生过？"

"不，一次也没有。"

"三年里一次也没有？"

"三年里一次也没有。"

"法官大人，我没有问题了。"

52. 三山汽车旅馆

1970

西姆斯法官进了法庭，朝被告席点点头。"米尔顿先生，你准备好传唤辩方第一个证人了吗？"

"是的，法官大人。"

"开始吧。"

证人起誓完毕并落座后，汤姆说："请说出你的名字，以及你在巴克利小湾镇的工作。"基娅微微抬起头，看到一个矮小的、上了年纪的老女人，泛紫的白发烫成密密的小卷，很多年前，她曾问过她为什么总是独自来杂货店。她可能更矮了，发卷更小了，但看上去几乎没变。辛格尔特里夫人虽然有点爱管闲事、好支使人，但妈妈离开后那个冬天，是她给了基娅圣诞节格纹长袜，里面装着蓝色口哨。这是基娅所拥有的全部圣诞节了。

"我是萨拉·辛格尔特里，我在巴克利小湾镇的小猪扭扭杂货店做店员。"

"萨拉，从你在杂货店的收银台那儿能看到特莱维斯汽车站，对吗？"

"是的，我看得清清楚楚。"

"去年十月二十八日，你是否看见被告凯瑟琳·克拉克小姐下午两点半在汽车站等车？"

"是的，我看见克拉克小姐站在那里。"说到这儿，萨拉看了一眼基娅，想起有很多年，那个小女孩光着脚走进市场。没人知道，在基娅会数数前，她一直多给她找零——为了平账，这些钱得从她自己的腰包出。当然了，基娅一开始的消费都是小钱，所以她只给了分币，但肯定也帮上了忙。

"她等了多久？你是否确实看到她上了下午两点半的大巴？"

"她等了大概十分钟，我想。我们都看到她从司机那里买了票，把行李箱递给了他，然后上了车。车开走了，她肯定就在车上。"

"我相信你也看到两天后她回来时，坐的是十月三十日下午一点十六分抵达的大巴，对吗？"

"是的，两天后，下午一点十五分刚过，我抬头看汽车站，克拉克小姐正走出来。我向其他收银员指了指她。"

"然后她做了什么？"

"她走向码头，上了自己的船，向南开走了。"

"谢谢，萨拉。我问完了。"

西姆斯法官问："埃里克，你有问题吗？"

"没有，法官大人，我没有问题。事实上，我从证人名单上看到辩护律师打算传唤好几个镇上的人来证明克拉克小姐在辛格尔特里夫人说的日期和时间上下了大巴。检方不反驳此证词。事实上，该证词与我们的说法一致，即克拉克小姐在那个时段坐了大巴。如果法庭允许，在这个问题上我们不需要再传唤其他证人了。"

"好的。辛格尔特里夫人，你可以下来了。米尔顿先生，你觉得怎么样？如果公诉人接受克拉克小姐坐上了一九六九年十月二十八日下午两点半的大巴，然后于一九六九年十月三十日下午一点十六分左右回到镇上这一事实，你还需要在这一问题上传唤其他证人吗？"

"不需要了，法官大人。"虽然脸上风平浪静，但汤姆心里在咒骂。对于辩方来说，在蔡斯死亡时段内，基娅身在小镇之外这一不在场证明是最强的一个论点。但埃里克接受了这一证据，成功弱化了这个不在场证明的效力，甚至宣称不需要听关于基娅白天往返格林维尔的证言。这个证据对检方的局面并无影响，因为他们声称基娅当晚返回小镇实施了谋杀。汤姆预见到了风险，但他认为让陪审团亲耳听听证词，进而想象基娅在白天离开小镇，直到事发后才回来，这对本案来说很重要。而现在，他们会认为她的不在场证明甚至没有重要到需要去确认。

"好的。请传唤下一个证人。"

兰·弗朗先生，秃头，又矮又胖，外套扣子紧紧勒着圆圆的肚子。他做证说，自己在格林维尔拥有并经营着三山汽车旅馆，克拉克小姐从一九六九年十月二十八日到十月三十日一直住在旅馆里。

基娅讨厌听这个头发油腻的男人说话，她曾以为再也不用见到他，但现在，他就在这里说她的事情，好像她根本不在场。他解释了自己如何带她去房间，但没有提到他在房间里待了太久。他一直找出各种理由逗留，直到她打开房门，暗示他该走了。当汤姆问他怎么确定克拉克小姐在旅馆的来去时，他笑了，说她是男人会注意的那种女人。他补充说，她很奇怪，不会用电话，提着一个硬纸板箱从车站出来，还带了自己打包的晚饭。

"弗朗先生，第二天晚上，也就是一九六九年十月二十九日，蔡斯·安德鲁斯死亡那晚，你整晚都在前台工作，对吗？"

"是的。"

"克拉克小姐在和编辑共进晚餐后，于晚上十点回了房间，此后你是否看到她再次离开？十月二十九日晚或十月三十日凌晨的任何时间，你是否看到她离开或回到自己房间？"

"没有。我整晚都在那里，完全没看到她离开房间。我之前说了，她的房间就在前台对面，所以我能看到她离开。"

"谢谢，弗朗先生。我问完了。"

交叉询问几分钟后，埃里克继续说道："好的，弗朗先生，到目前为止，我们知道你一共离开前台去自己的公寓两次，上厕所然后回来。送餐员送来了比萨，你付钱给他，等等。还有四个客人入住，两个退房。在所有这些事的空当，你还算完了账。现在，我要提出，弗朗先生，在所有这些事情发生时，克拉克小姐有许多机会悄悄走出房间，迅速穿过街道，而你根本不会看到她。这是否完全有可能？"

"嗯，我想是有可能的。但我确实什么都没看见。没看见她那晚离开房间——这是我要说的。"

"我明白，弗朗先生。我想说的是，克拉克小姐很有可能离开了房间，走去汽车站，坐车回巴克利小湾镇，杀害了蔡斯·安德鲁斯，然后又回到自己的房间，而你因为忙着工作完全没看见她。没有其他问题了。"

午休后，当所有人都坐下，法官回到他的位子上，老排走进了法庭。泰特转头看向自己的爸爸，他穿着工装裤和黄色的海军靴，正走下通道。他之前说自己不来法庭是因为工作忙，但其实主要原因是他儿子和克拉克小姐长期以来的关系让他惊慌失措。泰特似乎从来没有喜欢过其他女孩，甚至长大后，成了专业人士，还是爱着这个奇怪、神秘的女人。一个现在被起诉谋杀的女人。

　　后来，那天下午，站在自己的船上，渔网堆在脚边，老排重重吐出一口气。他的脸因羞愧而烧了起来，意识到自己和镇上那些无知的居民一样，对基娅心存偏见，就因为她在湿地里长大。他记得泰特骄傲地向他展示基娅第一本关于贝壳的书，以及自己如何被她的科学和艺术才能折服。他买了基娅的每一本书，但没有告诉泰特。太狗屎了。

　　他是如此为儿子骄傲，泰特一直知道自己要什么，怎么得到自己要的东西。基娅做到了同样的事情，在更困难的环境下。

　　他怎么可以不在那里陪着泰特？还有什么事比支持儿子更要紧？他扔下渔网，留下船漂在码头，径直走向法院。

　　他走到第一排，乔迪、老跳、玛贝尔站起来让他挤过去，坐到泰特旁边。父子俩互相点点头，泪水涌入泰特的眼睛。

　　等老排坐下，法庭里安静下来后，汤姆·米尔顿说："法官大人，辩方传唤罗伯特·福斯特。"福斯特先生穿着花呢外套和卡其裤，系着领带。他身材匀称，中等身高，胡子修剪得整整齐齐，眼神温和。汤姆问了他的名字和职业。

　　"我的名字是罗伯特·福斯特。我是哈里森·莫里斯出版公司的高级编辑，公司在马萨诸塞州波士顿市。"基娅看着地板，手扶着额头。她的编辑是她认识的人里唯一不把她看作湿地女孩、尊重她甚至惊艳于她的学识和才华的人。现在，他在法庭上看着她坐在被告席，被指控谋杀。

"你是凯瑟琳·克拉克小姐的编辑吗？"

"是的。她是极有天赋的博物学者、艺术家和作家。我们最爱的作者之一。"

"一九六九年十月二十八日，你去了北卡罗来纳州的格林维尔，并在二十九日和三十日两天都见了克拉克小姐，你能否确认此事？"

"没错。我在那里参加一个小会议，并且知道我将会有富余时间，但不够去她住的地方，所以我邀请克拉克小姐到格林维尔见面。"

"你能否告诉我们去年十月二十九日晚你送她回汽车旅馆的确切时间？"

"我们见面后在酒店吃了晚饭，九点五十五分我开车送基娅回汽车旅馆。"

基娅回忆起她站在餐厅门口，餐厅里光线柔和的吊灯下方摆满了烛光闪烁的桌子。白色桌布上放着高脚酒杯。衣着考究的顾客们轻声交谈。而她却穿着朴素的衬衫和裙子。她和罗伯特吃着裹了杏仁的北卡鳟鱼、野稻米、奶油菠菜和发面卷。基娅感到很舒服，因为他轻松而优雅地维持着谈话，始终围绕着她熟悉的自然主题。

现在回想起来，她很惊讶自己是如何安然度过了那顿晚餐。事实上，那个亮闪闪的餐厅远没有她最爱的那次野餐盛大。她十五岁那年，一个黎明，泰特开船到了她的棚屋，给她肩头裹了一条毯子，然后他们一起朝内陆驶去。穿过一片水网，到了一片她从没见过的树林。他们徒步一英里，来到一片浸在水里的草地边缘。那里的嫩草穿透泥泞长出来。泰特把毯子铺在足有雨伞那么大的蕨类植物下面。

"现在我们等着。"他说，一边从热水瓶里倒出热茶，还拿出"浣熊球"——用饼干面、热香肠和重口味的切达奶酪混合烘焙而成，是他专门为这次野餐准备的。即使是在这冰冷的法庭上，她仍能记起毯子下她与他的肩膀触碰时的温度——他们一起慢慢享用这顿早野餐。

他们不用等很久。没一会儿，北边传来大炮轰鸣般的骚动。"来了。"泰特说。

薄薄的黑色云层出现在地平线上，一边朝他们移动，一边蹿向天空。尖叫声越来越密，越来越大，云很快占据了天空，不留一丝蓝色。成千上万的雪雁振翅而来，鸣叫着，滑行着，铺天盖地。它们在空中盘旋，斜着降落。或许有五十万对白色翅膀一齐舒展，粉橘色的脚相继垂下，一个"鸟风暴"登陆了。真正的天地皆白，地上的一切，无论远近，都消失了。先是一只只，接着是十只十只，然后是上百只上百只，降落之处离他们坐的地方只有几码远。天上空了，草地满了，覆满了毛茸茸的雪。

没有哪家高档餐厅可以与之相比。浣熊球的味道比杏仁裹鳟鱼更丰富。

"你看着克拉克小姐进了房间吗？"

"当然。我替她打开车门，一直看着她安全进去才离开。"

"第二天你见到克拉克小姐了吗？"

"我们约定一起吃早餐，所以我早上七点半去接她。我们在叠叠高煎饼店用餐。九点，我送她回旅馆。那是我今天之前最后一次见她。"他看向基娅，但她低头看着桌子。

"谢谢，福斯特先生。我没有其他问题了。"

埃里克站起来，问："福斯特先生，我想知道为什么你住在山麓酒店，当地最好的一家酒店，而贵公司只让克拉克小姐住很基础的汽车旅馆——三山汽车旅馆？据你描述，克拉克小姐天赋很高，是你们最喜爱的作者之一。"

"嗯，当然了，我们提议甚至是推荐克拉克小姐住在山麓酒店，但她坚持待在汽车旅馆。"

"是吗？她知道那家旅馆的名字吗？她是特别要求住在三山的吗？"

"是的，她写了一个条子说想住在三山。"

"她说了为什么吗？"

"没有，我不知道为什么。"

"好吧，我有一个想法。这是格林维尔的旅游地图，"埃里克走近证人席，手里挥着地图，"福斯特先生，在这里你能看到山麓酒店——你向克拉克小姐提议的一家四星级酒店——位于市中心。相反，三山汽车旅馆位于二五八高速旁，靠近特莱维斯汽车站。事实上，如果你像我一样研究了地图，你将发现三山是离汽车站最近的旅馆……"

"反对，法官大人，"汤姆大喊，"福斯特先生不是格林维尔市布局的权威人士。"

"他不是，但地图是。我知道你想证明什么，埃里克，我允许你这么做。继续。"

"福斯特先生，如果有人计划在半夜快速到达汽车站，那么选择入住三山而不是山麓是很合理的。特别是如果他们计划步行前往。你只需要确认，克拉克小姐特别要求住在三山而不是山麓。"

"我说了，她要求住三山。"

"我没有问题了。"

"再直接询问吗？"西姆斯法官问。

"是的，法官大人。福斯特先生，你和克拉克小姐共事多少年了？"

"三年。"

"即使去年十月才在格林维尔第一次见到她，你是否认为通过这些年的书信往来，你很了解克拉克小姐？如果是，你如何形容她？"

"是的，我很了解她。我认为她是一个害羞、温和的人。她喜欢独自在野外。我花了不少时间劝她来格林维尔。她当然会避开人群。"

"就像可能会在山麓酒店那样的大型酒店碰到的人群？"

"是的。"

"事实上，福斯特先生，你是否同意，克拉克小姐，一个喜欢独处的人，会选择一家小而偏远的旅馆而不是市中心喧闹的大酒店，这毫不奇怪？这个选择符合她的个性？"

"是的，我同意。"

"同时，克拉克小姐不熟悉公共交通，她知道自己需要提着行李从汽车站走到旅馆再走回来，那么，她选择一家离汽车站最近的酒店或者旅馆不是很合理吗？"

"是的。"

"谢谢。我的问题问完了。"

罗伯特·福斯特离开证人席，和泰特、老排、乔迪、老跳、玛贝尔坐在一起，就在基娅身后。

那天下午，汤姆传唤治安官作为下一个证人。

基娅从汤姆的证人名单上看到只剩下几个证人了，这个认知让她感到恶心。接下来就是结辩，然后定罪。只要有很多证人支持她，她就能期待无罪开释，或者至少推迟定罪。如果庭审一直继续，判决就永远不会下来。她试图引导思绪飘向雪雁栖息之地，正如她自审判开始就在做的那样。然而，她只看到监狱、栅栏和湿冷的水泥墙。其间不时穿插一把电椅，还有很多捆绑带。

突然，她觉得自己无法呼吸，无法在这里再多坐一秒，头沉重到抬不起来。她身体微微下沉，头垂在手心里，汤姆恰好在此时从治安官转向她，冲了过去。

"法官大人，我请求短暂休庭。克拉克小姐需要休息。"

"同意。休庭十五分钟。"

汤姆帮她站起来，扶她走到侧门外，进了一个小会议室，她一下子瘫倒在椅子上。他坐在她旁边，问："怎么了，基娅，出什么事了？"

她把头埋在掌心。"你怎么会这样问？不是很明显吗？怎么会有人熬得过去这个？我觉得太恶心、太累了，没法坐在那里。我一定要坐在那里吗？我不在，审判就不能继续吗？"她只想回到自己的囚室，和周日正义蜷缩在一起。

"不，恐怕不行。在重大案件中，比如这样的案件，法律要求你在场。"

"如果我不能呢？如果我拒绝呢？他们能做的就是把我关起来而已。"

"基娅，这是法律。你必须参加，不管怎么说，你最好在场。对陪审团来说，给一个不在场的被告定罪更容易。但是，基娅，不会很久了。"

"这并没有让我觉得舒服一点，你不明白吗？接下来只会比这更糟。"

"这说不好。别忘了，如果结果不如意，我们可以上诉。"

基娅没有回答。想到上诉，她感到更恶心了，同样被押着走进不同的法庭，离湿地更远。可能在更大的镇子上。没有海鸥的天空。汤姆走出房间，回来的时候拿着一杯冰甜茶和一袋咸花生。她小口喝着茶，没有碰花生。几分钟后，法警敲响了门，将他们带回法庭。基娅的思绪在现实内外游移，只捕捉到了证词的只言片语。

"杰克逊治安官，"汤姆说，"公诉人宣称，克拉克小姐在大晚上溜出去，从三山旅馆走到汽车站——至少二十分钟的路程。然后，她上了晚上十一点五十分的夜间大巴，从格林维尔到巴克利小湾镇，但是大巴晚点了，所以她直到凌晨一点四十分才到镇上。他们接着宣称她从汽车站走去镇码头——三四分钟路程。然后开船去了防火塔旁的小湾——至少二十分钟。步行去防火塔，又需要八分钟。在黑暗中爬上塔，假设至少四五分钟。打开格栅，几秒钟。等待蔡斯——无法估计时间。然后，全部反过来。

"那些行动需要花费至少一小时七分钟，这还不算用来等蔡斯的时间。但是，回格林维尔的大巴，也就是她必须赶上的那趟车，在她到达后五十分钟就开走了。所以，事实很简单：她没有足够时间实施所谓的犯罪。是吗，治安官？"

"时间很紧，确实如此。但是，她可以小跑着从船到塔，然后跑回来，可以在各个环节上节约一点时间。"

"这里那里节约出的一分钟不够完成整件事。她需要整整二十分钟。至少。她怎么省下二十分钟？"

"好吧，可能她根本没有开船去。可能她走着或跑着，从主街上的汽车站沿着沙路去了防火塔。那比走海路快多了。"埃里克·查斯顿坐在公诉人席的椅子上，对治安官怒目而视。他已经让陪审团信服，基娅有足够时间犯罪，然后回到车上。他们不需要更多说服了。此外，他们还有一名极佳的证人，捕虾人，他做证说曾看见克拉克小姐开船去防火塔。

"你有任何证据证明克拉克小姐是走陆路去的防火塔吗，治安官？"

"没有。但是走陆路是个很好的推测。"

"推测！"汤姆转向陪审团，"推测是你们在逮捕克拉克小姐、把她关押在监狱里两个月之前该做的事。事实是，你无法证明她走了陆路，而走海路时间不够。没有其他问题了。"

埃里克面向治安官做交叉询问。"治安官，巴克利小湾镇附近的水域常有极强的涌流、激流和潜流，这些都会影响船速，对吗？"

"是的，确实如此。住在这里的人都知道。"

"知道如何利用这些海流的人可以很快驾船从港口到防火塔。在这样的情况下，来回节约二十分钟是极有可能的。这是否属实？"埃里克很焦躁，他不得不提出一个新推测，但他需要的只是一些貌似可靠的概念，陪审员们能够抓住，然后被拉下水。

"是的，属实。"

"谢谢。"埃里克一转开身，汤姆就站起来再次直接询问。

"治安官，是或否，你有没有证据证明，十月二十九日至三十日那晚发生了可以缩短从巴克利小湾镇港口开船到防火塔的时间的涌流、激流或强风，或者有没有任何证据证明克拉克小姐走陆路去了防火塔？"

"没有，但是我确定——"

"治安官，你确定什么或不确定什么毫无差别。你是否有证据证明一九六九年十月二十九日晚发生了一股强激流？"

"没有。"

53. 缺失的一环

1970

第二天早上，汤姆仅剩最后一个证人。他的最后一张牌。他传唤了蒂姆·奥尼尔。他在巴克利小湾镇外的水域捕了三十八年虾。蒂姆快六十五岁了，很高，比较胖，厚厚的棕发间只有几缕灰色，但他的络腮胡几乎全白了。人们眼中的他安静而严肃，诚实又和蔼，总是为女士开门。他是完美的最后证人。

"蒂姆，去年十月二十九日至三十日大约凌晨一点四十五分到两点，你带船进了巴克利小湾镇的港口，对吗？"

"是的。"

"你的两个船员，哈尔·米勒先生在这里做了证，艾伦·亨特先生则签了宣誓书，两人都声称看见了克拉克小姐开船向北，差不多在刚才提到的时间段内经过海港。你知道他们的证词吗？"

"是的。"

"在那个时间和地点，你是否看见了米勒先生和亨特先生看到的同一艘船？"

"是的，我看见了。"

"你是否同意他们的证词，即克拉克小姐在你们看到的那艘向北行驶的船上？"

"不，我不同意。"

"为什么？"

"天很黑。直到后来才有月光。那艘船太远了，难以确切辨认。我知道这里所有有那种船的人，也见过很多次克拉克小姐在船上，一下就能认出来。但是那天晚上，天实在太黑了，认不出船或者船上的人。"

"谢谢，蒂姆。没有其他问题了。"

埃里克走上前。"蒂姆，即使你无法辨认出那艘船，或者船上确切是谁，你是否同意，一艘和克拉克小姐的船同样大小和形状的船在凌晨大约一点四十五分朝着巴克利小湾镇防火塔开去，那晚差不多的时段蔡斯从防火塔上摔下来？"

"是的，我可以说那艘船和克拉克小姐的船形状大小相似。"

"非常感谢。"

再次直接询问时，汤姆站起来，就在原地说："蒂姆，确认一下，你做证说你曾很多次认出克拉克小姐在她的船上，但那天晚上，你没有看到任何东西可以让你辨认出那艘船或船上的人是克拉克小姐，对吗？"

"对。"

"请你告诉我们，这片区域是否有很多和克拉克小姐的船同样形状大小的船？"

"哦，是的，这是附近最常见的船型之一。有很多和她那艘一样的船在这片航行。"

"所以，那天晚上你看到的开船人可以是任何开着类似船只的人？"

"完全正确。"

"谢谢。法官大人，辩护结束了。"

西姆斯法官说："休庭二十分钟。退庭。"

总结陈词时，埃里克系了一条金色和酒红色交替的宽条纹领带。他走近陪审团，站在栏杆旁，刻意扫视每一个陪审员。旁听席静静地等待着。

"陪审团的各位女士们、先生们，你们是社区成员，一个骄傲且独特的小镇的居民。去年，你们失去了自己的一个孩子，一个年轻人，街坊心中一颗闪耀的明星，一个期待长久幸福生活的……"

基娅几乎听不到他在说什么。他重复了一遍关于她如何谋杀蔡斯·安德鲁斯的那套说辞。她坐着，手臂支在桌子上，头埋在手心里，只捕捉到他的只言片语。

"……小镇上两个大家都认识的男人看见克拉克小姐和蔡斯在林子里……听到她说'我要杀了你'……一顶红色羊毛帽子上的纤维留在了他的牛仔外套上……还会有谁想拿走那串项链……你们知道这些海流和风可以极大地加快……

"我们从她的生活方式上了解到，她很擅长夜间行船以及在黑暗中爬上防火塔。所有这些就像钟表部件一样配合严密。那晚她做的每一件事都很清楚了。你们可以也必须认定被告犯了一级谋杀罪。谢谢你们履行陪审员的责任。"

西姆斯法官朝汤姆点点头。汤姆走向陪审团席。

"陪审团的各位女士们、先生们，我在巴克利小湾镇长大，在我更年轻一些的时候，听说过很多关于湿地女孩的故事。是的，我们直接摊开来说吧。我们叫她湿地女孩。很多人现在还这么叫她。有些人嘀咕她是半人半狼，或是猿类和人类之间缺失的那一环。她的眼睛在黑暗中会发亮。然而事实上，她只是一个被抛弃的孩子，一个在沼泽里独自求生的小女孩，挨饿受冻，但我们没有帮助她。除了她仅有的几个朋友中的一个——老跳，没有任何一个教堂或社区组织给她提供食物或衣服。相反，我们给她贴了标签，排斥她，就因为我们觉得她不一样。但是，女士们先生们，我们因为她不同而排斥她，还是因为我们排斥她而让她不同？如果我们把她当作我们中的一员来接纳——我想她今天就会真的成为我们中的一员。如果我们曾供她衣食，爱护她，邀请她进教堂和家里，我们不会对她心存偏见。我相信她今天不会坐在这里，被指控谋杀。

"审判这个害羞的、被排斥的年轻女人的任务落在了你们肩头。你们的判断必须根据法庭上所呈现的有关本案的事实，而不是谣言或过去二十四年来的感觉。

"什么是正确而可靠的事实？"和刚才一样，基娅只听到了只言片语。"……公诉人甚至还没有证明这是一起谋杀，还是仅仅是一起悲惨的意外。没有凶器，没有推搡的伤痕，没有证人，没有指纹……

"一个最重要且已被证实的事实是，克拉克小姐有完备的不在场证明。我们知道蔡斯死亡那晚，她人在格林维尔……没有证据证明她乔装成一个男人，坐车回了镇上……事实上，公诉人根本无法证明她那晚在镇上，无法证明她去了防火塔。我再次重申：没有任何证据证明克拉克小姐上了防火塔，在巴克利小湾镇，或杀害了蔡斯·安德鲁斯。

"……奥尼尔先生，船长，开捕虾船已有三十八年，做证说天太黑，无法辨认出那艘船。

"……外套上的纤维，有可能已经沾了四年之久……这些都是无可争议的事实……

"公诉人的所有证人都不确定自己看到的，一个也没有。然而在辩方，每一个证人都百分之百确定……"

汤姆在陪审团面前站了一会儿。"我很了解你们中的大部分人，我知道你们可以放下之前对克拉克小姐的偏见。即使她一生中只去过一天学校——因为其他孩子欺负她——她通过自学，成了著名的博物学家和作家。我们叫她湿地女孩。而现在科学界认可她为湿地专家。

"我相信你们可以放下所有谣言和荒诞的故事。我相信你们可以根据在法庭上听到的证据而不是过去听到的错误流言做出判断。

"最后，是时候给湿地女孩一个公平了。"

54. 反之亦然

1970

汤姆指了指小会议室里那些不配套的椅子，示意泰特、乔迪、老排和罗伯特·福斯特落座。他们围着长方形的桌子坐下，桌上残留着咖啡杯印记。剥落的墙皮呈两种色调：顶部是石灰绿，底部是深绿。来自墙面和湿地的潮乎乎的气味渗透进来。

"你们可以在这里等，"汤姆说，关上了身后的门，"大厅那头，陪审席对面有一台咖啡机，但连三眼的骡子都不会去喝。小饭馆的咖啡还不错。我看看，现在是十一点多一点。我们过会儿再安排午饭吧。"

泰特走到窗边，窗上的白色栅栏纵横交错，似乎曾有等待定罪的人尝试逃跑。他问汤姆："他们把基娅带去了哪里？她的囚室吗？她得一个人在那里等着吗？"

"是的，她在自己的囚室。我现在去看她。"

"你觉得陪审团需要多久？"罗伯特问。

"很难说。你认为会很快，结果他们花了好几天，或者反过来。大部分人可能已经做出决定了——不利于基娅。如果少数陪审员心存疑问，试图说服其他人，罪行还没有被完全证明，那么我们就还有机会。"

他们安静地点点头，被"完全"这个词压住了，仿佛罪行已被证实，只差板上钉钉。

"好了，"汤姆接着说道，"我去看看基娅，然后继续工作。我要准备上诉申请，甚至以遭遇偏见为由提出无效审判动议。请记住，如果她被定罪了，这还不是路的尽头。绝对不是。我会进进出出，当然，如果有新消息，我会即时告诉你们。"

"谢谢，"泰特说，然后补充道，"请告诉基娅，我们在这里，如果她愿意，我们会和她坐在一起。"虽然最后几天她拒绝见汤姆之外的任何人，而且过去两个月她几乎没见过什么人。

"没问题。我会告诉她的。"汤姆离开了。

老跳和玛贝尔不得不在外面等结果，在广场的蒲葵丛和锯齿草丛里，和其他几个黑人一起。正当他们在地上铺开彩色垫子，从纸袋里拿出饼干和香肠时，天空下起了阵雨，他们拿上东西跑到加油站的遮棚下。莱恩先生大声说，他们只能在外面等——这个事实他们已经知道了一百年——不要挡其他客人的道。一些白人挤进小饭馆或者狗日啤酒屋喝咖啡，其他人则聚集在街上，撑着明亮的雨伞。孩子们在水坑里踩水玩，吃着混合了焦糖玉米花和花生的零食，期待着一场游行。

独自度过了几百万分钟，基娅以为自己了解孤独。她的生活就是看着厨房里的旧餐桌，看着空荡荡的房间，看向无尽绵延的海和草。

无人与之分享找到羽毛或完成水彩画后的喜悦。她只能对着海鸥背诵诗歌。

雅各布关上牢门，铁条撞击发出哐当声，他消失在大厅里，伴着最后一声重响，沉重的大门也关上了。冰冷的安静沉淀下来。等待自己的谋杀审判结果带来了完全不同层次的孤独感。生或死的问题没有浮现在她脑海里，而是沉入一种更大的恐惧之下——没有湿地陪伴的孤独而漫长的日子。没有海鸥，没有大海，在一个看不见星光的地方。

那两个讨人嫌的狱友已经被释放。她几乎有点怀念他们的喋喋不休——至少是人类，无论多么低等。现在她独自待在这长长的、满是锁和栅栏的水泥通道里。

她知道针对她的偏见有多深，知道如果裁决很快下来，就意味着没怎么经过审议，也意味着定罪。她想到了破伤风——注定被扭曲、受折磨的一生。

基娅想把板条箱移到窗下，在湿地上方搜寻猛禽。然而，她只是坐在原地，沉默着。

两小时后，下午一点，汤姆推开了泰特、乔迪、老排和罗伯特·福斯特所在房间的房门，他们正等待着。"嗯，有一些消息。"

"什么？"泰特猛地抬起头，"不是已经有裁决了吧？"

"不，不，不是裁决。但我想，这是个好消息。陪审员们要求看大巴司机证词的法庭记录。这意味着，至少他们在认真思考，而不是简单地得出一个结论。大巴司机很关键，当然了，而且两人都说确定基娅不在各自的大巴上，不确定所谓伪装那回事。有时候，阅读白纸黑字的证词会让陪审员感觉更确定。看看再说，不过这是一线希望。"

"我们相信这是一线希望。"乔迪说。

"哦，过了午饭时间了。大家都去小饭馆吃饭吧。我保证，发生任何情况我都会告诉你们。"

"我不想去，"泰特说，"他们肯定都在那里讨论她是多么有罪。"

"我明白。那我让助手送点汉堡过来，怎么样？"

"好的，谢谢。"老排说，然后从包里拿出几美元。

下午两点十五分，汤姆回来告诉大家，陪审员要求看法医的证词。"我不太确定这是好消息还是坏消息。"

"狗屁！"泰特咒骂道，"怎么有人能熬过这个？"

"放松，这可能要好几天。我会即时更新消息。"

四点，汤姆再次推开门。他没有笑，满脸严肃。"好了，先生们，陪审团做出裁决了。法官命令所有人回到法庭。"

泰特站起来。"这意味着什么？这么快就有了裁决。"

"来吧，泰特，"乔迪碰碰他的胳膊，"走吧。"

在走廊里，他们加入了摩肩接踵从外面涌进来的镇上居民。潮湿的空气随人群涌入，混杂着各种味道——烟草、被雨打湿的头发和泛潮的衣服。

十分钟不到，法庭就坐满了。很多人没有座位，只能聚集在大厅里或者前面的台阶上。四点半，法警带着基娅走到她的位置，第一次扶住了她的手肘。事实上，如果他没有扶住，她好像就要摔倒了。她的眼睛一直没有离开地面。泰特注视着她脸上的每一次抽搐。他感到恶心，呼吸困难。

书记员琼斯小姐走进法庭，入座。然后，如同葬礼上的唱诗班，陪审团庄严肃穆地鱼贯进入陪审席。卡尔佩珀夫人看了基娅一眼。其他人都看着前面。汤姆试图从他们脸上看出点端倪。旁听席里不闻一声咳嗽或鞋子摩擦地板的声响。

"全体起立。"

西姆斯法官从门里走出来，在自己的长凳上落座。"请坐。主席先生，陪审团已经达成了裁决，对吗？"

汤姆林森先生，一个安静的男人，开了一家巴斯特·布朗鞋店，站在第一排。"是的，法官大人。"

西姆斯法官看向基娅。"请被告人起身听裁决。"汤姆碰了碰基娅的胳膊，扶她起来。泰特把手放在他能够到的离基娅最近的栏杆上。老跳抬起玛贝尔的手，握住。

屋里没有人经历过这种集体的心脏冲击，以及共同的呼吸困难。眼神闪烁，手心冒汗。捕虾人哈尔·米勒心揪在了一起，努力确认他那晚看到的就是克拉克小姐的船。如果他错了呢。大多数人看着地板或墙壁，没有人看基娅的后脑勺。似乎是镇上的人而非基娅在等着被裁决。几乎没有人感受到原本期待在这个关口会获得的猥琐的喜悦。

主席汤姆林森先生递给法警一张小纸片，法警又递给了法官。法官打开纸片，面无表情地看了一遍。法警接着从西姆斯法官手里接过去，又递给了书记员琼斯小姐。

"有没有人读给我们听一下！"泰特咆哮道。

琼斯小姐站起身，面向基娅，展开纸片，读道："陪审团认为，凯瑟琳·丹妮尔·克拉克小姐在被指控对蔡斯·安德鲁斯先生实施一级谋杀的案件中无罪。"基娅弯腰坐下来。汤姆也坐下了。

泰特眨着眼睛。乔迪大口呼吸。玛贝尔哭了。旁听席上的人一动不动地坐着。他们显然误解了什么。"她刚才说无罪？"窃窃私语的音调和音量迅速攀升，变成了愤怒的质问。莱恩先生大喊："这不对。"

法官敲响了锤子。"安静！克拉克小姐，陪审团认为你在被指控的案件中无罪。你可以走了，我代表本州为你在监狱里被关了两个月道歉。陪审团，感谢你们的时间和奉献。退庭。"

一小群人聚在蔡斯父母身边。帕蒂·洛夫在哭泣。萨拉·辛格尔特里和所有人一样脸色阴沉，但她发现自己松了很大一口气。潘茜小姐希望没有人看到她的下巴放松了。一滴泪从卡尔佩珀夫人的脸颊滑落，她露出了几不可见的笑容，这个生活在湿地里的逃学的孩子又一次成功逃脱了。

一群穿着工装裤的男人站在后面。"陪审员需要做一些解释。"

"埃里克不能宣布审判无效吗？整个过程再来一次？"

"不能。记得吗，不能因为谋杀接受两次审判。她自由了。逃开了整件事。"

"是治安官搞砸了这事。他没法坚持自己的说法，不断编出新东西来。这个推测，那个推测。"

"像是在演《荒野镖客》[1]，整天趾高气扬。"

但是，这个不满的小团体很快就解散了，有些人走出门，谈论着

---

[1] *Gunsmoke*，美国 CBS 电视台 1955 年至 1975 年间播出的长篇电视连续剧。

要赶工的工作，以及那场雨如何让事情降温了。

乔迪和泰特冲过木门，来到被告桌前。老排、老跳、玛贝尔和罗伯特跟在后面，他们围住了基娅。他们没有碰她，而是靠近站着。她坐在那里一动不动。

乔迪说："基娅，你可以回家了。你想让我送你吗？"

"好的，麻烦了。"

基娅站起来，感谢罗伯特从波士顿一路赶来。他笑了，说："你就忘了这些无意义的事情，继续那令人惊叹的工作吧。"她碰了碰老跳的手，玛贝尔把她拥进自己柔软的胸脯。接着，基娅转向泰特。"谢谢你带给我的东西。"她转向汤姆，不知道该说什么。他只是张开手臂抱住了她。然后，她看向老排。没有人介绍他们认识，但从他的眼中，基娅看出了他是谁。她轻柔地点点头表达谢意，而让她惊讶的是，老排把手放到她肩上，轻轻捏了捏。

然后，她跟着法警，和乔迪一起走向法庭后门。经过窗沿时，她伸手摸了下周日正义的尾巴。它无视了。她感激它完美伪装的无须道别。

开门的瞬间，她感受到大海的气息扑面而来。

55. 野草野花

乔迪的卡车颠簸着越过人行道，开上了湿地沙路。他温柔地和基娅说话，说她会好起来的，只是需要一点时间。她看着一路闪过的香蒲白鹭、松树池塘，伸长脖子看两只海狸戏水。她就像是一只迁徙的燕鸥，飞了上万英里回到自己的出生地，她的心因对家的渴望和期待而怦怦直跳。她几乎听不见乔迪的闲聊。希望他可以安静下来，倾听他内里的荒野。然后他或许能看见。

乔迪转过曲折沙路的最后一个弯，她的呼吸屏住了。老旧的棚屋出现在眼前，就在橡树下等着。生锈的屋顶上，西班牙苔藓在微风中轻轻飘荡，潟湖的树荫下，苍鹭单腿站立着。乔迪刚一停车，基娅立刻跳了下去，跑进棚屋，触摸床、桌、炉子。知道她回来后会想做什么，他在灶台上留了一袋面包屑。她感到自己获得了新的力量，拿上面包屑跑去沙滩，当海鸥沿着海岸向她飞来时，她泪如雨下。大红落在地上，在她脚边走来走去，摇头晃脑。

她跪在沙滩上，浑身颤抖，被一群狂热的海鸟包围着。"我从来没有向其他人要求过什么。或许现在他们可以不来打扰我了。"

乔迪把她的一点私人物品拿进屋里，在老茶壶里泡了茶。他坐在桌边等着。终于，他听到了廊门打开的声音。她走进厨房，说："哦，你还在呢。"当然，他还在这里——他的卡车就在屋外，谁都能看见。

"坐一会儿，好吗？"他说，"我想聊聊。"

她没有坐。"我很好，乔迪，真的。"

"所以，你是想让我走？基娅，你在那个囚室里独自待了两个月，想着整个镇子都在针对你。你几乎不让任何人去探访。我都理解，真的，但我不觉得我应该离开，留你一个人。我想和你待几天，可以吗？"

"我这辈子大部分时间都是独自一人，不是只有两个月！而且不是我这么想，我知道整个镇子都在针对我。"

"基娅，不要让这件可怕的事情把你推得离人群越来越远。这是足以摧毁灵魂的折磨，但这也是一个从头开始的机会。这个裁决可能就是他们表达愿意接纳你的方式。"

"大多数人不需要在谋杀案中被无罪开释后才被接纳。"

"我知道，你有充分的理由恨所有人。我不怪你，但是……"

"那就是所有人误解我的地方，"她抬高了声音，"我从来不恨他们。是他们恨我。他们嘲笑我。他们离开我。他们欺辱我。他们攻击我。好吧，这都是真的。我学会了离开他们生活。没有你。没有妈妈！或者任何人！"

他想抱住她，但她挣脱了。

"乔迪，可能现在我只是累了。事实上，我筋疲力尽。求你了，我需要熬过所有这些——审判、监狱、被处死的念头——靠我自己，因为我唯一知道的就是靠自己。我不知道如何接受安慰。我累得连这个对话都没法进行。我……"她的声音消失了。

她没有等乔迪回答，从棚屋走进了橡树林。他知道跟过去也是徒劳，所以留在原地。他可以等。一天前，他给棚屋添置了一些杂货——万一无罪释放了——现在，他开始切菜，打算做她最爱吃的自制鸡肉派。但是，到太阳落山时，他无法忍受她继续在外面游荡，所以在灶台上留下热乎乎、还冒着泡的鸡肉派，走出门去。她已经游荡到了沙滩，听到卡车慢慢开下小径的声音，跑回了棚屋。

金色酥皮的香味飘满了棚屋，直飘上天花板。但基娅还是不饿。在厨房里，她拿出自己的画，计划下一本关于湿地草类的书。人们很少注意到草类，除了在收割、践踏、毒害它们的时候。她拿着画笔疯狂地在画布上涂抹，用了比绿色更深的颜色。深色图案显现出来，或许是多单体风暴下奄奄一息的草地。很难分清楚。

她低下头，啜泣着。"为什么我现在会愤怒？为什么是现在？为什么我对乔迪这么恶劣？"她无力地滑到地板上，像一只碎布娃娃。她哭泣着，缩成一团，希望可以依偎在那个唯一接受她本真模样的生物身旁。但那只猫在监狱里。

天黑前，基娅走回沙滩，海鸥们正在整理羽毛，安顿下来过夜。她走进海浪里，正在滚回大海的贝壳和螃蟹碎片摩挲着她的脚趾。她弯下腰捡起两根鹈鹕羽毛，和泰特放在字典 P 部分的那根羽毛一样。那是很多年前他送她的圣诞礼物。

她轻声念了一首阿曼达·汉密尔顿的诗：

你再次来临，

盲了我的双眼

就像太阳洒在海面上的微光。

正当我感到自由时

月光将你的脸投影在窗台上。

每一次我忘记你

你的眼睛萦绕我心，而我心静静沉沦。

所以再见吧

直到你下一次来临，

直到我最终看不见你。

第二天黎明之前，基娅从门廊小床上坐起来，深深地吸了口气，把湿地丰富的味道吸进了心里。厨房里漏进微弱的光亮，她给自己做了粗玉米粉、炒鸡蛋和饼干。饼干和妈妈做的一样松脆。她吃得一点都不剩。然后，太阳升起来了，她赶紧上了自己的船，穿过潟湖，把手指浸入清澈幽深的湖水中。

驶过水道时，她和乌龟、白鹭说话，高高举起手臂。这里是家。"我要采集一整天，采集任何我想要的东西。"她说。而在内心深处，她其实想着也许能见到泰特。或许他正在附近工作，他们能碰上。她可以邀请他回棚屋一起分享乔迪做的鸡肉派。

不到一英里外，泰特正走在浅水里，往小试管里装水样。每走一步，每沉一次试管，水面上都会泛起轻柔的涟漪。他打算待在基娅附近。或许她会开船进湿地，这样他们就能碰上了。如果她没来，那么晚上他就去她的棚屋。他还没有完全想好跟她说什么，但想要亲吻她，吻进她心里。

远处传来一阵发动机的怒吼声，比摩托艇分贝更高，声音更大——盖过了湿地温柔的声音。那声音朝他靠近，他循声望去，眼前突然冲出一艘新式空气动力艇，他以前没见过。它在水面上甚至草地上滑行，趾高气扬，后面跟着一片扇状喷雾，发出十笛齐鸣的噪声。

这艘船打断自己穿过湿地的行进轨迹，碾过灌木和草丛，然后加速经过河口。苍鹭和白鹭在鸣叫。三个男人站在船舵旁，看到泰特后转向他的方向。随着他们靠近，他认出了治安官杰克逊、他的副手以及另一个男人。

这艘亮闪闪的船减速靠近，仿佛向后坐了下去。治安官冲泰特大喊着什么，但即使他把手拢在耳边，身体向他们靠过去，也没法在喧嚣声中听清。他们靠得更近了，船就在泰特身边起伏，激起的水花溅到他腿上。治安官俯下身，大喊。

基娅在附近也听到了那艘陌生的船，她开船靠过去，看到它正接近泰特。她退回一丛灌木里，看到他听了治安官的话后静静地站着，低下头，肩膀投降般沉了下来。即使隔着这样的距离，她也读出了他姿态里的绝望。治安官又大喊了几句，泰特最终走上前，让治安官的副手拉他上船。另一个男人跳下水，爬上泰特的小艇。泰特下巴低垂，眼睛向下，站在两个穿着制服的男人中间。他们掉转船头，加速穿过湿地回巴克利小湾镇，另一个男人开着泰特的船跟在后面。

基娅看着他们离开，直到两艘船都消失在一丛鳗草后面。他们为什么带走泰特？和蔡斯的死有关吗？他们逮捕了他？

极大的苦恼撕扯着她。最后，仿佛过了一生，她承认，正是因为可能看见泰特，转过小溪的一处弯也许可以透过芦苇丛观察他，她自七岁起每一天都来湿地。她知道他穿过麻烦重重的沼泽时最爱走的潟湖和水道，她总是隔着一个安全的距离跟着他。鬼鬼祟祟，偷偷地爱，从不分享爱意。当你在河口另一边爱着某人时，你就不会受伤。在拒绝他的这些年里，她活了下来，因为他就在湿地的某个地方，等待着。但是现在，或许他再也不会在那儿了。

她看着渐渐远去的怪船。老跳知道所有事——他会知道为什么治安官带走了泰特，还有她为此能够做点什么。

她拉动引擎，加速穿过湿地。

56. 夜鹭

1970

巴克利小湾镇的墓地在昏暗的橡树隧道下延伸向远处。西班牙苔藓垂挂着，如同长长的帘幕，为旧墓碑营造出洞穴一般的庇护所——这里有一个家庭的遗骸，那里有一个孤家寡人，完全没有规律。虬曲的树根用自己的手指撕裂、扭曲了墓碑，将其变为驼背的、无名的形状。死亡的标记被生命的元素摧残成碎片。远处，大海和天空在欢唱，对这片严肃的土地来说，那歌声太过明亮。

昨天，墓地里挤满了镇上居民，像源源不断的蚂蚁，包括所有渔民和店员，他们都是来给老排送葬的。泰特走在熟悉的镇上居民和不熟悉的亲戚中间，人们聚在一起，陷入了尴尬的沉默。自从治安官在湿地里找到他，告诉他父亲的死讯，泰特就像个牵线木偶一样照着指令做事——他背后撑着一只手，身边支着一只肘。他什么都不记得。今天他走回墓地，来道别。

在过去几个月里，他苦苦思恋着基娅，设法去监狱里探望她，几乎没有花时间陪伴老排。愧疚和后悔攫住了他。如果他不是如此沉溺于自己的心事，或许就能注意到爸爸越来越虚弱。被捕之前，基娅已经露出了一点回到他身边的迹象——送了他自己的第一本书，来他的船上看显微镜，来回扔帽子的时候笑了——但审判开始后，她又将他推开，比任何时候都远。监狱会让人变成那样，他想。

即使现在，手里拿着棕色的塑料盒子走向新墓，他发现自己想的更多的是基娅而不是爸爸。他咒骂自己。新堆的坟在橡树下，远处是辽阔的大海。爸爸的墓就在妈妈的旁边，妹妹在稍远那侧。一堵小小的墙围住了他们。墙由粗糙的石头和镶嵌了贝壳的灰浆筑成，留了足够的地方给他。一点都感受不到爸爸就躺在这里。"我应该让你像萨姆·马吉那样被火化。"泰特说，几乎露出了笑容。然后，他看向大海，他希望老排无论在哪里都能有一艘船。一艘红色的船。

他把那个塑料盒子——一台电池驱动的唱片机——放在坟墓旁的地上，然后在转盘上放了一张七十八转唱片。指针臂颤动着落下，米莉莎·科耶斯银子般明亮的嗓音升起，飘过树梢。他坐在妈妈的墓和爸爸鲜花覆盖的坟头中间。很奇怪，甜美的、新翻的泥土闻起来更像是一个开端而不是结束。

他低着头大声说话，请求爸爸原谅他花了这么多时间在外面。他知道老排会的。泰特记得爸爸对男人的定义：一个男人应能够自由地流泪，用心感受诗歌和歌剧，用尽全力保护自己的女人。老排会理解他穿越泥泞追求的爱情。泰特在那里安静地坐了很久，一手抚着妈妈，一手抚着爸爸。

终于，他最后一次摸了墓碑，起身走回自己的卡车，开车去小镇码头，他的船停在那里。他要回去工作，沉浸到各种蠕动的生命形态里。在码头，几个渔民走向他，他尴尬地站着，听着同样尴尬的宽慰。

他低下头，决心在其他人靠近之前离开，快步走上自己那艘船的后甲板。但在他坐到船舵后之前，他看到一根浅棕色的羽毛躺在座垫上。他立刻认出这是一只雌性夜鹭柔软的胸羽。那是一种长腿的神秘生物，独自生活在湿地深处。而这里离海太近了。

他环顾四周。不，她不会在这里，不会在离镇子这么近的地方。他转动钥匙，驾着船朝南穿过大海，最后到了湿地。

船在水道里飞快地行驶，低垂的枝丫拍打着船身，也蹭着他。他停进她的潟湖，把船系在她的小船边上。激荡的尾迹撞在岸边，激起水花。炊烟从棚屋的烟囱里升起，自由地翻腾着。

"基娅，"他大喊，"基娅！"

她打开廊门，站到橡树下，穿着长长的白色裙子和苍蓝色毛衣——那是翅膀的颜色，头发垂落在肩头。

他等她走过来，握住她的肩，拥她入怀。然后又推开。

"我爱你，基娅，你知道的。你知道很久了。"

"你和其他人一样离开了我。"她说。

"我再也不会离开了，永远不。"

"我知道。"她说。

"基娅，你爱我吗？你从没对我说过这几个字。"

"我一直都爱你，甚至当我还是个孩子的时候，我连记忆都没有的时候，就已经爱上你了。"她低下头。

"看着我。"他温柔地说。她犹豫着，低着头。"基娅，我需要知道逃跑和躲避已经结束了。你可以去爱而不再害怕。"

　　她仰起脸，凝视他的眼眸，然后带着他穿过林子，去那一小片橡树林，那个羽毛之地。

57. 萤火虫

　　第一晚，他们睡在沙滩上。第二天，泰特搬进了基娅的棚屋。在一轮潮汐的时间内打包和拆包。就像沙地生物那样。

　　下午晚些时候，他们沿着潮线散步。他拉住她的手，看着她，说："嫁给我好吗，基娅？"

　　"我们已经结婚了。像大雁那样。"她说。

　　"好吧。我能接受这个。"

　　每天，他们在黎明时分起身，泰特准备咖啡，基娅用妈妈那个变黑还有凹痕的旧铁锅做玉米煎饼，或者在太阳升到潟湖上空时，拌粗玉米粉和鸡蛋。苍鹭在雾气中单腿而立。他们开船过河口，在水道里跋涉，滑过窄窄的溪流，收集羽毛和变形虫。黄昏，他们漂在基娅的旧船里直到日落，然后在月光下裸泳，或者在蕨类铺就的清凉床铺上欢爱。

　　阿奇博尔德实验室给了基娅一份工作，但她拒绝了，继续写自己的书。她和泰特又雇了那个维修工，让他在棚屋后面为她建了一个实验室和工作室——原木、手工刨削的柱子和铁皮屋顶。泰特给了她一台显微镜，为她的标本装了工作台、架子和柜子。还有一些工具和补给。他们翻新了棚屋，加了一个新卧室和浴室，一间更大的起居室。她坚持让厨房保持原样，也不漆外墙，因此住所——现在不再是小屋了——保持了斑驳而真实的外观。

在橡树海，她打电话给乔迪，邀请他和他的妻子莉比来住几天。他们四人一起探索湿地，还钓了几次鱼。当乔迪钓上一条巨大的鲤鱼时，基娅尖叫道："看，你钓到一条亚拉巴马州那么大的鱼！"他们炸了鱼和"鹅蛋那么大"的玉米饼。

基娅终其一生再也没有去过巴克利小湾镇。大部分时候，她和泰特独自在湿地生活。镇上居民只能远远地看到她的身影在雾气中滑行。这些年来，她神秘的故事成了传奇，在小餐馆的酪乳煎饼和热香肠间被不断重复。而关于蔡斯·安德鲁斯是怎么死的，推测和流言也从未停止。

随着时间推移，大部分人都认为治安官不应该逮捕她。毕竟，没有针对她的确凿证据，也没有发生犯罪的事实证据。如此对待一个害羞的、自然的生命确实太过残忍。时不时地，新上任的治安官——杰克逊再也没有被选上——会翻开文件，质询其他一些嫌疑人，但都没什么结果。过了几年，这个案子也成了传奇。虽然基娅无法完全战胜加诸她身上的轻蔑和怀疑，但一种温柔的满足、一种近乎幸福的感觉沉淀了下来。

一天下午，基娅躺在潟湖旁柔软的草地上，等着泰特结束采集任务回来。她呼吸悠长，知道他一定会回来，知道自己人生中第一次不会被抛弃。她听到小船发出低沉的嗡嗡声，正缓缓驶进水道。她能感觉到地面在无声地震动。他的船挤过灌木，基娅坐起来向他挥手。他也挥了挥手，但没有笑。她站了起来。

他把船系到他修建的小码头上，走向岸边的她。

"基娅，对不起。我有个坏消息。老跳昨晚在睡梦中去世了。"

一阵剧痛挤压着她的心脏。所有那些离开她的人都是主动离开的。但这次不同。不是抛弃，而是像库珀鹰回到了天空。眼泪滚落脸颊。泰特抱住了她。

镇上几乎所有人都去了老跳的葬礼。基娅没有去。但是葬礼结束后，她去了老跳和玛贝尔的家，带着早已过期的黑莓果酱。

基娅在篱笆外停住了。老跳的朋友和家人们站在扫得光溜溜的土院子里，有些在交谈，有些在为老跳生前的故事大笑，有些在哭。她推开门，所有人都看着她，然后自动让出一条路。站在门廊上的玛贝尔跑向基娅。她们拥抱着，来回摇晃着，哭了起来。

"上帝啊，他就像爱自己的女儿那样爱着你。"玛贝尔说。

"我知道，"基娅说，"他就是我的爸爸。"

后来，基娅走回自己的沙滩，用自己的语言、自己的方式和老跳说了再见。独自一人。

她漫步在沙滩上，想着老跳，关于妈妈的回忆闯进了脑海。她似乎还是那个六岁的小女孩，看着妈妈穿着旧鳄鱼皮鞋走下沙路，走在深深的车辙里。但在这个画面中，妈妈在道路尽头停下了，转头看向她，挥手道别。她对着基娅笑了，然后转身上路，消失在树林里。这一次，基娅终于释然了。

没有眼泪，也没有责难，基娅轻声说："再见，妈妈。"她短暂地想起了其他家人——爸爸，还有哥哥姐姐们。但关于他们，她没有足够的记忆来道别。

后来，那点遗憾也消失了，因为乔迪和莉比带着他们的两个孩子墨菲和明迪，一年中会来拜访好几次。棚屋再一次热闹起来，一家人围坐在老灶台旁，吃着妈妈的玉米煎饼、炒鸡蛋和切片西红柿。但这一次，热闹里有欢笑和爱。

这些年，巴克利小湾镇也发生了变化。一个从罗利市来的男人在老跳的棚屋站立了超过百年之久的地方修建了一个高档码头。每个滑道上都装了蓝色遮阳篷，可以停靠游艇。沿岸的船夫们都来巴克利小湾镇休息，花三点五美元买一杯浓缩咖啡。

主街上冒出几家装了明亮的遮阳伞的路边小咖啡店和海景艺术画廊。来自纽约的一位女士开了一家礼品店，卖一切镇上居民不需要而每一个游客都需要的东西。几乎每家店里都摆着一张桌子，专门陈列凯瑟琳·丹妮尔·克拉克的书。本地作家，获奖生物学家。菜单上列入了粗玉米粉以及蘑菇酱汁玉米粥，售价六美元。有一天，从俄亥俄州来的几位女士走进了狗日啤酒屋，完全没想到她们是穿过这扇门的第一批女性。她们点了纸船辣虾、啤酒，如今是散装啤酒了。从此，无论性别、肤色，所有成年人都能进门。但当年那扇为了方便女人们点餐而在墙上开的窗还保留着。

泰特继续着自己在实验室的工作，而基娅又出版了七本书，都获了奖。虽然她被授予了很多荣誉——包括坐落于教堂山的北卡罗来纳大学的荣誉博士学位——但她从没接受过任何去大学或博物馆演讲的邀请。

泰特和基娅期待建立家庭，但是一直没有孩子，这份失望让两人靠得更近。他们每天分开的时间不超过几小时。

有时候，基娅独自在海滩上漫步。落日余晖照亮了天空，她感到海浪敲击着她的心房。她俯下身触摸沙粒，然后张开双臂拥抱云彩，感受联结。不是妈妈和玛贝尔说的那种联结，基娅从未拥有过一群亲密朋友，也不是乔迪描述的那种联结，因为她也从未拥有过自己的家庭。她知道多年的孤独已经改变了她的行为，让她不同于其他人，但独来独往并不是她的错。她所知道的大部分东西都习自野外。自然养育了她，教导了她，保护了她，而当时没有其他人愿意这么做。如果她异于常人的行为导致了某些后果，那也是生命基础核心的自然选择。

泰特的奉献最终让她相信，人类的爱情不只是湿地生物间那种奇怪的交配竞争。但是生活也教导她，古老的生存基因仍以某些不讨人喜欢的形式潜伏在人类遗传密码的迂回曲折之中。

对于基娅，能够成为同潮汐一般确定的自然秩序的一部分已经足够了。她与自己的星球以及星球上的生命紧密结合在一起，鲜有人及。她深深扎根于地球。它是她的母亲。

六十四岁时，基娅的黑色长发已经白得和沙子一样。某天晚上，她出门采集没有回来，泰特在湿地里四处游荡、寻找。薄暮降临，他到了一个转角，看到她的船漂浮在一个环绕着美国梧桐的潟湖里，那些树仿佛能触到天空。她仰躺在船里，脑袋搁在旧背包上。他温柔地叫她的名字，她没有动。他大喊，然后尖叫起来。他把船停到她旁边，笨拙地爬进她的小船，伸出胳膊握住她的肩，轻轻摇晃。她的头垂向一边。她的眼睛看不见了。

"基娅，基娅，不。不！"他尖叫着。

如此年轻，如此美丽，她的心却静静地停止了跳动。她活得够久了，看到了秃鹰返航。对基娅来说，这已经够久了。他抱她入怀，轻轻摇晃着，哭泣着。他把她裹进毯子里，用她的小船带她回她的潟湖，穿过小溪和河口织就的水网，最后一次经过苍鹭和鹿群。

> 我会把她藏入柏树，
> 　当死亡的脚步临近。

他取得了特殊许可，将她葬在她自己的土地上，就在一棵能远眺大海的橡树下。整个小镇的人都来参加了葬礼。基娅不会相信这长长的、缓慢移动的哀悼者队伍。当然了，乔迪和他的家人，还有泰特所有的亲戚都来了。有些人是出于好奇，但大部分人是出于敬意，因为她独自一人在荒野里生存了那么多年。有人还记得那个小女孩，穿着过大的、破破烂烂的外套，开船去码头，然后赤着脚走去杂货店买粗玉米粉。还有一部分人来到她的墓前，因为她的书告诉了他们湿地如何连接海洋和陆地，这两者如何互相需要。

到了现在，泰特明白了，她的绰号并不残忍。只有极少数人可以成为传奇。所以，他用这个绰号作为她的墓志铭：

凯瑟琳·丹妮尔·克拉克

"基娅"

湿地女孩

1945—2009

葬礼那天晚上，等所有人都离开后，泰特走进她自建的实验室。她那些小心标记的标本，超过五十年的累积，是同类收藏里时间最长、种类最完备的。她曾要求把它们捐赠给阿奇博尔德实验室。日后他会这么做，但现在就和它们分开是不可想象的。

走进棚屋——她一直这么叫它——泰特感到墙面呼出她的气息，地板轻轻回响着她的脚步，如此清晰，他喊出了她的名字。然后，他靠在墙边，哀哀哭泣，拿起她的旧背包，抱在胸口。

法院的工作人员让泰特找找她的遗嘱和出生证明。在房子后方的旧卧室——那里曾属于她父母——他翻遍了柜子，在底部找到几个收着她一生重要物件的盒子，藏在几床毯子下面，差点逃过他的眼睛。他把它们拿出来，放到地板上，在旁边坐下。

他小心翼翼地打开那个旧烟盒，所有收藏从此处开始。这个盒子闻起来似乎依然有烟草的甜味和小女孩的气息。里面除了鸟羽、虫翅、种子，还有装了她妈妈那封信的灰烬的小瓶子，一瓶裸粉色指甲油。一生中的零零碎碎。嵌在她生命河床上的石头。

底下塞着地契，基娅申请了保护地役权，防止这片土地被开发。

至少湿地这一角将永远保持天然。但是没有遗嘱或私人文件。这毫不奇怪，她不会想到这些。泰特打算在这里度过余生，他知道她希望如此，而乔迪也不会反对。

天晚了，太阳落到了潟湖后面。他给海鸥们搅拌着玉米碎，心不在焉地瞥了一眼厨房地板，第一次注意到油毡没有铺到柴火堆和旧炉子下面，他抬起头来。基娅一向把柴火堆得很高，即使是在夏天，但现在它变矮了，他看到地板上露出一道切口的边缘。他把剩下的柴火移开，发现胶合板上嵌着一个活板门。他跪坐下来，慢慢打开活板门，在托梁之间找到一个封闭的隔间，里面除了其他东西还有一个蒙尘的旧纸板箱。他拿出箱子，看到里面有几十个马尼拉纸信封和一个小一点的盒子。所有信封上都写着缩写 A.H.。他从信封里抽出一页页阿曼达·汉密尔顿的诗。她是一位本地诗人，在地区杂志上发表过一些简单的诗。泰特一直觉得汉密尔顿的诗太浅显，但基娅总是将它们剪下来保存起来。这些信封内都是她的诗。有些是写完的，但大部分都未完成，划掉了一些句子，在边上写了一些单词，手写的——基娅的笔迹。

阿曼达·汉密尔顿就是基娅。基娅就是那个诗人。

泰特的脸因为难以置信而皱了起来。这么多年，她一直把诗放进生锈的邮箱，投给当地出版商，安然躲在笔名后。或许这是伸出的手，向海鸥之外的他者表达感情的一种方式。她心声的一个出口。

他浏览了一些诗，大部分是关于自然或爱情的。其中一首整齐地折好，单独放在一个信封里。他拿出来，读道：

萤火虫

引诱他很容易
只需发光的情人节礼物。
但如同一只雌萤火虫
它们暗藏死亡的召唤。

最后的触碰，
未完成；
最后一步，一个陷阱。
坠落，他坠落，
他的眼睛始终看着我
直到看见另一个世界。

我看着那双眼睛变化。
先是疑问，
然后是答案，
最后终结。

爱情已逝
回到它开始前的模样。

A. H.

他跪坐在地上，又读了一遍。他把稿纸放在心口，那颗在胸膛里悸动着的心。他看向窗外，确认没有人走下小径——并不是说会有人来，怎么会有人来呢？但要确保万无一失。然后，他打开那个小盒子，知道自己将找到什么。被小心地放在棉布上的，是那串蔡斯一直戴到死的项链。

泰特在厨房餐桌旁坐了很久，慢慢消化这件事，想象着她搭夜班车，赶海流，根据月相做计划。在黑暗中温柔地呼唤蔡斯。把他向后推倒。然后，蹲在塔底的泥泞中，抬起他因死亡而变得沉重的头，取回项链。掩盖好脚印，不留任何踪迹。

泰特敲碎引火柴，在旧炉子里生起火，然后一个信封一个信封地烧了这些诗。或许他不需要烧完所有，只要销毁那一首，但他脑子已经糊涂了。老旧、泛黄的纸张腾起一英尺高，随后化为灰烬。他把贝壳从生牛皮绳上拿下，把绳子扔进火里，然后把活板重新嵌入地板。

接近黄昏时，他去了沙滩，站在一处硌脚的、布满破裂的白色软体动物和螃蟹碎片的地方。有一秒钟，他看着手心里蔡斯的贝壳，然后把它扔在沙地上。它消失了，看上去和其他一切并无分别。潮水来了，海浪漫过他的脚背，带着成百上千的贝壳回到大海。基娅属于这片土地，这片水域。如今，它们收回了她。深埋她的秘密。

海鸥来了。看到他，它们在他头顶盘旋。呼喊着。呼喊着。

夜幕降临，泰特走回棚屋。但到了潟湖时，他在幽暗的树冠下驻足，看着几百只萤火虫在湿地黑暗的深处远远地召唤。就在远方，蝲蛄吟唱的地方。

致 谢

向我的双胞胎兄弟博比·戴克斯致以最深的谢意，感谢他对我这一生难以想象的鼓励和支持。谢谢你，我的姐妹海伦·库珀，感谢你总在我身边。谢谢你，我的兄弟李·戴克斯，感谢你对我的信任。感谢我永远的朋友和家人，为了他们坚定不移的支持、鼓励和欢笑：阿曼达·沃克·霍尔、玛格丽特·沃克·韦瑟利、芭芭拉·克拉克·科普兰、乔安妮和蒂姆·卡迪、莫纳·金·布朗、鲍勃·艾维和吉尔·鲍曼、玛丽·戴克斯、道格·金·布朗、肯·伊斯特威尔、杰西·查斯顿、史蒂夫·奥尼尔、安迪·范恩、纳皮尔·墨菲、琳达·丹顿（还有她的马和滑雪道）、萨宾·达尔曼、格雷格和艾丽西亚·约翰逊。

感谢以下诸位阅读和评论我的手稿：乔安妮和蒂姆·卡迪（多次阅读！）、吉尔·鲍曼、鲍勃·艾维、卡罗琳·特斯塔、狄克·布格海姆、海伦·库珀、彼得·马特森、玛丽·戴克斯、亚历山德拉·富勒、马克·欧文斯、狄克·休斯敦、珍妮特·高斯、珍妮弗·德宾、约翰·奥康纳，以及莱斯利·安妮·凯勒。

感谢我的经纪人罗素·盖伦，感谢你对基娅和萤火虫的爱和理解，感谢你让这个故事面世的热情和决心。

谢谢普特南书局出版我的文字。我无比感激我的编辑塔拉·辛格·卡尔森，感谢你的鼓励、优美的编辑以及对这本小说的远见。同样感谢出版社的海伦·理查德，感谢你在每一个关口帮助我。

特别感谢汉娜·卡迪，感谢你对创作小说过程中一些世俗琐碎工作的协助，你的乐观开朗于我就像篝火一样。

著作权合同登记号：字 18-2019-013

图书在版编目（CIP）数据

蝲蛄吟唱的地方 /（美）迪莉娅·欧文斯
（Delia Owens）著；王泽林译 . -- 长沙：湖南文艺出
版社，2019.10（2024.12 重印）
　书名原文：Where the Crawdads Sing
　ISBN 978-7-5404-9288-5

　Ⅰ.①蝲… Ⅱ.①迪…②王… Ⅲ.①长篇小说—美
国—现代 Ⅳ.① I712.45

中国版本图书馆 CIP 数据核字（2019）第 099254 号

上架建议：畅销·外国文学

LAGU YINCHANG DE DIFANG
蝲蛄吟唱的地方

著　　　者：[美]迪莉娅·欧文斯
译　　　者：王泽林
出 版 人：陈新文
责任编辑：薛　健　刘诗哲
监　　制：吴文娟
策划编辑：许韩茹　姚珊珊
特约编辑：包　玥　张雪怡
版权支持：王媛媛
营销编辑：傅　丽
封面设计：潘雪琴　利　锐
版式设计：李　洁
出　　版：湖南文艺出版社
　　　　　（长沙市雨花区东二环一段 508 号　邮编：410014）
网　　址：www.hnwy.net
印　　刷：北京中科印刷有限公司
经　　销：新华书店
开　　本：855 mm×1180 mm　1/32
字　　数：263 千字
印　　张：11.5
版　　次：2019 年 10 月第 1 版
印　　次：2024 年 12 月第 8 次印刷
书　　号：ISBN 978-7-5404-9288-5
定　　价：65.00 元

若有质量问题，请致电质量监督电话：010-59096394
团购电话：010-59320018